Richard Marbel

Die Jesus-Welle

Roman

2. Auflage

© 2017 Richard Marbel

Alle Rechte vorbehalten. Kein Teil des Werkes darf in irgendeiner Form (durch Fotografie, Mikrofilm oder ein anderes Verfahren) ohne schriftliche Genehmigung reproduziert oder unter Verwendung elektronischer Systeme verarbeitet, vervielfältigt oder verbreitet werden.

Lektorat: Kanut Kirches

Satz: Slate Graphics

Umschlagmotiv: Secrets of World of Numbers - Fotolia

ISBN-13: 978-1979455572

ISBN-10: 1979455570

Für Valentin

Prolog

Cambridge, USA, Juli 1987
Michael

Michael blickte in den Himmel und entdeckte eine einzelne Wolke am Himmel. Die Wucht der Mittagssonne machte ihm zu schaffen. Er stand im Schatten einer prächtigen Maulbeerfeige und beobachtete die anderen Studenten, die sich im John F. Kennedy Memorial Park zu einem Spaziergang getroffen hatten. Nervös hielt er Ausschau nach einem blauen Kleid und langen schwarzen Haaren; dabei fasste er in seine Hosentasche und fühlte über den Ring, den er eben erst gekauft hatte.

Ein Plätschern klang in der warmen Luft rund um das Denkmal, das zu Ehren des ermordeten Präsidenten errichtet worden war. Aus siebzehn Fontänen schoss Wasser in die Höhe, es wurde in einem Becken aufgefangen und durch Schleusen in ein darunterliegendes, breiteres Becken weitergeleitet. Von dort aus floss der Wasserteppich über braune marmorierte Steine, die mit Zitaten aus Kennedys Reden gespickt waren, in das unsichtbare Bodenbecken ab. Michael wusste, dass die Anzahl der Fontänen kein Zufall war. Kennedy war im Mai 1917 geboren worden. Seinem Geburtsmonat schenkten die Gründer des Parks ein Andenken, indem sie vornehmlich

Pflanzen verwendeten, die ihre Blütezeit im Mai hatten.

Der Park lag nahe des Harvard Square, eines dreieckigen Gebiets im Zentrum von Cambridge, das ein vielbesuchter Platz für die Studenten der Harvard Universität und des Massachusetts Institute of Technology, kurz MIT, war. Michael mochte den grünen Fleck vor allem wegen seiner Nähe zum Charles River. Der Fluss windet sich wie eine Schlange aus dem Westen nach Cambridge und läuft an Bostons Ostküste in den Atlantik aus.

Er sah nach rechts und musste unwillkürlich lächeln. Eine junge Frau in einem blauen Kleid kam mit zügigen Schritten auf ihn zugelaufen. Marcia. Sie hatte ihr schwarzes langes Haar zusammengebunden und sah wie immer bezaubernd aus. Die beiden küssten sich und gingen ans Ufer des Charles River, wo sie dem Schattenpfad der Maulbeerfeigen folgten. Michael entdeckte zwei Kanufahrer, die sich ein Wettrennen auf dem Fluss lieferten. Im Sommer trainierten die Mannschaften der Studenten, und es gab zahlreiche Wettbewerbe. Er hatte oft daran gedacht, sich im Team seiner Universität, dem MIT, anzumelden. Doch dafür war es jetzt zu spät.

»Es gibt Neuigkeiten«, begann er mit belegter Stimme.

Marcia sah ihn neugierig an. »Du hast es doch nicht etwa getan, oder?«

»Vor einer Stunde«, antwortete er.

»Michael ...« Sie blieb stehen und sah ihn fassungslos an. »Wie konntest du das tun?«

Er zog sanft an ihrer Hand, und die beiden gingen weiter.

»Ich musste es tun. Du weißt, dass es keine Kurzschlussreaktion war. Ich suche schon lange nach einem neuen Sinn.«

»Aber du bist so talentiert, du bist ein Genie.«

Michael zog die Stirn in Falten. »Marcia, wir sind in Cambridge. Hier wimmelt es von Genies.«

Sie passierten eine Gruppe von Studenten, die auf der Wiese saßen und ein Picknick veranstalteten. Einer hielt als einziger ein Buch in der Hand, während die anderen Kuchen von Papptellern in sich hineinschaufelten.

Michael lächelte. »Mein Entschluss steht fest. Ich werde dich begleiten. Ich komme mit dir in die Schweiz.«

Sie wollte etwas erwidern, doch ihre Stimme versagte.

Michael drückte ihre Hand. »Ich bewundere dich. Dich und dein Leben. Immer, wenn du mir aus dem Krankenhaus erzählst, von deinen Patienten, dem Leid und der Dankbarkeit, die du erfährst, wenn jemandem das Leben gerettet wird – dann wünsche ich mir, auch etwas Sinnvolles zu tun. Für die Menschen.«

»Aber Michael, du tust doch auch etwas Sinnvolles«, sagte Marcia.

»Ich bin jetzt fünfundzwanzig Jahre alt. Alles was ich bisher geleistet habe, ist blanke Theorie. Theorie, die wahrscheinlich kein Mensch jemals gebrauchen wird«, er seufzte und sah auf den Boden, »aber das kann ich noch ändern. Die Kündigung war der erste Schritt.«

Marcia strich ihm sanft über den Arm und erntete einen liebevollen Blick. »Wie hat dein Mentor reagiert?«

»Nicht begeistert. Wahrscheinlich schockiert, ich kann es nicht genau sagen.«

»Er braucht dich, du weißt das.«

»Du weißt, dass es nicht so ist. Denk an Tibby.«

»Hast du es ihm gesagt?«

»Nein. Ich wollte zuerst mit dir sprechen.«

»Wie geht es jetzt weiter?«, fragte Marcia.

Michael atmete tief durch. »Ganz einfach. Ich bin zum Monatsende als wissenschaftlicher Mitarbeiter freigestellt. Das Projekt läuft ohnehin in einem halben Jahr aus, also was soll's? Ich habe meinen Abschluss ja längst in der Tasche. Mich hält hier nichts mehr. Wenn du im Oktober in die Schweiz gehst, begleite ich dich. Das gibt mir ausreichend Zeit, mir eine neue Aufgabe zu suchen.«

»Was willst du denn in der Schweiz machen?«

»Es gibt dort zahlreiche Hilfsorganisationen. Sie werden jemanden wie mich gebrauchen können.«

»Wenn alles gut geht, kann ich in Zürich meine Dissertation schreiben. Ich werde dann wenig Zeit für uns haben.«

»Ich weiß.«

Die beiden hatten ihre Runde durch den Park fast beendet. Michael hielt Ausschau nach dem Kennedy-Denkmal und sah die Wasserfontänen durch die Bäume schimmern. Seine Hand glitt erneut in die Hosentasche und fühlte über den eingefassten Diamanten, der den goldenen Ring veredelte.

Die beiden erreichten das Denkmal, und Michael zog Marcia sanft vor das Wasserbecken.

»Michael, was hast du …?«, begann Marcia irritiert.

Er kniete sich vor sie hin, nahm mit der Linken ihre rechte Hand und holte mit seiner Rechten den Ring aus der Tasche. »Marcia Elisabeth Karol. Die letzten zwei Jahre waren die schönsten meines Lebens, weil ich erkannt habe, dass die Liebe das größte Geschenk ist, das wir Menschen empfangen können. Mir ist bewusst geworden, dass nicht alle Menschen dieses Glück haben, und diejenigen, die es erleben dürfen, müssen daran festhalten, denn es gibt nichts Wundervolleres.«

Eine Träne rann über Marcias Gesicht. Sie rang um Fassung, und sah Michael tief in die Augen.

»Marcia, möchtest du meine Frau werden?«, brachte er mit zittriger Stimme hervor.

Sie wischte sich eine Träne weg und nickte. »Natürlich. Natürlich möchte ich das.«

Michael steckte ihr den Ring an die Hand und erhob sich.

Die beiden fielen sich in die Arme und küssten sich.

Im Hintergrund klatschten Studenten. Einer von ihnen jubelte und rief den beiden etwas zu. Doch Michael und Marcia waren mit ihren Gedanken in eine andere Welt getaucht – eine Welt aus inniger Liebe, in die von außen nichts eindringen konnte.

Sie blieben noch eine Weile an dem Denkmal stehen und beschlossen, fortan jedes Jahr herzukommen, um ihre Verlobung zu zelebrieren. Michael scherzte, dass er einen Monat lang auf sein Champion-Frühstück in Barney's Diner verzichtet habe, um den Verlobungsring von seinem spärlichen Gehalt zu finanzieren. Marcia entgegnete mit einem Grinsen, dass sie seine Qualen zu schätzen wisse. Als treue Ehefrau würde sie zukünftig dafür sorgen, dass er morgens nicht mehr hungern müsse.

Die beiden verließen den Park und überquerten den anliegenden Campus des Harvard Institute of Politics. Marcia, die alle Vorlesungen an der Harvard Medical School abgeschlossen hatte und in drei Wochen ihre letzte Prüfung schreiben würde, war noch mit Freundinnen zum Lernen verabredet. Marcia wollte vorher noch zu einem Fotoladen, um einen Film zur Entwicklung abzugeben – sie war eine talentierte Hobby-Fotografin.

Die beiden blieben an der Eliot Street stehen. Michael wollte von hier aus den Bus zum MIT nehmen; am Nachmittag gab es noch eine wichtige Projektpräsentation. Marcia gab ihrem zukünftigen Ehemann einen Kuss und hielt stolz ihre Hand mit dem Ring hoch. Michael zwinkerte ihr zu, die beiden umarmten sich und gingen dann in entgegengesetzte Richtungen weiter.

Michael fühlte sich großartig. Heute war der beste Tag seines Lebens! Er hatte endlich gefunden, wonach er tief in seinem Herzen gesucht hatte, das war ihm eben im Park nochmals klargeworden. Was bedeuteten schon Karriere und Erfolg? Wie definierte man eigentlich Erfolg? Er ging zielstrebig auf die Bushaltestelle zu, die vor ihm lag. Am liebsten wäre er zum MIT gelaufen, denn er spürte in sich eine Energie, die für einen Marathon gereicht hätte.

Ein aufheulender Motor und Schreie aus dem Hintergrund rissen ihn aus seinen Gedanken. Ein Auto raste mit überhöhter Geschwindigkeit an ihm vorbei, bog mit quietschenden Reifen an der Kreuzung ab und verschwand aus seinem Sichtfeld.

Erneut Schreie. Michael drehte sich um und sah Passanten, die auf die Straße liefen. Ein Auto hielt an und schaltete die Warnblinkanlage an. Zwei weitere Autos und ein Motorrad bremsten ab, und eine Hupe ertönte. In der Mitte der Straße lag eine Person, die von den Passanten umringt wurde. Als nächstes hielt ein Fahrradfahrer an, er stieg hektisch ab und beugte sich über das Unfallopfer – wahrscheinlich, um erste Hilfe zu leisten.

Michael lief ein Schauer über den Rücken, als er das blaue Kleid und die langen schwarzen Haare am Boden sah. Er hielt die Luft an und lief panisch zurück. Die Menschentraube versperrte ihm die Sicht. Sein Puls schoss in die Höhe, und eine Druckwelle breitete sich in seinem Bauch aus.

»Wir brauchen einen Krankenwagen! Schnell!«, rief der Radfahrer.

Ein Passant eilte zu einer Telefonzelle und nahm den Hörer in die Hand.

Michael lief an ihm vorbei, den Blick starr auf die Straße, auf die Stelle, wo das Opfer lag. Er sah eine Blutlache auf dem heißen Asphalt. »Lassen sie mich durch!«, schrie er.

Dann sah er sie. Ein roter Fleck breitete sich auf Marcias Kleid aus, wie ein dichtes Spinnennetz, und zerstörte die Reinheit des feinen Stoffes. Michael kniete sich zu ihr, nahm ihren leblosen Körper in den Arm und starrte sie fassungslos an. Der Radfahrer fasste ihn an die Schulter und sagte etwas, doch er konnte es nicht verstehen. Sein Verstand war ausgeschaltet, nichts funktionierte mehr. Mit der Rechten fühlte er über ihre Hand bis er den Ring spürte.

Im Hintergrund heulte eine Sirene. Ein junger Student breitete seine Arme aus und versuchte, die Schaulustigen wegzudrängen.

Michaels Welt versank in einem Gefühl der Ohnmacht. Die Zeit schien stehenzubleiben. Marcia sah ihn an, als ob alles gut sei – als ob das gemeinsame Leben nur eine kurze Pause eingelegt hätte.

»Sie ist tot«, sagte der Radfahrer.

Michael wollte das nicht hören und klammerte sich an Marcia. Er spürte erneut die Hand des Mannes auf seiner Schulter, doch nichts konnte ihn von seiner Liebe abhalten.

Nichts.

1

San Gemini, Italien, Mai 2017
Michael

Ein lauter Knall ließ Michael zusammenzucken. Er öffnete die Augen und atmete tief durch. Seine Hände klammerten sich um die Armlehnen. Nur mit viel Mühe gelang es ihm, aufzustehen und sich aus dem Schaukelstuhl zu hieven, in dem er aus Versehen die Nacht verbracht hatte. Die Luft war stickig, kalter Zigarrenqualm hatte sich in den Vorhängen verfangen. Die Couch war mit einem Stapel Bücher und Zeitungen besetzt, auf dem schmalen Holztisch davor standen benutzte Tassen und Gläser. Ein Haufen Asche thronte im Kamin, der zuletzt im Februar gebrannt hatte.

Die Sonne warf ihre Strahlen in das spärliche Wohnzimmer und blendete ihn. Die Uhr auf dem Kaminsims zeigte eine Stunde vor Mittag an. Gut, dass er wach geworden war, denn um zwölf Uhr musste er eine Messe lesen.

Michael fühlte sich wackelig auf den Beinen, was nach ein paar Gläsern Whisky nichts Ungewöhnliches war. Er hatte die Flasche erst gestern geschenkt bekommen – von Raphael, dem Schreiner, der ihm im Laufe der Jahre das halbe Haus renoviert hatte. Raphael hatte groß getönt, dass es der einzige italienische Whisky sei, den es auf der Welt gab. Ab und an trafen sich die beiden auf einen Plausch.

Er öffnete die quietschende Haustür und betrat die Veranda. Die frische Luft war eine Wohltat.

»Verflucht!«, stieß er wütend aus, als er mit den nackten Füßen in eine spitze Tonscherbe trat. Erst jetzt bemerkte er, dass ein Ziegel vom Dach gefallen und auf der Veranda zersplittert war. Die roten Überreste lagen direkt vor der Haustür. Seine Augen suchten nach einem Besen, aber natürlich war keiner in der Nähe.

Er ließ sich auf die Bank fallen, von der er jeden Abend den Sonnenuntergang beobachtete, und rieb sich über den Fuß, der zum Glück keine offene Wunde aufzeigte. Es tat gut, wieder zu sitzen. Der Alkohol saß ihm tief in den Knochen – wie an den meisten Tagen.

Michaels Haus stand außerhalb von San Gemini auf einer Anhöhe. Ein lauer Wind wehte über das Dorf, das mit seinen fünftausend Einwohnern in der Mitte Italiens lag, in Umbrien. Die altertümlichen Backsteinhäuser – teils renoviert, teils baufällig – schmiegten sich dicht aneinander und bildeten gemütliche Gassen zum Flanieren. Die Dächer der Häuser, die mit roten Tonziegeln gedeckt waren, spannten – aus Michaels Perspektive betrachtet – einen fast flächendeckenden Schirm über das Areal. Nur wenige Gehminuten von seinem Haus entfernt lag die Abtei von San Nicolò, deren Kirchturm mit den zwei Glocken während des Sonnenuntergangs ein Fest für die Sinne war.

Ein heller Fleck auf seiner Priesterrobe führte ihn zurück in die Realität. Keine schlechte Idee, sich um sein Äußeres zu kümmern, wenn er der Gemeinde gegenübertreten wollte. Mühevoll bewegte er sich zurück ins Haus und drehte den Wasserkran in der Küche auf, um sich mit den Händen das Gesicht zu benetzen. Eine Scheibe Brot würde guttun, um etwas Kraft zurückzuerlangen. Er griff nach einem Messer und schnitt in den harten Laib, dabei rutschte er ab und fuhr mit der Klinge über den linken Zeigefinger.

Er schmetterte die verletzte Hand mit geballter Faust auf den Küchentisch. Als er die Faust öffnete, sah er Blut aus der Schnittwunde treten. Er fluchte. Die Küche hatte schon bessere Zeiten gesehen; der Dreck machte ihn wahnsinnig. Zwar hatte er eine Haushaltshilfe, Luisa, aber sie war schon seit drei Monaten krank. Außerdem war sie hauptsächlich zum Kochen gekommen. Er selbst hasste kochen, wie viele andere Dinge, die normalen Menschen Spaß machten.

Tausende Gedanken schossen ihm auf einmal durch den Kopf. Alles drehte sich. Er suchte ein Pflaster für den Zeigefinger. Ein Klopfen an der Tür unterbrach das mentale Chaos.

Michael nahm ein Küchenhandtuch, wickelte es um den Finger und schaute um die Ecke. Durch ein Glasfenster in der Haustür konnte er eine Person auf der Veranda sehen. Er trat vor und öffnete die Tür.

Vor ihm stand ein Mann in einem Anzug. Er war auffällig groß, hatte eine Glatze und ein kantiges Gesicht. Eine Sonnenbrille ließ seine Miene bedrohlich wirken.

»Michael Carter?«, fragte der Fremde.

»Wer will das wissen?«

Der Mann drängelte sich unwirsch an Michael vorbei und betrat das Wohnzimmer. »Nennen Sie mich Pierre«, sagte er und setzte die Sonnenbrille ab. Dunkle Augen kamen zum Vorschein.

»Was wollen Sie von mir? Wer hat Ihnen erlaubt, mein Haus zu betreten?«

Der Eindringling blieb vor dem Kaminsims stehen und entdeckte ein gerahmtes Foto, auf dem Michael mit einer Gruppe von Priestern zu sehen war. »Das nennen Sie ein Haus? Sieht mir eher nach einer Hütte aus.« Er nahm das Foto in die Hand, um es genauer zu betrachten.

»Stellen Sie das sofort wieder hin!«, forderte Michael. Er konnte die Dreistigkeit des Mannes nicht fassen.

»Ist ja gut. Beruhigen Sie sich.«

»Wer sind Sie und warum dringen Sie in mein Haus ein?«

»Ich habe doch schon gesagt, mein Name ist Pierre.«

Michael bemerkte einen französischen Akzent. Er strich seine Robe glatt und nahm Haltung an. Der Zeigefinger hatte aufgehört zu bluten, und er warf das Küchenhandtuch unter den Tisch. »Pierre ... und weiter?«

Der Mann stellte das Foto zurück und entdeckte die Whiskyflasche auf dem Couchtisch. Ein Lächeln ließ seinen finsteren Ausdruck milder erscheinen. Als er die Flasche in die Hand nahm und das Siegel betrachtete, brach er in Gelächter aus.

»Was ist so lustig? Würden Sie mir das bitte verraten!«, forderte Michael.

Pierre stellte die Flasche zurück. »Sie trinken italienischen Whisky?«

»Was dagegen?«

»Nein, schon gut.« Pierre gewann die Fassung zurück. »Ich kenne nur niemanden, der italienischen Whisky trinkt. Ich wusste nicht einmal, dass es so etwas gibt.«

Michael fühlte sich schwindelig und musste sich in den Schaukelstuhl setzen.

»War wohl eine harte Nacht, was?«, fragte der dreiste Eindringling und holte einen weißen Umschlag hervor. »Sie sollten weniger trinken.«

»Erzählen Sie mir was Neues.«

Pierre schmunzelte. »Wenigstens haben Sie Ihren Humor nicht verloren.« Er legte den Umschlag auf den Kaminsims. »Ich habe eine Nachricht für Sie. Von einem alten Freund.«

»Ich habe keine Freunde. Das muss eine Verwechslung sein. Verschwinden Sie endlich.«

»Glaube ich nicht. Ich bin mir sicher, dass Sie der Richtige sind.« Pierre schob den Vorhang beiseite, und Tageslicht flutete das Wohnzimmer.

Michael hielt sich die Hand vor die Augen. »Lassen Sie das!«

Der Franzose schaute aus dem Fenster und setzte seine Sonnenbrille auf. »Carl Steinberg ist doch ein alter Freund, oder?«

Das kam unerwartet.

Es war eine halbe Ewigkeit her, dass er diesen Namen gehört hatte. Michael blieb starr sitzen, während die Gefühle Karussell mit ihm fuhren. Die alte Zeit. Längst vorbei. Er hatte ein neues Leben begonnen und mit dem alten abgeschlossen. »Ich kenne keinen Carl«, erwiderte er trotzig.

»Na ja, er kennt aber Sie. Und er würde Sie gerne wiedersehen.«

»Ach ja? Und warum?«

»Alles Weitere steht in dem Brief.« Der grobe Besucher wandte sich vom Fenster ab und ließ den Blick über die Einrichtung schweifen.

Michael schluckte.

»Es kann wirklich nicht schaden, wenn Sie jemanden wie Carl zum Freund haben. Wenn ich mich so umschaue ...«

»Was wissen Sie denn schon ...«

Pierre ging zur Haustür. Anscheinend wollte er seinen Besuch beenden.

Michael stand hastig auf, wollte etwas sagen. Doch er blieb stumm.

Pierre trat nach draußen und blieb auf der Veranda stehen. »Ich bin noch vierundzwanzig Stunden vor Ort. Lesen Sie den Brief und überlegen Sie es sich.«

Michael lehnte sich gegen den Türrahmen und schwieg.

Pierre stieg in ein Auto – ein Mietwagen, denn ein roter Werbeaufkleber prangte an der Seitentür – und fuhr mit durchdrehenden Reifen von dannen.

Michael sah ihm hinterher. Was hatte das alles zu bedeuten? Er ärgerte sich über seinen schlechten Zustand und blickte an sich hinab – für einen Priester sah er unwürdig aus. Schon wieder stand er mit den nackten Füßen in den Tonscherben.

Im Dorf läuteten die Glocken. Wenn er sofort losginge, käme er nur eine Viertelstunde zu spät. Die wenigen Gemeindemitglieder, die in der Kirche San Francesco auf ihn warteten, waren Schlimmeres gewohnt.

Er zog hektisch die Schuhe an und marschierte los.

Seine Gedanken kreisten um den fremden Besucher und vor allem um seinen alten Freund. Carl Steinberg. Er bekam Angst, den Umschlag zu öffnen.

Denn er hatte eine dunkle Ahnung, was darin stand.

2

New York City, Mai 2017
Stuart

Er vermisste das Gefühl von Kreide in seinen Händen. Der fein geschliffene Kalkstein hatte etwas Magisches. Das leise Klacken, wenn die Spitze auf die Tafel traf und die Buchstaben und Zahlen auf altertümliche Weise in Reihe gebracht wurden, löste etwas Beruhigendes aus – etwas, das in der heutigen schnelllebigen Zeit verlorengegangen war, wenn es um Kommunikation ging. Die weiße Spur, die nach dem Schreiben in der Hand zurückblieb, manifestierte eine Ursprünglichkeit beziehungsweise Verbundenheit mit den Ahnen der Menschheit, die es kaum noch zu erleben gab.

»Professor, Sie stehen im Licht.«

Stuart Jenkins wurde aus seinen Gedanken gerissen. Er machte einen Schritt zur Seite. Dabei warf einen Blick auf seine Präsentation, die auf der Leinwand zu sehen war.

Noch vor sieben Jahren hätte er nie geglaubt, einmal als Professor im Hörsaal der Columbia Universität zu stehen. Das Rad der Karriere war ins Rollen gekommen, nachdem er seine Dissertation über Elektroenzephalografie, die Messung elektrischer Aktivität im Gehirn, an der Yale Universität veröffentlicht hatte. Stuart war zu zahlreichen Kongressen als Redner eingeladen worden – quer durch die USA bis nach Europa und sogar Tokio. Die Forschungsabteilungen der Pharmakonzerne rissen sich um seine Expertise, und fünfstellige Honorare eliminierten von heute auf morgen finanzielle Sorgen aus seinem Leben. Von seiner Alma Mater, der Yale Universität, kam das erste Angebot für eine Professur. Dann hatte er Richard Schiefer, den Dekan der neurologischen Fakultät der Columbia Universität, kennengelernt und war von dessen Visionen, was die Gehirnforschung und die Zukunft der Medizin betraf, beeindruckt gewesen. Stuart nahm Schiefers Angebot für eine Professur und einen hochbudgetierten Forschungsauftrag an.

Seine Studenten saßen brav in Reihe, kein Getuschel oder störendes Lachen, wie es zu Schulzeiten üblich war. Stuart hatte das Privileg, sein Wissen mit ambitionierten jungen Leuten zu teilen, die brennend an seinen Ausführungen interessiert waren. Dass er mit seinen einundvierzig Jahren zu den jüngsten Professoren der Universität zählte, war ein zusätzlicher Bonus auf der Beliebtheitsskala.

»Okay, kann ich fortfahren oder schreibt noch jemand?«, fragte er.

»Machen Sie weiter, wir haben alles«, rief ein Student aus der hinteren Reihe.

Fast alle Studenten hatten einen Laptop vor sich aufgeklappt. Nur wenige Ausnahmen waren mit einem Schreibblock bewaffnet.

»Keine Kameras, verstanden? Ich möchte hier keine Kameras sehen!«, ermahnte Stuart und drückte einen Knopf auf der Fernbedienung, um die nächste Folie anzuzeigen.

Eine junge Frau betrat den Hörsaal. Sie warf ihm ein Lächeln zu und setzte sich auf einen freien Platz in der zweiten Reihe.

Für einen Augenblick war er irritiert. Seine Vorlesung war in zehn Minuten vorbei – normalerweise kam niemand mehr so kurz vor Ende. Außerdem war ihm die hübsche Studentin noch nie aufgefallen.

Er drehte sich zur Leinwand und markierte mit dem Laserpointer ein Wort, das prominent in der Mitte der Präsentation platziert war. »Dimethyltryptamin«, las er laut vor, »kurz DMT, ist ein halluzinogenes Tryptamin-Alkaloid, das von den Mayas vornehmlich bei gesellschaftlichen Ritualen wie Geisterbeschwörungen oder Opfergaben eingesetzt wurde. Wobei ich mich mit *eingesetzt* auf die exogene Zufuhr, zum Beispiel in Tee oder Kräuterspeisen, beziehe. DMT wirkt sich intensiv auf den visuellen Cortex des Gehirns aus, wodurch sich die Verwendung bei Geisterbeschwörungen leicht erklären lässt. Wie bei fast allen Halluzinogenen wäre man sich heutzutage bei der Einnahme in der Regel bewusst, dass man berauscht ist und im strengeren Sinn keinen halluzinierten Sinnestäuschungen unterliegt, sondern extremen Formen von Pseudohalluzinationen.«

Stuart schaute auf seine Uhr. Noch fünf Minuten. Er hatte einen dringenden Anschlusstermin in Queens. Es ergab keinen Sinn, das Thema heute noch zu vertiefen. Er drückte auf die Fernbedienung, beendete den Präsentationsmodus und verkündete: »Okay, machen wir Schluss für heute.«

Die Studenten klappten ihre Laptops zusammen. Diejenigen, die es besonders eilig hatten, verließen hektisch die Ränge.

»Schauen Sie sich für morgen die Summenformel an!«, rief er gegen die aufkommende Unruhe an. »Wir werden die molare Masse berechnen!«

Die Studenten verließen den Hörsaal.

Stuart seufzte, klappte seinen Laptop zusammen und verstaute ihn in seiner Tasche. Das grelle Licht des Beamers blendete ihn, und er suchte vergeblich den Knopf auf der Fernbedienung, um das Objektiv abzuschalten.

Ohne sein Zutun ging das Licht auf einmal aus.

Stuart sah auf und erblickte die hübsche Studentin vor dem Gerät; anscheinend hatte sie es ausgeschaltet. »Danke«, sagte er. Er verschloss seine Tasche, ignorierte die junge Frau und ging zur Tür hinaus. Ihm war klar, dass er mit seinem Verhalten keinen

Sympathiewettbewerb gewinnen konnte. Aber Begegnungen mit Studentinnen – insbesondere attraktiven Studentinnen – waren ein vorprogrammiertes Unglück.

Er marschierte über den Gang und warf erneut einen Blick auf seine Uhr. In einer Stunde musste er in Queens sein, um eine Präsentation vor Sponsoren zu halten. Zu seinem Leidwesen schaffte es der New Yorker Mittagsverkehr, sechzig Minuten zu einer halben Ewigkeit auszudehnen.

»Professor Jenkins!«, erklang eine Stimme von hinten. Die junge Frau aus dem Hörsaal schloss zu ihm auf und warf ihm ein Lächeln zu. »Ich muss mit Ihnen sprechen.«

Stuart erhöhte seine Schrittgeschwindigkeit. »Meine Sprechstunde ist mittwochs von zehn bis elf. Am besten machen Sie vorher einen Termin oder senden mir eine E-Mail. Ich antworte auf fast alle E-Mails persönlich.«

»Dafür ist keine Zeit.«

Stuart warf der Unbekannten einen konsternierten Blick zu.

Ein angenehmer Duft aus Rosenblüten erreichte seine Sinne.

»Ich muss jetzt mit Ihnen sprechen.«

Er bog um eine Ecke ab. Als Studenten, die einen Hörsaal betraten, den Weg versperrten, drängelte er sich durch die Menge. Dabei streifte er unwirsch mit der Laptoptasche einen Studenten, der daraufhin das Gesicht verzog und ihm vermutlich gerne einen Spruch an den Kopf geworfen hätte.

Die junge Frau blieb beharrlich an Stuarts Seite. »Hören Sie, es ist wirklich nicht nötig, dass Sie versuchen, mich abzuhängen. Ich bin ganz gut zu Fuß.«

Stuart seufzte und blieb stehen. Er musterte die Frau und bemerkte Gucci-Schuhe und eine Cartieruhr. Die ausdrucksvollen Augen und die selbstbewusste Haltung vervollständigten seine Vermutung, dass er es – entgegen dem ersten Eindruck – nicht mit einer Studentin zu tun hatte. Schnell bekam er eine Ahnung, worauf das Gespräch hinauslaufen würde.

»Ich bin Olivia.« Sie streckte ihm die Hand entgegen.

Stuart ignorierte die Geste und hetzte – bewusst, dass er sich abermals ziemlich flegelhaft verhielt – weiter. »Ich bin Professor Jenkins.«

Olivia hielt verdutzt inne. Sie atmete tief durch und schloss erneut zu ihm auf.

»Tut mir leid. Aber ich habe kein Interesse. Ich bin glücklich an der Columbia«, erklärte er ohne sie anzusehen.

»Ich verstehe nicht ganz.«

»Sie sind doch Headhunterin, oder?«

»Headhunterin? Wie kommen Sie denn darauf?«

»Wollen Sie mir sagen, dass Sie Studentin sind?«

»Ich? Nein …«

Die beiden erreichten das Hauptportal der Fakultät, an dem ein hektisches Treiben herrschte. Studenten traten herein, andere verließen das Gebäude. Draußen dröhnte der Verkehrslärm Manhattans.

Stuart blieb stehen. »Also gut. Was wollen Sie?«

Olivia strich sich eine Strähne aus dem Gesicht. »Ich habe ein Jobangebot für Sie.«

Stuart verdrehte die Augen. »Ich habe es gewusst.« Er wollte weiter, doch Olivia hielt ihn mit der Rechten am Arm zurück.

»Hören Sie es sich doch erst einmal an!«

»Zwecklos. Zeitverschwendung. Ich muss jetzt los.«

»Es ist nur für einen begrenzten Zeitraum. Höchstens vier Wochen, vielleicht auch sechs.«

Stuart befreite sich von Olivias Hand und eilte weiter. Vor dem Ausgang drehte er sich um sagte: »Danke. Ich weiß das sehr zu schätzen. Aber suchen Sie jemand anderen.« Er warf Olivia einen versöhnlichen Blick zu und ging nach draußen.

Er hatte noch fünfundfünfzig Minuten bis zu seinem Termin. Könnte knapp werden, dachte er und betrat im Laufschritt den Parkplatz der Fakultät, der nur ausgewiesenen Professoren zugänglich war. Zeitdruck. Immer dieser Zeitdruck.

Das Dach seines gelben Ferrari J50 glänzte. Erst vorgestern war er in der Waschanlage gewesen. Leider waren die Türen durch die Abgase der Stadt schon wieder in ein erbärmliches Matt getaucht worden. Stuarts Perfektionismus musste sich mal wieder der Realität geschlagen geben.

Er stieg ein, atmete den Duft von Leder ein, den das Lenkrad und die beiden Sportsitze versprühten, und fuhr mit aufheulendem Motor los. Er nahm die Schnellstraße am Hudson River und fuhr bis Midtown. Am Times Square drängelte er sich durch die Kolonnen von Taxen, die zu seinem Leidwesen das Stadtbild Manhattans prägten, und steuerte auf den Tunnel zu, der über den East River nach Queens führte.

Während der Fahrt kreisten seine Gedanken um Olivia. Ohne Termindruck hätte er sich wahrscheinlich erkundigt, was für ein Angebot sie in der Tasche gehabt hatte. Nicht, dass er ernsthaftes Interesse an einem Wechsel hätte, nein, er wollte definitiv an der Columbia bleiben. Aber eine gewisse Neugierde steckte schließlich in jedem. Vielleicht hätte er sich auch auf ein Essen mit ihr eingelassen. Sie war ohne Frage sein Typ – lateinamerikanischer Einschlag, feine Gesichtszüge und eine sportliche Figur. Andererseits, für Dates hatte er einfach keine Zeit.

Ein angenehmer Signalton lenkte ihn ab. Gloria, seine virtuelle Assistentin, meldete sich über die Bordlautsprecher.

»Was gibt's, Gloria?«

»Sie haben acht neue E-Mails«, gab die weibliche Stimme zurück.

»Von wem?«

Gloria las ihm die Absender vor. Die meisten Nachrichten stammten von Studenten, eine offensichtliche Werbemail war dabei, und sein Vater hatte geschrieben.

»Lies mir die Mail von meinem Dad vor.«

Das Sprachsystem hatte ihn achttausend Dollar gekostet. Es war nicht nur mit seinem Auto, sondern auch mit seinem Penthouse verbunden. Theoretisch konnte er in diesem Moment die Waschmaschine einschalten – was natürlich extrem sinnlos war. Richtig klasse fand er, dass Glorias Stimme nicht nur menschlich klang, sie konnte auch Texte in perfekter Betonung vorlesen. »Lieber Stuart. Deine Mutter braucht Hilfe. Apfelkuchen mit Schlagsahne. Gruß von Dad.«

Stuart schmunzelte. Er verstand die Nachricht. Seine Mutter hatte gebacken – und er sollte beim Verzehr helfen. Eine typische Einladungsmail von seinem Vater. »Gloria, morgen Vormittag habe ich frei, oder?«

»Bestätigt. Sie haben keine Vorlesung. Um zehn Uhr haben Sie einen Termin mit Richard. Von fünfzehn bis sechzehn Uhr haben Sie ein Telefoninterview mit dem Medical Observer.«

»Bitte sag den Termin mit Richard ab.« Er beschloss, am nächsten Morgen seine Eltern zu besuchen. Der Dekan würde Verständnis haben, wenn er sich etwas Zeit freischaufelte. Am Abend würde Stuart seinen Dad anrufen und sich ankündigen.

»Bestätigt.«

»Danke.« Stuart bog in den Tunnel ein, überholte ein Taxi und warf einen Blick auf das Display am Armaturenbrett. Die Uhrzeit veranlasste ihn, stärker aufs Gaspedal zu drücken. Seine Gedanken schweiften ab, und er ging die Folien für die anstehende Präsentation durch. Ihm fiel ein, dass er heute Morgen an seinem Desktoprechner kleine Änderungen vorgenommen hatte und noch seinen Laptop synchronisieren musste. Als er aus dem Tunnel fuhr und das Tageslicht einen Stau ankündigte, schlug er entnervt aufs Lenkrad und stellte fest: »Ich habe einfach zu viele Termine!«

3

San Gemini, Mai 2017
Michael

Am nächsten Morgen wachte Michael mit einem Brummschädel auf. Obwohl er am Abend zuvor keinen Schluck Alkohol getrunken hatte. Oder doch? Er konnte sich nicht mehr erinnern. Er schälte sich aus dem Bett, wandelte in die Küche und verfluchte den Zustand seines Kühlschranks. Nicht nur, dass sich kaum Essbares darin befand, seit Wochen befand sich eine Lache Olivenöl in einem der Fächer. Er hatte einen angerichteten Teller mit Tomaten zum Kühlen abgestellt und den Sprung im Porzellan übersehen.

Es gelang ihm, eine Scheibe Brot mit Marmelade zu bestreichen. Nach vier Minuten war er mit dem Frühstück fertig und zog sich an. Er wollte runter ins Dorf zum Einkaufen. Und die Leute fragen, ob sie diesen unverschämten Kerl, Pierre, gesehen hatten. Für einen Moment blieb er vor dem Kaminsims stehen, auf dem noch immer der weiße Umschlag lag. Er traute sich nicht, das Papier anzufassen, geschweige denn, die Nachricht von Carl zu lesen. Einerseits fand er sein Verhalten absurd, andererseits war in der Vergangenheit einfach zu viel passiert. Dinge, die ihn aus der Bahn geworfen hatten. Er war froh, seit einigen Jahren wieder in der Spur zu sein und wollte keine Veränderung riskieren.

Er ging zur Haustür. An der Wand hing ein Spiegel. Als er einen Blick darauf warf, erschrak er über sein eigenes Äußeres. Und er wurde sich bewusst, dass er ein hervorragender Lügner war, der sich manches schönredete. Natürlich war er alles andere als in der Spur. Sein Zustand war miserabel.

Mühevoll schleppte er sich den Pfad zum Dorf entlang. Er wollte bei Pietro vorbeischauen und einen Espresso trinken; vielleicht fühlte er sich danach etwas wacher. In seinen eigenen vier Wänden war der Kaffee ausgegangen. Verdammt, noch nicht einmal das bekam er auf die Reihe. Was war nur aus seinem Leben geworden? Vielleicht sollte er Carls Botschaft lesen? Carl wollte sich mit ihm treffen, hatte der Franzose gesagt. Was konnte er nur von ihm wollen?

Michael kam im Dorf an. Hier und da warfen ihm die Bewohner ein freundliches Nicken zu. Er schlenderte geradewegs zu Pietros Bar und trat ein. Die üblichen Verdächtigen standen am Tresen und begrüßten ihn.

»Pastore! Wie geht es Ihnen?«, fragte einer.

Er hob die Hand und erwiderte: »Gut. Alles gut.« Er schaute sich um. Für einen Augenblick dachte er, einen Fremden in der hinteren Ecke sitzen zu sehen. Doch es war nur Lorenzo, der Bäcker. Michael setzte sich an einen Tisch und schlug die aktuelle Zeitung auf.

Pietro kam zu ihm und fragte: »Pastore, doppelter Espresso?«

»Ja, bitte.«

»Kommt sofort.«

Michael blätterte durch die Zeitung. Keine besonderen Nachrichten – nur Belangloses aus der Region. Was in der weiten Welt vor sich ging, stand in diesem Blättchen nicht drin. Dabei hätte er ab und an gerne mehr erfahren. Was war damals aus Carl geworden? Wie sah es heute auf dem Campus am MIT aus? Welche neuen Theorien der Physik gab es?

»Einmal doppelter Espresso«, sagte Pietro und stellte die Tasse ab.

»Danke.« Michael legte die Zeitung beiseite. Er wunderte sich über den Ausdruck in Pietros Miene. »Alles klar bei dir?«

Der Barbesitzer räusperte sich und setzte sich zu ihm. »Gestern hat jemand nach Ihnen gefragt, Pastore.« Er sprach leise und drehte sich flüchtig zu den Gästen am Tresen um.

Michael schluckte. Dann hatten es alle im Dorf bereits mitbekommen. »Großer Typ, Glatze, Anzug?«

»Ja, ja, genau der! Ist gestern früh hier aufgetaucht und hat nach Ihnen gefragt. Ich habe nichts gesagt, ich meine, der Kerl sah irgendwie finster aus und einen französischen Akzent hatte er auch – nicht, dass ich irgendwas gegen Franzosen hätte –, aber ich dachte, ich halte die Klappe und tu so, als kenne ich Sie nicht. Nur leider saß Ernesto am Tresen und hat die Frage aufgeschnappt, und Sie kennen ja Ernesto, stets geschwätzig und will sich brüsten. Jedenfalls hat er dem Fremden erzählt, wo Sie wohnen. Und dann ist er sofort wieder gegangen – ohne, dass ich etwas aus ihm rausquetschen konnte.«

Michael wollte um jeden Preis vermeiden, dass er zum Dorfgespräch wurde, und beschloss, die Begegnung mit Pierre runterzuspielen. »Keine Aufregung, Pietro. Das war nur der Freund eines Freundes.«

Der Barbesitzer machte große Augen. »Wirklich?«

»Sieht etwas grob aus, ich weiß. Vermutlich ist er schon wieder gefahren, oder?«

Pietro beugte sich mit verschämter Miene nach vorn und sagte leise: »Tut mir leid. Ich hätte Tony nicht beauftragen sollen, ihm nachzuspionieren. Ich wusste ja nicht …«

»Wer ist Tony?«

»Mein Sohn.«

»Stimmt. Ich vergaß. Was hat er denn herausgefunden?«

»Also, der Franzose kam, wie gesagt, gestern früh hier an. Tony hat ihn verfolgt und beobachtet, wie er sich in Vittorias Pension einquartiert hat. Ich weiß sogar, welches Zimmer er hat. Oben auf dem ersten Stock.«

»Ich dachte, Vittoria hat ohnehin nur das eine Zimmer zum Vermieten.«

»Ja, kann sein. Also … gegen Nachmittag saß er auf seinem Balkon und hat telefoniert. Natürlich wissen wir nicht, mit wem.«

»Gegen Mittag war er übrigens bei mir.«

»Ah, okay. Da war Tony in der Schule. Ab Nachmittag konnte er ihn wieder beschatten. Und Tony hat etwas Interessantes herausgefunden.«

»Wirklich?«

»Der Kerl … ich meine der Freund ihres Freundes ist mit einem Auto hergekommen, das er in Terni gemietet hat. Das kann man auf einem Schild ablesen. Und gestern Abend hat er ein paar Jugendliche im Dorf gefragt, ob sie den Wagen für ihn zurückbringen. Er hat dem Sohn von Filippo hundert Euro in die Hand gedrückt und ihm die Schlüssel gegeben!«

Michael kratzte sich am Kinn. »Seltsam. Wo ist er denn jetzt?«

»Noch immer in der Pension! Anscheinend hat er vor, hierzubleiben, sonst würde er doch das Auto selbst zurückfahren.«

Michael kippte den Espresso runter. »Vielen Dank, Pietro.« Er stand auf.

»Wie? Das war alles?«

»Was war alles?«

»Ich meine, was machen wir denn jetzt?«, fragte Pietro entrüstet.

Michael legte ihm die Hand auf die Schulter. »Nichts. Wir machen einfach nichts.«

Dann ging er aus der Bar. Er beschloss, zurück ins Haus zu gehen. Was immer Pierre auch vorhatte, er würde es schon erfahren.

4

Bridgeport, Mai 2017
Stuart

Was immer geschah, wie viele Termine auch anstanden, ein anständiges Frühstück war Stuart heilig. Normalerweise verspeiste er eine Portion Rührei mit Speck sowie einen Diätjoghurt mit Erdbeergeschmack. Dazu einen Cappuccino. Da er jedoch in den nächsten Stunden mindestens zwei Stücke Apfelkuchen mit Sahne – zudem vermutlich noch viele andere kalorienschwere Leckereien – erwarten konnte, hatte er an diesem Morgen auf den Speck verzichtet.

Er saß im Auto und erreichte Bridgeport. Die Stadt lag ungefähr sechzig Meilen von Manhattan entfernt. Normalerweise schaffte er die Strecke in einer Stunde. Vor zwei Jahren waren seine Eltern dort in eine Seniorenresidenz gezogen. Stuart hatte lange nach einer angemessenen Bleibe für die beiden gesucht. Zwar gab es keinen Grund zur Sorge, denn sowohl seine Mutter als auch sein Vater fühlten sich kerngesund, aber das Haus in Chicago war zunehmend zur Belastung geworden. Er freute sich, dass sich die beiden offen für einen Ortswechsel gezeigt hatten und er sie fortan jeden Tag besuchen könnte. An manchen Wochenenden holte er seine Eltern in sein Penthouse nach Manhattan – was aber die Ausnahme blieb, da sich seine Mutter inmitten der Hochhäuser unwohl fühlte.

Der Vorteil der Seniorenresidenz in Bridgeport war, dass die Bewohner in einer voll ausgestatteten Wohnung lebten, in der sie sich eigenständig versorgen konnten. Nur im Notfall oder wenn sich die Spuren des Älterwerdens stark bemerkbar machten, waren Pflegekräfte zur Hilfe. Bislang war alles gut gegangen.

Er stellte seinen Ferrari auf dem Parkplatz ab, griff eine Schachtel Pralinen vom Beifahrersitz und betrat den Haupteingang der Residenz. Das Pflegepersonal an der Pforte begrüßte ihn. Kurz darauf klingelte er bei seinen Eltern – sie hatten eine Wohnung im dritten Stock mit herrlichem Blick auf die Parkanlage ergattert –, und seine Mutter öffnete die Tür.

»Stuart, mein Lieber. Da bist du ja!«

Er umarmte seine Mutter und trat ins Wohnzimmer. »Mom, du siehst gut aus. Schau mal, das habe ich dir und Dad mitgebracht.« Er überreichte die Pralinen.

»Danke, muss ich schnell verstauen, bevor dein Vater drüber herfällt.«

Stuart ging schnurstracks auf den Balkon und holte tief Luft. »Wow, ich bin jedes Mal neidisch auf euren Ausblick.«

»Kann ich verstehen. Ich konnte nie nachvollziehen, weshalb du mitten zwischen diesen Hochhäusern wohnst.«

»Ach Mom, das ist doch …«

»Stuart! Schau mal!«, rief sein Vater aus dem Wohnzimmer.

Er folgte dem Ruf und sah, wie ihm sein alter Herr freudestrahlend entgegenkam. Unter seinem Arm hielt er ein Bündel Feuerwerksraketen, sie waren in Plastik eingeschweißt.

»Neue Ware! Sonderangebot!«, verkündete Stuarts Vater.

»Das macht er nur, um mich zu ärgern«, warf seine Mutter ein und rückte eine Vase auf dem Esstisch zurecht.

Stuarts Vater legte das Bündel auf den Balkontisch ab. Dann gab er ihm die Hand. »Schön, dich zu sehen.«

»Dad, was machst du mit dem ganzen Feuerwerkskram?«

»Gab es bei Gong, dem Chinesen, letzte Woche zum halben Preis.«

»Wir haben Mai. Silvester ist in sieben Monaten.«

»Alles nur, um mich zu ärgern«, wiederholte Stuarts Mutter mürrisch.

»Blödsinn, die Leute hier freuen sich über etwas Stimmung an Silvester. Hast du selber letztes Jahr gesagt.«

Stuart sah zu, wie sein Vater die Raketen zurück in ein anderes Zimmer brachte.

Wenige Minuten später saßen sie zusammen am Esstisch. Es gab Kaffee und natürlich den angekündigten Kuchen. Während sie die süße Köstlichkeit verspeisten, erzählte Stuart Anekdoten aus der Columbia Universität – hauptsächlich von seinen Studenten. Seine Eltern berichteten von den Eigenarten der anderen Residenzbewohner und von ihren Plänen für eine Reise an die Westküste.

Die Zeit verging wie im Fluge. Zwischendurch schaute Stuart auf seine Uhr, denn um fünfzehn Uhr musste er ja zurück in New York sein. Nachdem sie mit dem Kaffeegedeck fertig waren, setzten sie sich auf den Balkon und genossen bei kühlen Getränken den Ausblick ins Grün.

»Ach, Stuart, wenn du doch bloß eine Frau finden würdest«, unterbrach seine Mutter die Stille.

Er traute seinen Ohren nicht und hielt für einen Augenblick die Luft an. »Mom! Kannst du mir mal sagen, was das soll?«

»Es ist nur ... ich möchte nicht, dass du allein bist. Ich weiß doch, wie sehr du unter dem leidest, was geschehen ist.«

Stuart seufzte und blickte auf die Uhr. Er hatte noch Zeit, jetzt wollte er aber trotzdem aufbrechen. »Mom, das ist lange her. Es geht mir gut, okay?«

Sie lächelte. Sein Vater öffnete eine Flasche Saft und wollte die Gläser auffüllen.

»Danke, für mich nicht. Ich muss los«, sagte Stuart und stand auf.

Seine Eltern folgten ihm zur Tür.

»Ich hoffe, ich habe dich nicht verjagt«, gestand seine Mutter.

»Nein, alles gut. Wir können doch über alles reden. Aber es ist wirklich alles gut. Macht euch noch einen schönen Tag. Ich melde mich am Wochenende, einverstanden?«

Seine Eltern nickten. Sie verabschiedeten sich, und Stuart bedankte sich für den Kuchen. Als er die Wohnung verließ und den Haupteingang der Residenz erreichte, fühlte er sich erleichtert. Er stieg in sein Auto und fuhr los. Es gab keinen Grund zur Eile. Er beschloss daher, einen Schlenker über den Seaside Park zu machen, denn von dort hatte man einen herrlichen Ausblick über das Wasser auf Long Island.

»Gloria, gibt es irgendwelche Neuigkeiten?«, fragte er seine virtuelle Assistentin.

Das Computersystem brauchte ein paar Sekunden für die Antwort. »Sie haben eine neue E-Mail.«

»Okay, welcher Absender?«

»Das Büro des Vizepräsidenten der Vereinigten Staaten von Amerika.«

»Soll das ein Witz sein?«

»Nein, das soll kein Witz sein.«

Er ließ sich die E-Mail vorlesen. Es handelte sich um eine Einladung für den kommenden Abend um sieben Uhr. Anscheinend gab der Vizepräsident eine Party zu Ehren von General George Patton, einem amerikanischen Kriegshelden. Als Ort war eine Adresse auf Long Island angegeben. Stuart zog die Stirn in Falten. Es konnte sich nur um einen Irrtum handeln.

»Wann kam die E-Mail?«

»Vor zwei Stunden.«

Er schüttelte den Kopf. »Was habe ich mit einem alten Kriegshelden zu tun?«, wisperte er.

»Diese Frage kann ich leider nicht beantworten«, gab Gloria zurück.

Stuart seufzte. Er würde im Büro überprüfen, ob es sich um eine Spam-Nachricht handelte.

Er erreichte den Seaside Park, hielt an und stieg aus. Die Sonne blendete ihn, und er hielt sich die Hand vor die Stirn, als er nach Long Island schaute. Mit Politik konnte er eigentlich nichts anfangen. Andererseits: Den Vizepräsidenten kennenzulernen war sicherlich eine spannende Sache.

5

San Gemini, Mai 2017
Michael

Das Licht des Vollmonds quälte sich durch den Vorhang in Michaels Schlafzimmer und legte einen hellen Schimmer auf die Bettdecke. Kühle Luft strömte durch das gekippte Fenster und erleichterte den Raum von der stickigen Schwere, die von Nikotinschwaden und Staubflusen durchzogen war. Neben dem Bett stand ein Sekretär aus Eichenholz, auf dessen geöffneter Klappe eine Bibel lag. Das Buch der Bücher war von einem Staubfilm bedeckt.

Michael wälzte sich von der linken auf die rechte Seite. Das Kissen unter seinem Kopf war so durchgedrückt, dass er es beinahe nicht mehr spürte. Er war um Mitternacht ins Bett gegangen und hatte eine Ewigkeit gebraucht, um in einen Dämmerzustand zu fallen. Dieser Mann, Pierre, hatte ein Gedankenkarussell ausgelöst, von dem er nur schwer den Absprung schaffte. Bilder von damals kamen zurück und brachten schmerzvolle Gefühle, die sich wie ein Virus auszubreiten schienen.

In einer Mischung aus Traum und Erinnerung sah er sich selbst auf dem Polizeirevier sitzen. Es war das Jahr 1987. Einer der beiden Polizisten, die als Erste zur Unfallstelle geeilt waren, hatte ihm ein Glas Wasser gebracht und sein Beileid ausgesprochen. Ein Schlag ins Gesicht, denn, obwohl er selbst gesehen hatte, dass Marcia tot war, hatte er auf ein Wunder gehofft, wie zum Beispiel eine Wiederbelebung im Krankenwagen oder ein Koma, aus dem er sie irgendwann hätte befreien können.

Michael war unfähig gewesen, dem Polizisten in die Augen zu sehen, geschweige denn, dessen Fragen zu beantworten. Später hatte er erfahren, dass er eine Stunde lang ohne zu sprechen in seinem Stuhl gesessen hatte, bis er von einem Arzt ins Krankenhaus begleitet worden war. Dort hatte man ihn aus seinem Schockzustand befreit. Zwei Polizisten hatten ihn später nach einem braunen Chevrolet befragt, der laut Zeugen für den Tod seiner großen Liebe verantwortlich gewesen sein sollte. Doch Michael konnte sich an das Fahrzeug nicht erinnern.

Damals waren ihm die Tage wie Wochen vorgekommen. Und die Wochen wie Jahre. Eine gefühlte Ewigkeit hatte er nichts von der Polizei gehört, bis er eines Tages einen Brief bekommen hatte, in dem stand, dass die Ermittlungen und die Suche nach dem Täter eingestellt worden waren.

Ein tiefes Brummen drängte von außen in seinen Traum. Michael spürte, wie irgendetwas versuchte, ihn in den Wachzustand zu rufen. Doch er wollte noch nicht gehen, er wollte in seiner Gedankenwelt bleiben.

Zu jener Zeit hatte er den Versuch unternommen, einen Sinn in Marcias Tod zu finden. Er hatte sich der Theologie zugewandt und seinen Geist mit der Bibel geschärft. Er hatte gekämpft, nicht den Mut zum Leben zu verlieren und gehofft, in seiner Arbeit als Priester eine neue Berufung zu finden. Nichts war im so wichtig gewesen, wie andere Menschen aus finsteren Tälern zu führen. Im Gegenzug hatte er die Liebe Gottes erwartet.

Doch er hatte ihn nie gefunden – den Gott, von dem immer alle sprachen, mit dem er von Kindesbeinen an aufgewachsen war, zu dem er immer treu gebetet hatte. Es war, als sei seine Liebe nie zu ihm durchgedrungen. Ein verlorenes Schaf.

Das Brummen wurde lauter. Ein gleißender Lichtstrahl schoss von außen durch die Vorhänge, die sich durch einen Luftstrom aufblähten. Michael fuhr erschrocken hoch und dachte im ersten Augenblick, ein Geist würde in sein Schlafzimmer eindringen. Die Wände erzitterten. Winzige Steine prasselten gegen die Fensterscheibe. Das Geräusch war so laut – das halbe Dorf musste dadurch aufgeweckt werden.

Michael setzte die Füße auf den Boden und stand mühevoll auf. Er fühlte sich wie immer wackelig auf den Beinen, hielt sich am Sekretär fest und verließ das Zimmer. Als er den Flur betrat, hatte sich das martialische Geräusch in einen donnernden Rhythmus verwandelt; noch immer vibrierten die Wände,

Staub und Dreck wurden gegen das Haus geschleudert – jedenfalls hörte er das Streichen der Partikel gegen das Fensterglas.

Er öffnete die Haustür und trat auf die Veranda. Ein starker Wind blies ihm entgegen, und gleißendes Licht blendete ihn. Sein Kopf wurde klar. Wahrscheinlich war es das Adrenalin, das ihn wachrüttelte.

Eine menschliche Silhouette tauchte vor dem Licht auf. Sie kam langsam näher.

Michael hielt sich die Hand vor die Stirn und verfluchte die Helligkeit. Erst jetzt erkannte er, dass ein Helikopter vor seinem Haus gelandet war und für das Chaos sorgte. Ohne Erbarmen drehten die Rotoren durch die Luft, ein Scheinwerfer bohrte das Licht durch die Dunkelheit.

»Michael! Ich bin es, Pierre!«

Der Franzose blieb vor der Veranda stehen.

»Sind Sie endgültig verrückt geworden?«, brüllte Michael aufgeregt. Am liebsten hätte er dem Störenfried einen Hieb ins Gesicht verpasst.

»Hören Sie mir zu! Sie haben nur diese eine Chance!«

»Was soll das bedeuten? Verschwinden Sie!«

Pierre deutete auf den Helikopter. »In genau einer Minute bin ich weg! Kommen Sie mit, ich bringe Sie zu Carl Steinberg!«

»Sie können mich mal!«, schrie Michael und machte eine wütende Faust.

Der Lärm war ohrenbetäubend. In wenigen Minuten würde das halbe Dorf auf den Beinen sein. Michael hatte keine Ahnung, wie er den Störenfried erklären sollte. Missmutig wurde ihm bewusst, dass der Helikopter mit den Kufen in seinem Vorgarten stand und sein Blumenbeet zerstört hatte. Die Rosensträucher konnte er vergessen.

»Sie können sie wiedersehen, Michael! Ich meine Marcia … Sie können sie wiedersehen!«, rief Pierre ihm entgegen.

Hatte er Marcia gesagt? Für einen Moment hörte die Welt auf, sich zu drehen. Alles schien wie weggeblasen, selbst der Lärm. Michael hielt inne. »Wie … wie meinen Sie das?«, stammelte er.

»Haben Sie nicht Steinbergs Nachricht gelesen?«, erwiderte Pierre. »Er kann sie zu Marcia bringen. Alles, was Sie tun müssen, ist, in diesen Helikopter zu steigen!«

Michael wurde schwindelig. Er rieb sich mit der Linken über die Stirn, war unfähig einen klaren Gedanken zu fassen und musste sich ans Geländer lehnen. Das konnte unmöglich wahr sein. Das war ein Trick, ein übler Scherz. Jemand wollte ihn übers Ohr hauen. Aber warum? Er hatte kein Geld, konnte niemandem einen Nutzen bringen.

Pierre machte einen Schritt auf die Veranda zu und hielt sich mit Mühe das flatternde Jackett zu. Der künstliche Wind bürstete seine breiten Schultern, und das Licht des Helikopters setzte einen Schimmer auf seine Glatze. »Letzte Chance!«, rief er.

Michael schloss die Augen. Ein Priester im Vatikan hatte ihm beigebracht, dass sich die Welt am besten in der Dunkelheit betrachten ließ. Er hatte keine Ahnung, was er tun sollte. Nichts ergab einen Sinn. Nicht das Leben. Nicht der Tod. Vielleicht hatte das Schicksal ihn stets betrogen, weil er sich nie fügen wollte. Sollte er sich jetzt fügen oder wie gehabt seinen eigenen Weg gehen? Gab es überhaupt einen Widerspruch zwischen dem Schicksal und seinem eigenen Willen?

Er öffnete die Augen und starrte wie in Trance in das beißende Licht. Etwas geschah mit ihm. Er öffnete die geballte Faust und nahm Haltung an. Auch wenn es nicht zu erklären war, so spürte er, wie die Kraft in seine Knochen zurückkam. Zudem breitete sich ein Gefühl in ihm aus, das er eine Ewigkeit lang vermisst hatte: Mut zum Leben.

6

Long Island, Mai 2017
Stuart

Stuart warf einen Blick auf sein Navi. Auf den letzten Kilometern musste er dem Pfeil auf der virtuellen Landkarte vertrauen. Ein anstrengender Tag an der Universität lag hinter ihm, und eigentlich hatte er keine Lust auf eine Party beziehungsweise einen Empfang inmitten der New Yorker Elitegesellschaft. Den Vizepräsidenten persönlich kennenzulernen war allerdings ein echter Anreiz. Anhand der Einladung hatte er nicht herausfinden können, weshalb ihm die Ehre als Gast zuteilgeworden war. Er vermutete, dass sein Dekan Richard Schiefer dahintersteckte und hatte versucht, ihn anzurufen. Doch er war nicht zu erreichen gewesen. Die beiden waren inzwischen wie Freunde, auf einer Wellenlänge, dieselben Ambitionen. Trotzdem konnte er über den Grund nur spekulieren.

Gloria hatte festgestellt, dass es sich bei der angegebenen Adresse um das private Anwesen des zweiten Manns im Staat handelte. Ein zusätzlicher Anreiz, die Einladung anzunehmen. Wer bekam schon Einblick in das Privatleben eines Vizepräsidenten?

»Gloria, was weißt du über Steven Buchanan?«, fragte Stuart.

Er lenkte seinen Ferrari über den Highway 495, der sich längs über Long Island zog. Das Navi zeigte an, dass sein Ziel noch elf Minuten entfernt war.

»Steven Buchanan. Vizepräsident der Vereinigten Staaten von Amerika«, erklang die weibliche Computerstimme. »Angehöriger der republikanischen Partei. Hat sein Vermögen mit Öl gemacht und steht auf Platz siebenhundertzwölf der Forbes-Liste.«

»Wieso geben diese Typen Partys, anstatt für unser Land zu arbeiten?«, unterbrach Stuart kopfschüttelnd.

»Definieren Sie *diese Typen*«, bat die digitale Assistentin.

Stuart seufzte. »Vergiss es, Gloria …«

Nach einer Weile erreichte er ein eingezäuntes Areal, das von Pappeln umgeben war. Hin und wieder ließ eine Lücke zwischen den Bäumen den Blick auf das Anwesen zu. Er hielt vor einer Zufahrt an, die von einer Schranke und zwei Agenten vom Secret Service mit Maschinenpistolen geschützt war. In einem Wachhaus saß ein anderer, der eine Monitorwand beobachtete. Ein vierter Mann, der ein Klemmbrett in der Hand hielt, wandte sich an den Neuankömmling.

Stuart ließ das Fenster runter und nannte seinen Namen. Der Wachmann blätterte eine Liste durch und signalisierte seinen Kollegen, dass Stuart registriert war.

Die Schranke fuhr hoch, und die bewaffneten Agenten machten Platz.

Die Zufahrt schlängelte sich durch ein Meer aus Rosen und Azaleen über eine hügelige Rasenfläche, die anscheinend zum Golfspielen genutzt wurde. Hinter dem Buckel aus Grün schälte sich ein verwinkeltes Dach hervor. Je näher Stuart kam, desto mehr vervollständigte sich vor seinen Augen ein prächtiges Anwesen, das selbst auf Long Island, einem bevorzugten Wohnsitz der Reichen und Schönen, eine Ausnahmeerscheinung war. Der wolkenlose Himmel perfektionierte das Areal zu einem traumhaften Gemälde.

Stuart hielt vor dem Eingang an, dessen Vordach von zwei Marmorsäulen gestützt wurde. Ein Angestellter, der wie ein Hotelpage gekleidet war, kam auf ihn zu und begrüßte ihn. Stuart stieg aus und gab dem Mann seine Auto-Keycard. Ihm war jedes Mal unwohl dabei, seinen Ferrari jemandem zum Parken zu überlassen, doch je öfter er die Partys der New Yorker Oberklasse besuchte, desto besser ließ sich das Gefühl ertragen.

Im Entree des Anwesens plätscherte ein Springbrunnen. Ringsherum standen Palmen in goldenen Töpfen; sie ragten knapp unter die mit Stuck verzierte Decke. Der Boden bestand aus einem Mosaik bunter Steine.

Ein Bodyguard, der im Schatten einer Palme stand, warf Stuart einen mürrischen Blick zu und zeigte auf eine Flügeltür, die zum Wohnzimmer führte.

Stuart betrat das Wohnzimmer, in dem eine Gruppe alter Männer mit Whiskey anstieß. Durch eine Glasfront am anderen Ende konnte er sehen, dass sich die Party, wie erwartet, draußen abspielte. Er passierte das Wohnzimmer und ging in den prächtigen Garten. Ungefähr hundert Gäste hatten sich eingefunden. Die anwesenden Männer trugen Anzug oder Uniform – zum Teil hochdekoriert mit auffälligen Orden –, während sich die Frauen gegenseitig mit Designerkleidern und teuer geschmückten Dekolletés übertrafen. Unter einem Sonnensegel standen eine mobile Bar mit zahlreichen Flaschen und Gläsern sowie ein Tisch, auf dem Kanapees und andere Leckereien angerichtet waren.

Stuart blieb vor einer Pyramide aus Champagnergläsern stehen, die von einem Angestellten aufgefüllt wurden. Neben ihm nahm sich ein dicker Mann in Uniform ein Glas und trank die Hälfte in einem Zug aus. Eine Frau, die ein Tablett mit edlen Kristallgläsern trug, sprach Stuart an, ob er Champagner oder lieber Orangensaft wolle. Er entschied sich für den Saft, nahm einen Schluck und mutmaßte, dass er der einzige Alkoholverweigerer war.

»Ganz schön warm für diese Zeit, oder?«, erklang eine weibliche Stimme hinter ihm.

Stuart drehte sich um. Und war perplex. Vor ihm stand Olivia.

Sie warf ihm ein Lächeln zu und trank einen Schluck aus ihrem Champagnerglas. »Oh, Sie trinken Orangensaft ... weise Entscheidung.« Sie trug ein hautenges rotes Kleid, das die Blicke der männlichen Gäste wie ein Magnet anzog.

»Was machen Sie denn hier ...«, stammelte Stuart. Er musterte sie von oben bis unten, als sähe er einen Geist. Dabei fokussierten sich seine männlichen Sinne auf ihr Dekolleté, auf dem eine Kette mit einem herzförmigen Anhänger glitzerte.

»Ich?«, sie hielt inne, als jemand ihren Arm tätschelte.

»Olivia, schön, dich zu sehen! Lass uns mal wieder Golf spielen!«, äußerte ein Mann mit einem charismatischen Lächeln und ging weiter.

»Gerne!«, rief sie ihm hinterher.

Stuart schaute dem Mann mit offenem Mund nach. »Das war doch ...«

»Steven Buchanan«, gab Olivia mit einem Schmunzeln zurück.

»Ja ... genau der«, erwiderte Stuart. Er hatte noch immer keinen blassen Schimmer, wie er die Einladung zu der Party einordnen sollte, und griff hektisch ein Glas Champagner vom Tablett einer vorbeigehenden Angestellten.

Olivia nahm ihm seinen Orangensaft ab und kippte sich den Inhalt in ihr Glas. »Nicht sehr damenhaft, ich weiß.« Sie stellte das leere Glas auf einen Tisch und forderte Stuart mit einer Handbewegung auf, ihr zu folgen. »Kommen Sie. Oder wollen Sie die ganze Zeit hier herumstehen?«

Die beiden gingen über die Terrasse auf die Rasenfläche. Olivia trank einen Schluck aus ihrem Gemisch und winkte einer Frau zu.

Stuart beobachtete, wie eine Gruppe alternder Militärs zu klatschen begann, als Steven Buchanan einem hochdekorierten Mann – fünf Sterne prangten an dessen Schulterklappe – auf den Rücken klopfte. Zigarrenqualm schwebte über der testosterongeprägten Männerrunde. Daneben stieß unter dem Sonnensegel ein Bündnis weiblicher Gäste mit Champagner an. Die Frauen umarmten sich – anscheinend hatten auch sie einen Grund zum sozialen Feiern gefunden. Hin und wieder tauchten Männer mit dunklen Sonnenbrillen auf, die anhand von Ohrstöpseln und finsteren Mienen als Bodyguards zu identifizieren waren.

Olivia ging über einen gepflasterten Weg zu einem Teich, der abseits vom Partygeschehen lag. Goldfische tummelten sich an der Wasseroberfläche und drängelten sich dicht gegeneinander, als wollten sie die Abendsonne auf den Schuppen spüren. Eine Seerose komplettierte die perfekte Vorlage für ein Stillleben.

Die beiden blieben stehen und betrachteten die Fische.

»Also gut«, begann Stuart. »Sie haben gewonnen. Sie haben meine Neugierde geweckt.«

Sie sah zu ihm auf. »Was wollen Sie wissen?«

»Zunächst einmal, woher Sie den Vizepräsidenten kennen.«

»Steven? Ach ...«, Olivia schlürfte von ihrer Champagner-Orange Mischung. »Wir kennen uns bereits seit dem Kindergarten.«

Stuart glaubte, nicht richtig zu hören. »Wie bitte? Haben Sie gerade Kindergarten gesagt?«

»Ja ... eine Institution zur Betreuung für Kinder im Vorschulalter, wo diese pädagogisch betreut und gefördert werden.«

»Sehr lustig. Sie klingen ja Sie schon wie Gloria«, murmelte Stuart.

»Wie wer?«

»Vergessen Sie es. Eigentlich ist mir auch egal, woher Sie ihn kennen oder wie oft Sie zusammen auf dem Golfplatz Bälle schlagen. Ich habe verstanden, dass Sie ein Jobangebot für mich haben. Ich habe abgelehnt, Sie haben mich auf diese Party eingeladen, um mich zu beindrucken. Glückwunsch, ist Ihnen gelungen. Jetzt verraten Sie mir die Details, dann trinken wir unsere Gläser aus, und ich schlafe eine Nacht drüber. Morgen früh gebe ich Ihnen dann Rückmeldung. Einverstanden?«

»Wow, das nenne ich mal direkt. Woher haben Sie diese Eigenschaft? Von Ihrer Mutter oder väterlicherseits?«

Stuart verzog den Mund zu einem ironischen Lächeln. »Von Leuten wie Ihnen, die mich in den letzten sechs Monaten permanent ...«, er hielt inne und suchte nach der richtigen Formulierung, »... aufsuchen und mir eine Offerte machen.«

»Ich mag Sie, Stuart. Sie sind offen und ehrlich.«

»Danke. Ich ... mag Sie auch«, brachte er hervor und fühlte sich dämlich dabei.

Olivia blickte in den Himmel und beobachtete einen vorbeiziehenden Vogelschwarm. »Was sagt Ihnen der Name Carl Steinberg?«, fragte sie.

Endlich geht es los, dachte Stuart. Der Name kam ihm bekannt vor. Er durchstöberte sein Gedächtnis. Steinberg, natürlich – er wusste, wer das war. Seine Synapsen verbanden jedoch nicht ausschließlich positive Assoziationen mit dem Namen. »Carl Steinberg. Ihm gehört Steinberg World – eines der weltweit größten Medienunternehmen«, resümierte er. »Zahlreiche Zeitungen und Fernsehanstalten gehören zur Gruppe. Soweit ich weiß, auch ein Filmstudio in Hollywood.«

»Das hat er inzwischen verkauft. Die Zahlen waren über Jahre hinweg schlecht.«

Stuart war überrascht, anscheinend arbeitete Olivia für den Medienmogul. Und mit einem Angebot aus der Medienbranche hatte er nicht gerechnet. Sein Gedächtnis rief eine Warnung aus. »Warten Sie mal ... wurde Carl Steinberg nicht mit dem Tod von Levi Goldmann in Verbindung gebracht?«

Olivia seufzte und warf einen Blick auf die Fische im Teich. »Eine alte Geschichte, die wir einfach nicht aus den Köpfen der Leute bekommen. Das war bereits vor einundzwanzig Jahren! Carl wurde noch nicht einmal angeklagt. Die Anschuldigungen waren völlig absurd.«

»Ich schätze, Sie waren nicht dabei«, bemerkte Stuart stoisch.

Sie lächelte. »Wenn das eine Anspielung auf mein Alter gewesen sein sollte ...«, sie hielt inne, »... natürlich haben Sie recht. Vergessen Sie einfach die Berichterstattung und öffentliche Meinung. Ich würde Ihnen Carl gerne persönlich vorstellen. Er möchte, dass Sie für ihn arbeiten.«

»Worum geht es?« Stuart setzte das Champagnerglas an.

»Ich darf Ihnen keine Details nennen. Aber wir brauchen Ihre Expertise. Carl bietet Ihnen hunderttausend Dollar pro Woche.«

Stuart verschluckte sich und spuckte Champagner in den Teich.

»Schätze, die Fische freuen sich«, witzelte Olivia.

Er wischte sich über den Mund und betrachtete sein Hemd, das ohne Flecken davongekommen war.

»Hunderttausend?«, staunte er. »Was ... Sie müssen mir doch irgendetwas sagen können!«

»Tut mir leid. Details erfolgen erst bei Zusage. Das Projekt dauert maximal vier Wochen. Vielleicht sind wir bereits nach einer Woche durch. Als kleinen Anreiz spendet die Steinberg-Stiftung eine Million Dollar an die Columbia Universität – selbstverständlich an die neurologische Fakultät.«

»Weiß Richard davon? Der Dekan ...«

Olivia zog die Stirn in Falten. »Nein, aber ich kann mir vorstellen, dass er sich über die Spende sehr freuen würde.«

Stuart trank vorsichtig den Rest Champagner. Die Sache gefiel ihm nicht. Sich für ein Projekt zu verpflichten, ohne Sinn und Zweck zu kennen, entsprach nicht seiner Grundüberzeugung. Andererseits, wenn er ethische oder moralische Bedenken bekäme, hätte er kein Problem damit, sich der Arbeit zu verweigern. Vertrag hin oder her. Für Geld machte er nicht alles. »Was passiert, wenn ich kurzfristig aussteigen will?«

»Sie fahren zurück in Ihren Hörsaal, um Ihre Studenten glücklich zu machen. Probleme gibt es erst, wenn Sie gegen die Verschwiegenheitserklärung verstoßen.«

Kann ich mit leben, dachte er. Doch er war noch immer unsicher, was er tun sollte. Eine Zusage – jetzt und hier, auf einer verlockenden Party mit Champagner, einem Vizepräsidenten und schönen Frauen – wollte er sich nicht so leicht entlocken lassen. *Über jede Entscheidung, die dein Leben betrifft, musst du mindestens eine Nacht schlafen*, pflegte seine Mutter zu sagen.

»Ich überlege es mir«, sagte er mit fester Stimme.

Olivia bemerkte Steven Buchanan, der sich aus der Partymenge gelöst hatte und den beiden von der Wiese aus zuwinkte. Das goldgelbe Licht der untergehenden Sonne setzte ihn wie einen Filmhelden in Szene. »Olivia, stell mir deinen Begleiter vor!«, rief er mit strahlender Miene.

»Wir kommen gleich!«, antwortete sie.

Der Vizepräsident nickte und machte kehrt.

Olivia wandte sich an Stuart und sagte: »Ich freue mich, dass Sie mich angehört haben. Leider kann ich Ihnen nur zwei Tage Zeit zum Überlegen geben. Wenn Sie dabei sind, rufen Sie mich einfach an.« Sie gab ihm ihre Karte und fuhr fort: »Oder Sie erscheinen einfach Samstagabend am MacArthur Flughafen.«

Stuart betrachtete die Karte.

Olivia lächelte. »Kommen Sie«, sie gab ihm einen Klaps auf die Schulter. »Jetzt stelle ich Ihnen Steven vor!« Sie ging zurück Richtung Terrasse.

Stuart folgte ihr und amüsierte sich über die Geste, die er bisher nur von Freunden aus der Collegezeiten gewohnt war. »Ich muss Sie warnen«, sagte er.

»Ich will alles über Ihre gemeinsame Kindergartenzeit wissen!«

Die Dämmerung brach herein. Gedimmte Lichtstrahler am Haus und Fackeln auf der Wiese bescherten der Party eine behagliche Stimmung. Der Champagner floss in Strömen. Noch lange schallte das Gelächter der Gäste in der Abgeschiedenheit Long Islands. Die Oberklasse feierte das Leben.

7

Los Angeles, Mai 2017
Lucy

Laserstrahlen tanzten durch den Nebelschleier, teils zuckend und mit abrupten Sprüngen, teils in gleichmäßigen Schwingungen. Sie bewegten sich rhythmisch zum Technobeat, der wie ein unsichtbarer Geist aus den dröhnenden Boxen flog und die Partymenge berauschte. Am liebsten hatte es Lucy, wenn die Lichtströme einen magischen Fächer bildeten und sich wie eine schützende Hand über den Dancefloor legten.

Der Black Rose Club gehörte zu den beliebtesten Adressen unter Anhängern elektronischer Musik und Ekstase-Süchtigen. Lucy kam in der Regel einmal die Woche hierher. Der unauffällige Eingang am Hollywood-Boulevard täuschte über die wuchtige Atmosphäre im Bauch der Höhle hinweg. Für die Polizei von Los Angeles war der Club eine routinierte Anlaufstelle – Krawall und Drogen waren anscheinend Teil des Konzepts, anders konnte man sich den Sog auf problembehaftete Partysuchende jedenfalls nicht erklären.

»Hey Tommy, mach mir noch einen Shooter!«, rief Lucy angestrengt über die Bar.

Die klirrenden Technoklänge waren dermaßen laut, dass normale Unterhaltungen ausgeschlossen waren. Das Gedränge der jungen Leute – sowohl auf der Tanzfläche, als auch rund um die von rotem Neonlicht beleuchtete Bar – beschränkte den Bewegungsradius auf ein Minimum.

Lucy hatte das Gefühl, eine Zwangsjacke tragen zu müssen, als sie an der Bar stand.

»Ich heiße Marvin!«, gab der Barkeeper mit einem knappen Blick zu Lucy zurück.

»Marvin, mach mir noch einen Shooter!«, erwiderte Lucy und legte einen Dollarschein auf den Tresen. Sie spürte den Ellbogen eines Mädchens im Rücken, drehte sich genervt um und erntete ein Lächeln.

Gute Laune gehörte definitiv zum Konzept des Black Rose Club.

Lucy nahm ihren Drink, wich mit gesenktem Haupt einer Welle von Laserstrahlen aus, die auf die Bar trafen, und drängelte sich dann zu einem Stehtisch, an dem ihre beiden Freundinnen und zwei unbekannte Typen standen.

»Scheiße, Lucy, du trinkst das Zeug ja wie Wasser!«, blaffte Donna, die einen knappen Minirock und ein pailletten-bestücktes Top trug.

Die beiden Typen hoben ihr Glas und boten es Lucy lächelnd zum Anstoßen an.

Lucy kippte ihren Kurzen in einem Zug runter, stellte das Glas mit einem Knall auf den Tisch und wandte sich Richtung Tanzfläche. »Ich geh tanzen, ihr Weicheier.« Ihre Nase kribbelte, und sie musste niesen.

Sie löste sich von der Gruppe und drängelte sich durch das Getümmel, eckte hier und da an und blieb unter dem Laserhimmel stehen. Dann streckte sie die Arme hoch, versuchte die Strahlen zu berühren und lachte laut auf. Die elektronischen Beats hämmerten durch ihr Mark und führten sie zur Ekstase. Sie begann zu tanzen, erst langsam und in perfekter Rhythmik, dann schneller und ausgelassener. Ein Rausch an Glücksgefühlen durchströmte ihren Körper. Es tat so gut, alles zu vergessen, die Welt um einen herum, die Sorgen, das Leben. Sie schrie in die Luft und erntete das Lächeln der anderen Partyleute, die alle ihren eigenen Bewegungsstil hatten und dennoch dieselbe Euphorie erlebten.

Plötzlich ging das Licht aus. Alles wurde schwarz, auch die Beleuchtungen an der Bar und an den Zugängen. Der Technobeat brach abrupt ab, und die Menge schrie. Ein Netz aus Laserstrahlen formte sich zu einem Smiley, der auf die Tanzfläche blickte. Die Menge grölte. An der Bar flackerte es. Dann kam das Licht zurück, der Technobeat ging weiter, begleitet von einer epischen Hintergrundmusik.

Alles nur Show, um die Party so richtig in Gang zu bringen. Mit Erfolg.

Lucy lachte, beschwingt von dem überraschenden Effekt, und riss erneut die Arme zum Tanzen hoch. Sie unterdrückte ihre Müdigkeit und hielt Ausschau nach ihren Freundinnen, konnte diese aber nicht sehen. Stattdessen kreuzte sich ihr Blick mit einem glatzköpfigen Mann, der an einem Stehtisch stand. Er trug einen Anzug und wollte nicht recht zum anderen Partyvolk passen. *Irgendein alter Perverser, der junge Hühner aufreißen will*, dachte Lucy.

Sie drängelte sich zurück Richtung Bar und sah Donna, die allein in einer Nische auf einer Couch saß.

»Was geht denn hier ab? Wo ist Kitty?«, wollte Lucy wissen.

»Nach Hause, mit einem dieser Typen«, gab Donna zurück. »Und ich geh jetzt auch. Ich kann nicht mehr.«

Lucy warf einen Blick auf den Tisch, auf dem ein Arsenal von Gläsern stand. Die meisten davon waren nicht leer getrunken worden. *Was für eine Schande*, dachte sie. »Wir sind doch gerade erst gekommen!«, stieß sie vorwurfsvoll aus.

Donna quälte sich aus der Couch und stammelte: »Wir sind seit fünf Stunden hier. Verdammt, es ist vier Uhr morgens.«

Lucy seufzte. »Mir egal. Ich bleibe noch hier.« Sie wandte sich ab und ging Richtung Toiletten.

»Lucy! Jetzt komm!«, rief Donna ihr hinterher.

Lucy betrat die Damentoilette, blieb vor einem Waschbecken stehen und benetzte ihr Gesicht mit kühlem Nass. Das tat gut. Sie trocknete sich die Hände und betrachtete sich im Spiegel. Nicht alles, was sie sah, gefiel ihr. Ihre Haut war blass, das Make-up um die Augenränder war verwischt und die schwarzen Haare fielen kerzengerade auf die Schultern. Wie immer trug sie ihre Jeans mit den Löchern an den Knien und das Top mit dem Logo von Harrys Techno-Blog. Harry war ein alter Freund, etwas schräg, aber liebenswürdig.

Als neben ihr ein Mädchen mit knappem Minirock und pink lackierten Fingernägeln den Wasserhahn aufdrehte, erkannte Lucy, dass sie selbst alles andere als sexy aussah. Aber das war ihr egal. Sie war Lucy.

Zurück an der Bar – das Gedränge hatte sich zum Glück aufgelöst – winkte sie Marvin zu und bestellte einen weiteren Shooter, den sie mit einem Schluck den Rachen runterspülte. Der Alkohol hatte längst Wirkung gezeigt und den Club in einen verwaschenen Kessel bunter Lichtflecken verwandelt. Sollte sie nochmal auf die Tanzfläche gehen, um sich dem Technobeat hinzugeben? Sie fuhr sich über die juckende Nase und bemerkte den Glatzkopf im Anzug.

Er stand am anderen Ende der Bar und starrte zu ihr rüber. Kantiger Kopf, große Statur – ein bedrohlich wirkender Typ.

Lucy zuckte zusammen, als er auf sie zukam. Auf eine Anmache hatte sie definitiv keine Lust. Zeit zu gehen.

Sie mischte sich geschickt unter einen Pulk Mädels, die den Club verließen, und drängelte sich mit ausgefahrenen Ellbogen nach vorne zum Ausgang.

Die frische Luft war eine Wohltat. Am Firmament leuchteten die Sterne. Doch der Sonnenaufgang konnte nicht mehr lange auf sich warten lassen. Vor dem Club stand eine Gruppe junger Technofans, die sich lachend in einer Wolke aus Zigarettenrauch amüsierten. Lucy durchbrach die stinkende Schwade und schlenderte in den Hinterhof. Sie fragte sich, ob sie mit ihren zwanzig Jahren schon zu alt für die Szene war, und spürte die Müdigkeit. Sie massierte sich die Schläfen und suchte ihr Motorrad auf dem Parkplatz. Ihr Verstand sagte, dass sie ein Taxi nehmen sollte, ihr Motorrad könnte sie morgen abholen. Einsichtig machte sie kehrt und blickte flüchtig zum Ausgang, wo gerade der Typ in dem Anzug auftauchte. Er sah sich suchend zu den Seiten um. Anscheinend stellte er ihr nach!

Sie presste sich gegen die Hauswand und spürte, wie ihr aufgedrehter Puls weiter in die Höhe schoss. Kein Taxi, beschloss sie. Sie löste sich aus ihrer Starre, lief auf einen Müllbeutel zu, der unter einem Baum lag, und fischte einen Helm raus – ein Trick, um sich das Geld für die Garderobe zu sparen. Sie setzte den Helm auf und zog ihr Motorrad aus einer Reihe.

Der Mann hatte ihr Manöver bemerkt und kam in den Hinterhof.

Lucy startete das Motorrad, riss das Lenkrad rum und gab Gas.

Ihr Verfolger breitete die Arme aus und versperrte den Weg, doch Lucy wich nicht aus. In letzter Sekunde sprang der Mann zur Seite.

Sie fuhr auf die Straße und drehte auf. Das Lenkrad fühlte sich weich und schwammig an. Der Alkohol tat seine Wirkung. Sie erreichte den Hollywood-Boulevard, auf dem auch nachts reger Verkehr war, und musste an einer roten Ampel halten. Ihr Puls verlangsamte sich. Sie drehte sich um. Und sah, wie der Mann in einem BMW auf sie zufuhr! Die Hände fest um die Griffe gedrückt, gab sie Vollgas und brauste über die rote Ampel. Zum Glück gab es keinen Gegenverkehr. Der Rückspiegel zeigte, dass der BMW an ihr dranblieb – eindeutig ein Verfolger, da er die rote Ampel riskierte. Was wollte der Typ von ihr? Musste ein durchgeknallter Psychopath sein! Leider gab es zu viele davon in Los Angeles.

Lucy versuchte, sich auf den Verkehr zu konzentrieren. Durch das Visier erschienen die Lichter des Boulevards wie ein gelber Dunst, unscharf und verwirrend. Verdammter Alkohol. Wenn sie von der Polizei angehalten würde, bedeutete das Knast – so viel war sicher.

Vor ihr lag die nächste Kreuzung. Die Ampel schaltete auf Grün, Autos fuhren los. Der BMW schloss zu ihr auf und war nun direkt hinter ihr, im Rückspiegel sah sie den Schädel ihres Verfolgers. Kurz bevor sie die Kreuzung passierte, bremste sie ab und riss das Lenkrad nach rechts. Eine Wolke aus Reifenqualm erfüllte die Luft. Das Motorrad drohte umzukippen, doch sie konnte es mit dem Bein abstützen, dann stabilisierte sie es und gab Vollgas.

Der BMW fuhr über die Kreuzung, bremste ebenfalls ab, setzte mit durchdrehenden Reifen zurück und folgte ihr wieder.

Lucy sah auf das Tachometer, dessen Nadel bedenklich weit ausschlug. Ihr wurde schwindelig – nicht gut! Sie musste sich auf ihre Sinne fokussieren. Fokussieren! Langsam ergab sich eine klare Sicht. Die verschwommenen Lichter sortierten sich zu einzelnen Punkten. Die Straße erschien wieder in Schärfe, und Straßenschilder wandelten sich zu eindeutigen Symbolen. Lucy drängelte sich mit einer schlangenförmigen Bewegung an einem LKW vorbei – ein Auto auf der Gegenfahrbahn kam ihr entgegen! Im letzten Moment konnte sie ausweichen. Sie blickte in den Rückspiegel.

Der BMW lag zurück.

Sie lachte. Schon als Kind hatte sie festgestellt, dass sie einen starken Willen besaß. Diesen Typen würde sie abhängen. Erneut blickte sie in den Rückspiegel. Ihr Verfolger war auf einmal verschwunden. Ging ja schneller als gedacht. Sie verringerte die Geschwindigkeit, schob das Visier hoch und atmete durch.

Wenig später erreichte sie die Wohnanlage in Westwood, in der ihr Apartment lag. Eigentlich waren hier nur Studenten der UCLA zugelassen, doch sie kannte den Sohn des Vermieters aus Schulzeiten. Sie stellte ihr Motorrad ab, nahm den Helm vom Kopf und spürte, wie ihr Körperkräfte abrupt nachließen. Das flackernde Licht der Straßenlaterne bereitete ihr Kopfschmerzen. Mit wackeligen Beinen und müdem Geist fischte sie ihren Schlüsselbund aus der Tasche. Jetzt nur noch ins Bett.

»Puh, das war ja eine Fahrt«, erklang eine sonore Stimme hinter ihr.

Lucy drehte sich um und zuckte zusammen, als sie den Glatzkopf sah.

Der Mann stand in lässiger Pose vor einem Müllcontainer und zündete sich eine Zigarette an. Von seinem BMW war weit und breit nichts zu sehen.

Lucy bekam Angst und schob einen Schlüssel ins Haustürschloss. Es hakte, verdammt, der falsche Schlüssel! Hektisch und mit zittrigen Händen durchwühlte sie den Bund, fand den richtigen Schlüssel und öffnete die Tür. In letzter Sekunde würde sie ihrem Verfolger entkommen! Sie drang in den Hausflur und warf einen Blick über die Schulter.

»Ich will dir nichts tun«, sagte der Mann mit französischem Akzent. »Beruhige dich.«

Lucy hielt inne. Ihre Atmung war außer Kontrolle; sie zwang sich, regelmäßig Luft zu holen. Jetzt, da das Adrenalin die Wirkung des Alkohols nicht mehr unterdrücken konnte, fühlte sie sich betäubt und schwach.

Der Mann löste sich aus seiner entspannten Haltung, machte einen Schritt auf sie zu und zog eine Zigarettenschachtel aus der Tasche. »Möchtest du eine?«

»Bleiben Sie zurück!«, stieß Lucy panisch aus.

»Wow, wow …«, der Franzose zog sich zurück. »Du weckst ja noch die Nachbarn auf.«

»Mir egal! Zurück!«, erwiderte Lucy. »Was wollen Sie von mir? Wer sind Sie?«

»Mein Name ist Pierre. Ich wollte eigentlich nur mit dir reden und dachte, der Club sei ein guter Ort. Ich meine, viele Leute, gute Musik. War wohl eine dumme Idee.«

Lucy beruhigte sich, wollte dem Fremden aber nicht nahekommen. Im Zweifel würde sie die Haustür zuschlagen.

Der Mann, Pierre, nahm einen genüsslichen Zug aus seiner Zigarette. »Ich habe ein Jobangebot für dich«, sagte er.

Lucy lachte auf. »Ja, natürlich. Ein Jobangebot, das ist gut! Deswegen kommen Sie auch nachts in einen Technoclub und verfolgen mich wie ein Wahnsinniger über den Hollywood-Boulevard! Sie sind ja lustig. Wirklich originell!«

Pierre warf die Zigarette auf den Boden und drückte sie mit dem Schuh aus. »*Du* bist wie eine Wahnsinnige gefahren«, erwiderte er.

»Lassen Sie mich in Ruhe! Verschwinden Sie!«

Der Franzose seufzte. »Du solltest wenigstens das Crack weglassen.«

Sie wurde zornig. »Was? Was sagen Sie da?«

»Das Crack. Der Alkohol hätte gereicht.«

»Scheiße, was soll das? Ich habe kein ...«, sie hielt inne.

»Natürlich hast du. Ich habe dich beobachtet. Nach jedem Shot hast du dir eine Nase gezogen. Du bist so vollgedröhnt, dass du es selber gar nicht mehr merkst.«

Lucy schluckte und starrte auf den Boden. Ihr Gedächtnis machte eine Achterbahnfahrt, alles drehte sich. Wahrscheinlich hatte Pierre recht – ja, jetzt erinnerte sie sich. »Gehen Sie weg ...«, brachte sie hervor. Sie fühlte sich ertappt, irgendwie gedemütigt.

»Willst du dir nicht mal anhören, was ich zu sagen habe, Mädchen?« In seiner Stimme schwang Verärgerung mit.

Sie sah zu ihm auf. »Haben Sie gerade Mädchen gesagt? Verflucht, arbeiten Sie für einen perversen Araber oder was? Ich habe letztens einen Film gesehen, in dem Typen wie Sie unschuldige Amerikanerinnen entführen und nach Kuwait verschleppen! Ich schwöre, ich schreie die gesamte Nachbarschaft zusammen, wenn Sie nur einen Schritt näherkommen!«

Pierre stieß ein Seufzen aus. »Ich arbeite für keinen perversen Araber.« Er zog eine silberne Schatulle aus seinem Jackett. »Ich biete dir fünftausend Dollar pro Woche. Das Projekt dauert maximal vier Wochen, vielleicht sind wir auch schon nach einer durch.«

»Das sind zwanzigtausend Dollar für einen Monat«, stellte Lucy fest.

»Toll, du kannst rechnen.«

»Ich will zehntausend pro Woche!«, forderte sie selbstbewusst. »Drunter mache ich es nicht.«

»Das sind vierzigtausend für einen Monat.«

»Toll, Sie können rechnen.«

»Da muss ich erst mit meinem Boss sprechen.« Er fasste sich ans Ohr. Mit einem Schmunzeln schüttelte er den Kopf. »Und du willst noch nicht einmal wissen, worum es geht?«, fragte er.

»Worum geht es?«

»Darf ich dir nicht sagen.«

»Sie wollen mich verarschen!« Lucy drehte sich um und begann, die Tür zu schließen.

»Hey!«

Sie drehte sich zu ihm um.

Pierre zog eine Visitenkarte aus der Schatulle. »Ich weiß, ist ziemlich blöd, dass ich dir nichts sagen darf. Und ich verstehe, dass du Angst vor mir hast.« Er legte die Karte auf den Boden. »Wenn du trotzdem dabei sein willst, ruf mich bis morgen Mittag an. Ich schicke dir ein Taxi vorbei, das dich zum Treffpunkt fährt.«

Lucy fixierte die Visitenkarte. Natürlich war sie neugierig auf das ungewöhnliche Jobangebot, und das Geld war der Hammer. Aber ohne Details war die Sache heikel.

Pierre lächelte. »Du bekommst deine vierzigtausend Dollar.«

»Ich dachte, Sie müssen erst mit Ihrem Boss sprechen«, sagte sie verwundert.

»Habe ich gerade. Er hört unser Gespräch mit.« Der Franzose drehte sich um ging.

Lucy schaute ihm hinterher. Sie hörte, wie ein Motor gestartet wurde. Kurz darauf brauste der BMW an ihr vorbei.

Sie machte die Tür zu und ging die Treppe hinauf. Die Stufen kamen ihr ungewöhnlich steil vor – dagegen musste der Mount Everest ein Kinderspiel sein. Sollte sie das Jobangebot etwa annehmen? Nein, sie war zwar verrückt, aber doch nicht so verrückt. Einem Fremden zu vertrauen, der sie verfolgte. Auf keinen Fall. Sie blieb stehen. Eine innere Stimme sprach zu ihr. Sie ging zurück und öffnete die Haustür. Dann hob sie die Visitenkarte vom Boden auf.

8

Long Island, Mai 2017
Michael

Die Abendsonne tauchte den MacArthur Flughafen auf Long Island in einen goldgelben Schleier. Auf dem Flugfeld standen die Privatmaschinen der Reichen und Mächtigen. Allzeit bereit für einen Trip in die Metropolen der Welt oder einen Abstecher ins Paradies.

Am Rand des Rollfelds sonnte sich eine Gulfstream G280, auf deren Rumpf ein Logo thronte: Steinberg Media. Das kleine Luxusflugzeug bot Platz für zehn Passagiere. Fünf Reihen mit je zwei Ledersesseln, eine Minibar und Flachbildschirme waren Standard. Angenehmer konnte man nicht fliegen.

Michael saß in der mittleren Reihe. Er lehnte sich gegen das Fenster und ließ sich vom Sonnenlicht wärmen, das zunehmend schwächer wurde und bald der Dunkelheit weichen würde. Er trug seinen dunkelgrauen Wollanzug, der mindestens fünfzehn Jahre alt war, und ein schwarzes Hemd – ohne den römischen Kragen, dessen weißes Band ihn als Priester zu erkennen gab. Er hatte sich in den fünf Minuten, die Pierre ihm in der Nacht-und-Nebel-Aktion zum Anziehen geschenkt hatte, für ein neutrales Äußeres entschieden. Wollte er damit seine Nähe zu Gott verleugnen? Er wusste es nicht.

Er schloss die Augen und genoss die Ruhe. Er war allein im Flugzeug und fand Zeit zum Nachdenken. Fast zwei Tage waren vergangen seit Pierre ihn mit dem Hubschrauber von San Gemini zu einem Flugplatz nahe Florenz gebracht hatte. Von dort war er mit der Gulfstream nach Long Island gekommen, wo er die restliche Zeit in einer mondänen Suite eines Fünfsternehotels verbracht hatte. Die Vergangenheit war seitdem sein ständiger Begleiter, Erinnerungen an früher wurden wach: an Boston und das MIT, das studentische Treiben auf dem Campus, seine Verehrung von Gott, die WG mit seinem besten Freund … und natürlich Marcia.

Sein Gedächtnis rief Bilder vom Krankenhaus auf. Carl hatte ihn abgeholt und in sein Haus gebracht, damit er in den ersten Tagen nicht allein sein musste. Die Phase der Verleugnung war allmählich der bitteren Akzeptanz gewichen. Und die Zeit des ewigen Schmerzes hatte begonnen.

Ein Geräusch ließ Michael zusammenfahren.

Mit einem Zischen ging die Bordtür auf, und der Pilot betrat das Flugzeug. Er warf Michael ein freundliches Nicken zu und zog sich ins Cockpit zurück.

Dann betrat Pierre das Flugzeug. Er sah aus, als hätte er die letzten vierundzwanzig Stunden keinen

Schlaf bekommen. Seinen Anzug hatte er gegen ein legeres Outfit eingetauscht. Er ignorierte Michael und ließ sich stöhnend in einen Sessel der ersten Reihe fallen.

Eine hübsche Frau kam an Bord. Sie blieb neben Michael stehen und begrüßte ihn. »Hallo, ich bin Olivia.« Sie gab ihm die Hand und lächelte. »Ich freue mich, Sie endlich kennenzulernen. Stört es Sie, wenn ich neben Ihnen Platz nehme?«

»Ganz und gar nicht«, erwiderte Michael.

Olivia ließ sich in den luxuriösen Sessel nieder und verstaute ihre Handtasche. Sie strahlte Enthusiasmus aus, als freute sie sich auf die bevorstehende Reise.

Ein Mädchen in verschlissenen Jeans und einer knappen Lederjacke stapfte die Außentreppe hoch und betrat die Kabine. Sie ging an Michael und Olivia vorbei und nahm den freien Platz in der ersten Reihe ein. Dann drückte sie sich Kopfhörerstöpsel in die Ohren und warf Pierre ein freches Grinsen zu. Als dieser mit einem finsteren Blick antwortete, wandte sie sich ab und schaute aus dem Fenster.

Draußen hatte sich inzwischen die Dämmerung angekündigt.

»Das ist Lucy«, sagte Olivia zu Michael, »Sie werden sich noch näher kennenlernen. Ein klasse Mädchen.« Sie blickte zur Bordtür. »Oh, da kommt Stuart.«

Michael drehte sich zur Seite und sah einen weiteren Passagier eintreten: Ein Mann um die vierzig, intellektueller Typ – irgendwie wirkte er verunsichert und nervös. Sein Blick fiel auf Olivia.

»Vor mir ist noch Platz«, Olivia deutete auf einen Sessel.

Der Mann nickte. Er trug eine lederne Sporttasche mit Luxuslogo, die er vergeblich unter den Sessel schieben wollte. Nach zwei Versuchen legte er die Tasche auf den Sitz neben sich.

Michael hatte seine spärliche Reisetasche, die er innerhalb von fünf Minuten gepackt hatte, im Gepäckraum verstauen lassen. *Hoffentlich habe ich nichts vergessen*, dachte er. Andererseits brauchte er nicht viel. Wohin die Reise auch ging, es würde wohl fließendes Wasser geben. Vielleicht sogar einen guten Brandy. Hoffentlich.

Er musterte den Neuankömmling, der sich in der Kabine umsah und angespannt wirkte. Als sich die Blicke der beiden kreuzten, meldete sich Olivia erneut zu Wort.

»Darf ich Ihnen Professor Stuart Jenkins vorstellen?«

Die Männer nickten einander zu.

»Und das ist Michael Carter.«

»Lassen Sie den Professor weg. Nennen Sie mich einfach Stuart«, sagte der nervöse Passagier, während er sein Sakko auszog.

»Freut mich. Sie können den Professor bei mir ebenfalls weglassen«, scherzte Michael.

Olivia lachte. »Stuart, geht es dir gut?«

»Ja ... ja, alles in Ordnung. Nur irgendwie warm hier drin«, erwiderte er und ließ sich stöhnend zurückfallen.

»Wir werden gleich die Klimaanlage einschalten«, sagte Olivia. »Über den Wolken sieht die Welt gleich anders aus.«

Michael mochte den Ausspruch seiner Sitznachbarin.

Der Pilot trat aus dem Cockpit, ging durch die Reihen und betätigte einen Knopf an der Bordtür, die langsam hochfuhr und mit einem Zischen zuging. Das Geräusch klang, als ob eine vakuumdichte Verpackung geöffnet würde. »Es geht gleich los. Bitte schnallen Sie sich an«, bat der Pilot. »Unsere Flugzeit ...«

»Fliegen Sie allein?«, unterbrach Stuart. »Soweit ich weiß, müssen immer zwei Piloten im Cockpit anwesend sein. Für den Notfall.«

Der Pilot zeigte auf Pierre. »Das ist mein Co-Pilot. Kein Grund zur Sorge.«

Stuart wollte anscheinend etwas erwidern, hielt sich dann aber zurück.

»Unsere Flugzeit beträgt voraussichtlich sechs Stunden. Machen Sie es sich bequem. Oder besser noch, versuchen Sie zu schlafen.« Der Pilot ging ins Cockpit und schloss die Tür hinter sich.

Einen Moment später fuhren die Triebwerke hoch, und das Licht in der Kabine wurde gedimmt.

Michael schaute aus dem Fenster. Der Tower und das Rollfeld schienen wie von magischer Hand ein Eigenleben zu entwickeln. Sein Kopf wurde von einem Schwindelgefühl übermannt, bis seine Sinne die verdrehte Wahrnehmung auflösten, und er erkannte, dass sich nicht die Umgebung bewegte, sondern die Gulfstream langsam auf die Startbahn rollte.

Blinkende Lichter flankierten den Asphalt. Als die Maschine in Position stand, stießen die Turbinen gellende Schreie aus, und die Geschwindigkeit nahm abrupt zu. Dann hob die Gulfstream ab und stieg in einem steilen Winkel auf – der untergehenden Sonne entgegen, hinein in die Wolkendecke.

Knapp fünf Minuten später hatten sie die anvisierte Flughöhe erreicht und gingen in die Waagerechte. Michael warf einen Blick zu Olivia, die ihren Gurt löste und einen Tabletcomputer aus ihrer Handtasche zog. Sie schaltete das Gerät ein und tippte auf der glatten Oberfläche.

Stuart stellte seine Sitzlehne zurück, nahm eine gemütliche Position ein und justierte die Lüftung. Pierre und Lucy saßen wie Steinsäulen auf ihren Plätzen und starrten aus den Fenstern.

Michael war froh, dass das Kabinenlicht gedimmt war. Das entspannte die Lage, und vielleicht könnte er etwas schlafen. Ein hellblaues Quadrat, das auf einmal vor ihm aufflackerte, irritierte ihn. Es tauchte auch vor Olivia und Stuart auf. Erst jetzt nahm er den Flatscreen wahr, der im Rücken des Vordersitzes integriert war, und ein animiertes Logo anzeigte. Er hielt den Atem an, als ein Mann auf dem Bildschirm erschien und zu sprechen begann.

»Guten Abend. Ich freue mich, Sie an Bord begrüßen zu dürfen und heiße Sie alle herzlich willkommen.«

Michael traute seinen Augen nicht. Lang war es her. *Er ist alt geworden*, dachte er. Und trotzdem hatte er ihn sofort erkannt: Carl Steinberg.

Olivia legte ihr Tablet auf die Sessellehne und grinste.

Lucy nahm die Stöpsel aus ihren Ohren und schaute gebannt auf den Monitor, während Pierre sich umdrehte und die Reaktion der anderen beobachtete.

»Mein Name ist Carl Steinberg, und ich bin Ihr Auftraggeber«, fuhr der virtuelle Passagier fort. »Mir ist bewusst, dass Sie alle ein paar aufregende Tage hinter sich haben und dass Sie sich fragen, was als Nächstes auf Sie zukommt. Bitte lassen Sie mich Ihnen versichern, dass mir Ihr persönliches Wohl sehr am Herzen liegt. Ich verspreche Ihnen, unsere Zusammenarbeit so angenehm wie möglich zu gestalten. Schon in wenigen Stunden werden wir uns persönlich kennenlernen.«

Stuart beugte sich nach vorne und fragte: »Dann können Sie uns ja jetzt sagen, wohin die Reise geht, oder?«

Steinberg hielt inne.

Michael wurde bewusst, dass es sich nicht um eine Aufzeichnung handelte, sondern Steinberg live zugeschaltet war.

»Tut mir leid, das kann ich nicht. Aber bitte vertrauen Sie mir.«

Stuart lehnte sich zurück. Sein Blick verriet, dass ihm die Antwort nicht gefiel.

Michael starrte auf den Monitor. Für einen Augenblick hatte er das Gefühl, Steinberg würde ihm in die Augen schauen und mit einem Lächeln, das er aus alten Zeiten kannte, eine Botschaft senden. *Schön, dich wiederzusehen, alter Freund*. Er suchte nach einer Kameralinse, konnte jedoch auf Anhieb keine sehen. Was natürlich nicht bedeutete, dass keine da war.

»Ich habe noch eine Bitte an Sie«, sagte der Medienmogul mit einem Ausdruck von Unbehagen. »Aus Gründen der Sicherheit ist es leider notwendig, dass Sie Ihre Handys an Pierre übergeben.«

Wie auf Kommando stand der Franzose von seinem Platz auf und schaute in die Runde.

»Soll das ein Witz sein?«, keifte Lucy. Sie verstaute ihr Handy in ihrer Lederjacke und zog demonstrativ den Reisverschluss zu.

»Wir müssen leider vorsichtig sein und unbedingt vermeiden, dass unser Standort geortet werden kann«, fuhr Steinberg fort. »Ich bin sicher, Sie verstehen das. Ich freue mich auf jeden Einzelnen von Ihnen.« Er brachte ein schmales Lächeln hervor, dann erlosch sein Gesicht und das Firmenlogo erschien auf den Monitoren.

Stuart sah zu Olivia und bemerkte: »Wow, hat er eben gesagt, dass wir ihm vertrauen sollen? Mit dieser Aktion erreicht er jedenfalls das Gegenteil.«

»Stuart, bitte …«

»Schon gut. Schon gut.« Er kramte in seiner Sporttasche. »Hauptsache, wir werden nicht geortet. Von wem auch immer.«

Pierre hielt Lucy die flache Hand vors Gesicht und brummte: »Dein Handy.«

»Keine Chance«, murmelte sie und wandte sich ab.

Michael starrte aus dem Fenster, sein Blick verlor sich im glitzernden Sternenmeer. Er fühlte sich wie paralysiert. Carl wiederzusehen, nach all den Jahren, wühlte ihn stärker auf als gedacht. Sein Atem stockte, und eine beklemmende Vorahnung schnürte seinen Hals zu. *Warum habe ich mich darauf eingelassen? Kann ich wirklich Marcia wiedersehen? Oder ist das alles nur ein Vorwand – für eine ganz andere Sache.*

Eines war sicher. Er würde es bald herausfinden.

9

Nordatlantik, Mai 2017
Michael

Seit sechs Stunden flogen sie über einen dunklen Teppich aus Wasser. Die Unendlichkeit des Ozeans hatte eine meditative Wirkung – war beinahe narkotisierend. Und sie rief die Urängste des Menschen hervor: Ein Absturz im Nirgendwo war mit hoher Wahrscheinlichkeit ein Todesurteil.

Der Horizont trug einen orangefarbenen Schal, die Nacht wurde verdrängt. Durch den Tagesanbruch lösten die Passagiere an Bord sich langsam aus ihrer Starre.

Lucy brachte ihren Sessel in eine vertikale Position und streckte gähnend die Arme. Sie hatte anscheinend etwas Schlaf gewonnen und den Ärger um ihr Handy verdrängt. Nachdem sie sich geweigert hatte, das Gerät an Pierre zu übergeben, hatte Olivia mit ihrer verständnisvollen Art interveniert und zu verstehen gegeben, dass es sich nur um eine kurzzeitige Sicherheitsmaßnahme handelte. Selbstverständlich würde Lucy ihr Handy nach dem Projekt zurückbekommen. Außerdem gab es in der Projektbasis einen geschützten Internetzugang, den sie jederzeit benutzen könne. Mit dieser Argumentation hatte Lucy sich überzeugen lassen und ihr Handy ausgehändigt – an

Olivia und nicht an Pierre, der den Affront jedoch nur mit einem Seufzen kommentiert hatte.

Michael schob die Klappe an seinem Fenster hoch und betrachtete den Sonnenaufgang. Ein Glitzern am Horizont irritierte ihn. Die Gulfstream verringerte die Flughöhe, das konnte er deutlich spüren. Waren sie bald am Ziel angelangt? Das Glitzern verwandelte sich zu einer Silhouette aus dünnen Strichen, die kerzengerade mitten aus dem Ozean zu ragen schienen. Je näher sie kamen, desto deutlicher konnte er das seltsame Konstrukt sehen.

Stuart hatte das Gebilde ebenfalls entdeckt. In seinem Gesicht stand eine Mischung aus Faszination und Unbehagen. »Was ist das? Und wo genau sind wir eigentlich?«, wollte er wissen.

Olivia erhob sich aus ihrem Sessel und verkündete: »Guten Morgen zusammen! Ich darf euch mitteilen, dass wir unser Ziel erreicht haben. Vor uns liegt das Steinberg Media-Hub – eine der modernsten Kommunikations- und Forschungsanlagen unserer Zeit.«

Michael starrte aus dem Fenster und kniff die Augen zusammen. Die aufgehende Sonne blendete ihn.

»Die Anlage wurde auf einer komplett künstlich angelegten Insel errichtet«, fuhr Olivia fort, »und befindet sich mitten im Nordatlantik. Die genauen Koordinaten sind nur den Erbauern bekannt. Für uns sollte es ausreichen, dass wir uns irgendwo zwischen Nordamerika und Afrika befinden.«

»So genau wollte ich es gar nicht wissen«, warf Stuart ein.

Olivia grinste. »Keine Ursache.« Als ein Signalton erklang und das Zeichen zum Anschnallen erschien, nahm sie wieder ihren Platz ein

Die Gulfstream ging in die Tiefe und hielt auf die Insel zu, deren Ausmaß nun deutlich zu sehen war.

Zwei riesige Zylinder, die den Monolithen aus dem Film *2001: Odyssee im Weltraum* ähnelten, ragten empor. Sie wurden von einem kreisförmigen Gebäudekomplex eingeschlossen, der wie ein gestrandetes Ufo aussah. Je näher sie kamen, desto deutlicher wurden Verästelungen innerhalb des Rings. Die Fassaden glänzten in Silber und waren hier und da von Glasflächen durchbrochen. Am Kopfende stand eine gigantische Radarschüssel auf einem Sockel. Das gesamte Areal war von einer Rasenfläche umgeben, die von Palmen und Blumen gesäumt war. Zwischen dem Rasen und dem Meer schlängelte sich ein dünner Strand. Direkt am Wasser lag die Landebahn.

Mit einem Ruck landete die Gulfstream auf dem Asphalt. Die Rad-Bremsen meldeten sich mit einem Schleifgeräusch, und die Geschwindigkeit nahm rapide ab. Dann kam das Flugzeug zum Stehen.

An Bord herrschte Stille. Niemand wollte oder konnte etwas sagen. Alle verharrten in ihren Sitzen und warteten auf irgendein Signal oder eine Aktion. Pierre machte den Anfang und stand auf, im selben Moment kam der Pilot aus dem Cockpit. Er öffnete die Außentür und ließ die Treppe ausfahren. Die anderen schnallten sich ab und erhoben sich von ihren Plätzen.

Draußen kam ihnen eine warme Brise entgegen. Der Geruch von Salz lag in der Luft. Begleitet vom rhythmischen Rauschen der Meereswellen und umgeben von den Palmen entstand der Eindruck, sie seien im Paradies gelandet. Nachdem alle die Gul- - f - stream verlassen hatten, verabschiedete sich der Pilot – er blieb oberhalb der Treppe stehen und ging zurück in die Kabine.

Die Gruppe verharrte auf der Landebahn – die Blicke auf den Gebäudekomplex und die mächtigen Zylinder gerichtet. Ein Kleinbus näherte sich und blieb vor den Ankömmlingen stehen. Der Fahrer stieg aus und erklärte, dass man das Gepäck später aus dem Rumpf der Gulfstream laden würde. Die Gruppe stieg in den Bus, und der Fahrer fuhr los.

Während der Fahrt bemerkte Michael Überwachungskameras, die in den Kronen der Palmen hingen. Sicherheitspersonal mit Hunden patrouillierte am Strand. Er wunderte sich. Die Insel musste ein unvorstellbares Vermögen gekostet haben. Zwar hatte er von Carls Erfolg als Medienunternehmer gehört, aber wie hatte er sich ein dermaßen gigantisches Areal inmitten des Ozeans aufbauen können? Michael bereute seinen Entschluss, Carls Einladung gefolgt zu sein. Das war alles zu groß für ihn. Die Insel – abgeschieden im Nirgendwo – machte ihm Angst. Wäre er doch nur in San Gemini geblieben. Er schloss die Augen und holte tief Luft. Vielleicht hatte er auch Angst, dass Carl nicht gelogen hatte?

Der Bus hielt vor einer überdachten Glasfront – dem Haupteingang der Anlage. Ein uniformierter Sicherheitsmann öffnete die Tür und half Olivia beim Aussteigen. Sie wandte sich den anderen zu und schien als einzige in gelöster Laune zu sein. Stuart stieg als zweiter aus, seine Sporttasche fest im Griff, eine unübersehbare Skepsis ins Gesicht geschrieben. Hinter ihm erschien Lucy, die dem Sicherheitsmann einen bösen Blick zuwarf, und sich an Olivias Seite stellte. Michael und Pierre stiegen als Letzte aus.

»Willkommen im Steinberg Media-Hub. Dann wollen wir mal«, sagte Olivia mit dem Lächeln einer Reiseleiterin.

Die Gruppe folgte ihr in den Eingangsbereich, der wie die Lobby eines Luxushotels aussah. Über einem plätschernden Springbrunnen hing ein Mobile aus gläsernen Fischen. In einer Sitzecke mit Ledersesseln standen drei Flachbildschirme, auf denen unterschiedliche Nachrichtensender liefen. Zwei Frauen in blauen Uniformen standen hinter einer Theke und begrüßten die Ankömmlinge.

Olivia blickte auf ihre Uhr. »Wir haben jetzt sieben Uhr Ortszeit. Wir treffen uns um zehn Uhr zu einem Frühstück mit Carl Steinberg. Solange kann sich jeder in seiner Suite ausruhen.« Sie setzte ein Lächeln auf und ergänzte: »Die Betten hier sind fantastisch! Aber keine Sorge, falls jemand einschlafen sollte, wird er oder sie geweckt. Wir werden alle abgeholt.«

Stuart setzte seine Sporttasche ab und äußerte mit Blick zu Pierre und Michael: »Keine Sorge. Wir sind schon große Jungs und finden den Weg auch alleine.«

»Da bin ich mir sicher«, entgegnete Olivia, »aber die Sicherheitsvorschriften sind auf der Insel leider sehr hoch. Niemand darf ohne Begleitung seine Suite verlassen.«

Stuart schüttelte mit einem Grinsen den Kopf. »Wieso habe ich mir so etwas bereits gedacht?«

»Weil du ein kluger Kopf bist«, gab Olivia zurück.

Lucy stöhnte und legte ihre Hand auf den Empfangstresen – offensichtlich in Erwartung, einen Schlüssel ausgehändigt zu bekommen. »Können wir mit dem Geschwätz aufhören und endlich auf unser Zimmer? Ich bin müde und will in diesen tollen Betten schlafen.«

Vier Sicherheitsmänner, die jeweils ein Pistolenholster und ein Funkgerät an den Gürteln trugen, betraten den Empfangsbereich. Sie gingen zielstrebig auf die Gruppe zu. Einer von ihnen warf Olivia ein Nicken zu.

Diese gab die strahlende Reiseleiterin und sagte: »Schön, dann sehen wir uns in drei Stunden. Das Sicherheitspersonal bringt euch jetzt zu eurer Suite. Ihr erhaltet vor Ort eine Keycard und werdet in die Vorschriften eingeführt.«

Einer der Männer deutete auf einen Aufzug. »Bitte folgen Sie uns«, forderte er die Besucher auf.

Lucy zog stirnrunzelnd ihre Hand vom Tresen zurück und ging schleppend vor.

Die anderen, bis auf Olivia, folgten ihr in den Aufzug.

»Was ist mit dir, Olivia?«, fragte Stuart.

»Ich habe noch etwas zu tun«, erwiderte sie. »Bis später!«

Die Aufzugstür ging zu, und ein leises Surren ertönte.

Michael betrat seine Suite. Mit müden Augen sah er sich um. Das Interieur war eine Komposition aus modernem Artdesign und antiken Einzelstücken. Im Wohnzimmer erwartete ihn eine Glasfront mit Blick über die Gartenanlage. Er war froh, alleine zu sein und etwas Abstand von der Gruppe zu bekommen. Mit einem Schnaufen ging er vom Wohnbereich ins Schlafzimmer. Er legte sein Sakko ab und warf es aufs Bett. Die Sonne schien durch ein Fenster, das zur Hälfte von einem Vorhang bedeckt war, und kitzelte seinen Dreitagebart. Er wollte sich rasieren und hoffte, dass bald sein Gepäck gebracht würde. Sein Blick fiel auf ein Bild an der Wand. Moderne Kunst, in die man allerlei hineininterpretieren konnte. Die Farben Weiß und Blau, gepaart in einem verquollenen Gemisch, ließen ihn eine Wolkendecke erkennen.

Er suchte nach dem Badezimmer und fand es auf der gegenüberliegenden Seite. Er drehte den Wasserhahn auf und benetzte sein Gesicht mit kühlem Nass. Die lähmende Müdigkeit löste sich allmählich auf, die Gedanken wurden wieder klarer und ordneten sich.

Im Wohnzimmer öffnete er ein Fenster und genoss den Blick auf das Meer und die Palmen. Leider gab es keinen Balkon, aber die Anlage war ja kein Feriendomizil.

Ein Klopfen an der Tür durchbrach die Stille. *Sie bringen meinen Koffer*, dachte er. Er ging zur Tür und suchte den Knauf zum Öffnen, doch es gab keinen. Er erinnerte sich, wie der Sicherheitsmann beim Einlass eine Karte an einen Sensor gehalten und auf einen Schalter gedrückt hatte. Der gleiche Schalter befand sich auch innen neben der Tür. Er betätigte ihn, und die Tür fuhr seitwärts in die Wand.

Michael erstarrte. Vor ihm stand ein alter Bekannter: Carl Steinberg.

Für einen Moment sahen sich die beiden Männer gedankenvoll an.

»Darf ich reinkommen?«, unterbrach Steinberg das Schweigen.

Michael löste sich aus seiner Starre. »Natürlich ... komm rein.«

Die beiden gingen ins Wohnzimmer. Die Tür ging automatisch zu.

Michael blieb vor der Glasfront stehen. »Ist ja schließlich dein Zimmer ...«, sagte er mit einem Anflug von Humor.

Steinberg antwortete mit einem dünnen Lächeln.

Die beiden schauten nach draußen.

»Es ist so unglaublich lange her«, sagte der Medienunternehmer.

Michael nickte. »Ja ... ziemlich lange.«

»Manchmal wünsche ich mir die alten Zeiten zurück.«

»Ich auch ... jedenfalls zu einem Teil. Dann gibt es wieder andere Teile, die ich einfach nur vergessen möchte.«

»Ich weiß. Es geht mir genauso.«

Michael blickte Steinberg in die Augen. Das Gefühl, wieder neben seinem alten Freund und Mentor zu stehen, brachte ihn buchstäblich aus dem Gleichgewicht, er musste sich kurz an der Wand abstützen. Er erinnerte sich an den Brief, den Pierre ihm in San Gemini gegeben hatte. Carl hatte nur einen einzigen

Satz geschrieben. »Du hast also gefunden, wonach wir damals gesucht haben?«

Steinbergs von Falten gezeichnete Gesicht strahlte Stolz und Freude aus. »Ja, Michael. Das habe ich. Schon bald wird nichts mehr so sein wie vorher.«

Michael musste schlucken. »Bist du sicher?«

Steinberg nickte. »Ganz sicher. Was ist mit dir, Michael? Hast du gefunden, wonach du in den letzten Jahren gesucht hast?«

Er hielt inne und starrte nach draußen. »Ja … ja, das habe ich.« Er fühlte sich schlecht mit seiner Antwort, denn es war nicht die Wahrheit.

Steinberg legte seine Hand auf Michaels Schulter. »Es tut gut, dich wiederzusehen, alter Freund.«

10

Nordatlantik, Mai 2017
Stuart

Stuart schaltete den Fernseher ab und legte die Fernbedienung beiseite. Er hatte gehofft, ein Gefühl von Normalität zurückzuerlangen, indem er sich eine Dokumentation auf dem Discovery Channel zu Gemüte führte. Doch weit gefehlt. Er saß auf der Couch und lehnte sich seufzend zurück. Die Sache war ihm nicht geheuer. Die Insel inmitten des Nordatlantischen Ozeans – irgendwo zwischen Nordamerika und Afrika, wie Olivia freimütig erklärt hatte – löste Beklemmungen in ihm aus. Nicht zu wissen, wo genau er war und worauf er sich eingelassen hatte, entsprach definitiv nicht seiner Vorstellung von Selbstbestimmung.

Er schaute auf seine Rolex. Neun Uhr Ortszeit. Zwei Stunden waren seit der Ankunft auf der Insel vergangen; in einer Stunde stand das Treffen mit Steinberg an, dann würde er endlich mehr erfahren.

Ein Klopfen an der Tür riss ihn aus seiner nachdenklichen Stimmung. Er betätigte den Schalter und war erstaunt, Olivia zu sehen.

»Hey ... «, begann sie etwas unbeholfen.

»Hey«, gab er zurück, »mit dir habe ich ja gar nicht gerechnet. Willst du reinkommen?«

»Wollen wir einen Spaziergang machen? Ich kann dir eine kurze Führung geben.«

»Ja, warum nicht.« Die Idee hörte sich genau richtig an, um auf andere Gedanken zu kommen.

Die beiden schlenderten durch den Korridor. Anstelle von Fenstern hing ein Flatscreen an der Wand und zeigte Live-Bilder von draußen. Als sie an einer Abzweigung vorbeikamen, konnte Stuart das Ausmaß des verschachtelten Gebäudekomplexes erahnen.

»Wie geht es dir?«, erkundigte sich Olivia.

»Danke, mir geht es gut. Ich habe schon anstrengendere Reisen hinter mir.«

»Das meinte ich nicht. Ich weiß, dass du Perfektionist bist. Jemand, der immer die Kontrolle behalten will und es nicht gerne hat, wenn andere für ihn Entscheidungen treffen.«

»Das wird ja hoffentlich bald ein Ende haben. Ich meine, wenn wir Steinberg treffen und ich endlich erfahre, was mein Job bei der ganzen Sache ist.«

Olivia blieb vor einem Aufzug stehen und betätigte einen Knopf. Die Tür öffnete sich, und die beiden gingen hinein.

Als sich die Tür schloss, holte Stuart tief Luft und wischte sich über die Stirn.

»Alles in Ordnung?«, fragte Olivia besorgt.

»Ja, sagte ich doch. Alles okay.«

Der Aufzug setzte sich in Bewegung, was jedoch kaum zu spüren war.

Stuart fasste sich an den Kragen und löste eine unsichtbare Krawatte, die auf den Kehlkopf drückte. Er hasste Aufzüge. Er hasste Enge allgemein.

Als die Tür aufging, drängelt er sich an Olivia vorbei. »Wo geht es lang?«, fragte er überschwänglich.

»Links.«

»Gut, links. Wo führst du mich ...« Er hielt inne.

Die beiden standen auf einer Dachterrasse. Ein warmer Wind blies ihnen ins Gesicht. Die Aussicht war fantastisch und vermittelte ein berauschendes Urlaubsgefühl. Nur die bewaffneten Sicherheitskräfte, die sich hier und da als Schatten zwischen den Palmen am Strand manifestierten, trübten den Eindruck.

Stuart fixierte die beiden Zylinder, die schon aus dem Flugzeug zu sehen gewesen waren und das paradiesische Bild verunstalteten. »Was genau hat Steinberg hier geschaffen? Ich dachte, er sei Medienunternehmer.«

»Ist er auch.«

»Aber das alles ... ich meine, wozu? Erzähl mir, was Steinberg für ein Mann ist.«

Olivia stütze sich auf das Geländer. Sie kniff die Augen zusammen und hielt ihr Gesicht in die Sonne.

Stuart zog es vor, einen Schritt hinter ihr zu bleiben.

»Carl war wie ein Vater für mich«, begann Olivia. »Als ich fünf Jahre alt war, starben meine Eltern bei einem Flugzeugabsturz. Ich kam in ein Heim. Irgendwann nahm mich eine Pflegefamilie auf. Doch meine Pflegemutter war stark depressiv, und mein Vater … nun ja, er war ein guter Mann, aber er war sehr beschäftigt. Er führte ein Unternehmen und war ständig auf Reisen.«

Stuart versuchte, seine Höhenangst zu überwinden und kam vorsichtig ans Geländer. Er war überrascht, dass Olivia so eng mit Steinberg verbunden war.

»Carl war der beste Freund meines Vaters. Obwohl er nie eigene Kinder hatte, konnte er ausgezeichnet mit ihnen umgehen. Wir verstanden uns blendend. Irgendwann habe ich mehr Zeit bei ihm als bei meinen Pflegeeltern verbracht. Als ich achtzehn Jahre alt war, starb meine Pflegemutter. Ein Jahr später mein Vater. Carl ließ mich bei ihm wohnen und sorgte für mich wie für eine Tochter. Ich konnte alles haben, was ich wollte, und er finanzierte mein Psychologiestudium. Später übernahm ich die Personalentwicklung von Steinberg Media. Ich liebe es, für sein Unternehmen zu arbeiten und seine Visionen umzusetzen. Und mir liegt alles daran, dass er den Sinn findet, den er sein Leben lang verzweifelt sucht.«

Stuart suchte nach den richtigen Worten und fragte: »Wie ist Carl so erfolgreich geworden?«

Olivia löste sich vom Geländer und schlenderte auf die andere Seite der Dachterrasse. »Carl war ein sehr erfolgreicher Professor am MIT. Irgendwann bekam eines seiner Forschungsprojekte kein Geld mehr. Also entschied er sich, sein eigenes Unternehmen zu gründen, um mit der Hilfe von Investoren weiter zu forschen. Zu diesem Zweck kaufte er ausgediente Satelliten von der NASA, die vermeintlich nutzlos im Orbit schwebten. Anfang der neunziger Jahre gelang es ihm, technische Entwicklungen voranzutreiben, die sich mittels der Satelliten realisieren ließen. Plötzlich wurden seine Fähigkeiten von Industrie und staatlichen Institutionen teuer bezahlt. Er suchte nach weiteren Einkommensmöglichkeiten und investierte in die Medienbranche. Dabei ging es ihm allein darum, ein Vermögen zu erwirtschaften ... ein Vermögen, das er für sein wahres Vermächtnis dringend benötigte. Unser Vermächtnis, Stuart.«

Stuart verstand nicht, wovon Olivia sprach. Sie erschien ihm leicht manisch – eine Wesensart, die gar nicht zu ihr passte. »Wenn ich den Namen Carl Steinberg höre, kommt bei mir unweigerlich der Fall Levi Goldmann hoch.«

Olivia seufzte. »Das hatten wir doch schon. Carl hatte mit Goldmanns Tod nichts zu tun. Als er die Überreste von dessen Medienunternehmen kaufte, war er bereits vermögend. Er ging sogar ins Risiko und musste sich verschulden, um Goldmanns Trümmer wiederaufzubauen.«

»Nun, so wie ich und die anderen – unabhängigen – Medien das sehen, fußt Steinbergs Imperium jedenfalls auf Goldmanns Hinterlassenschaft.«

Olivia wandte sich von ihm ab. »Das kannst du gern sehen, wie du möchtest.«

Er wollte sich für sein mangelndes Feingefühl entschuldigen, doch ein Schrei auf der Dachterrasse lenkte ihn ab.

»Lassen Sie mich sofort los!«, brüllte jemand.

Olivia und Stuart drehten sich um und sahen, wie Lucy von einem Sicherheitsmann festgehalten wurde.

Die junge Frau wehrte sich und trat dem Mann mit voller Wucht auf den Fuß. Es gelang ihr, sich loszureißen. Als sie Olivia erblickte, lief sie auf sie zu und zeigte auf ihren Widersacher. »Schützen Sie mich! Der Typ ist verrückt! Verfolgt mich und hält mich einfach fest!«, keifte sie.

Der Sicherheitsmann kam ihr nach. Er ließ sich jedoch von Olivia, die mit der Hand *Stopp und nicht weiter* signalisierte, abhalten.

»Beruhige dich, alles gut«, versicherte Olivia.

Lucy kniff die Augen zusammen und fixierte ihren Gegner. »Ich bin ein freier Mensch! Ich bin Amerikanerin!«, äußerte sie.

»Das wissen wir«, gab Olivia zurück, »du befindest dich nur leider außerhalb der Sicherheitszone. Wir bringen dich jetzt zurück zu deiner Suite, du beruhigst dich wieder, und gleich treffen wir uns zum Frühstück. Wie hört sich das an?«

Lucy deutete auf Stuart. »Was ist mit ihm? Wieso darf er hier sein?«

Stuart konnte sich ein Grinsen nicht verkneifen und blickte auf den Boden.

Olivia holte tief Luft. »Er ist nicht allein hier oben. Ich bin bei ihm.« Sie ging zum Aufzug und bedeutete dem Sicherheitsmann, dass sie alles unter Kontrolle hatte. »Na los, lasst uns runterfahren.«

Lucy ließ sie die Schultern locker. Sie gab sich geschlagen und ging, gefolgt von Stuart, in den Aufzug.

Wenig später erreichten sie ihre Suite. Lucy fischte ihre Keycard aus der Tasche und hielt sie vor den Sensor. Sie huschte ins Zimmer und verschloss die Tür mit einem Hieb auf den Innenschalter. »Bis später«, ließ sie mürrisch verlauten.

Olivia starrte auf die Tür. »Ja ... bis später.«

Stuart lachte. »Du siehst drollig aus, wenn du perplex bist.«

Die beiden gingen durch den Korridor. »Ich sehe drollig aus? Das hat bisher noch kein Mann zu mir gesagt.«

»Es gibt immer ein erstes Mal.«

»Du bist wirklich ein Meister der Komplimente.«

»Wer ist Lucy eigentlich? Wieso ist sie dabei?«, wollte Stuart wissen.

»Wir haben ihre Akte …«, sie hielt inne, »tut mir leid, das darf ich dir nicht erzählen.«

»Schon gut.«

»Alles, was du wissen kannst – du wirst es bald selbst sehen – ist, dass sie ein fotografisches Gedächtnis besitzt und in der Lage ist, sich Abbildungen in atemberaubender Geschwindigkeit zu merken. Sie hatte es nicht einfach im Leben. Viele Probleme. Vor fünf Jahren ist ihre Mutter durch eine Überdosis Tabletten ums Leben gekommen. Lucy war noch nicht volljährig und kam in ein Heim. In mein ehemaliges Heim. Dort hat man ihre besondere Fähigkeit entdeckt. Durch eine befreundete Psychologin wurde ich auf sie aufmerksam.«

Stuart hielt Olivia behutsam an die Schulter fest. Er konnte nicht länger warten. Er musste es endlich wissen. Und es platzte aus ihm heraus: »Verdammt, Olivia … worum geht es hier überhaupt?«

11

Nordatlantik, Mai 2017
Michael

Michael beobachtete seine Mitstreiter. Die Gruppe saß in einem Konferenzraum an einem gedeckten Tisch, in dessen Mitte ein prächtiges Buffet alles bot, was das Herz zum Frühstück begehren konnte. Jemand hatte sich viel Mühe gemacht, denn die Auswahl war nicht nur üppig und facettenreich, sondern auch liebevoll angerichtet.

Ein Panoramafenster spendierte einen Rundumblick auf den Palmengarten und die gigantischen Zylinder, die Michael bereits aus dem Flugzeug gesehen hatte. Am anderen Ende des Raums schwebte scheinbar ein Bildschirm in der Luft – jedenfalls war die Aufhängung bei frontaler Betrachtung nicht zu sehen.

Michael hatte keinen Hunger. Stattdessen verspürte er den Drang nach einer zweiten Tasse Kaffee. Er beugte sich nach vorne und nahm die Kanne in die Hand. Dabei blickte er flüchtig zu Pierre, der anscheinend das gleiche Bedürfnis hatte und seine Portion Koffein in wenigen Zügen geleert hatte.

Lucy schaufelte sich einen Pancake auf ihren Teller, nachdem sie bereits hastig eine Portion Rührei mit Speck vertilgt hatte. Stuart starrte auf ein Brötchen, das er sich vor wenigen Minuten aufgeladen hatte, doch auch ihn hatte der Hunger anscheinend verlassen beziehungsweise seit Ankunft auf der Insel nicht sonderlich erfasst. Bei Stuart hatte Michael das Gefühl, dass er sehr angespannt – vielleicht sogar verärgert – war. Jedenfalls vermied er den Blickkontakt mit Olivia, die ihm gegenüber saß.

Wo bleibt Carl?, fragte sich Michael. Es war schon deutlich nach zehn Uhr.

Als ob sein Ruf erhört würde, öffnete sich die Tür, und Steinberg betrat den Raum. Er wurde von einem schmächtigen Mann mit Pullunder und Hornbrille begleitet – ganz dem Klischee eines wissenschaftlichen Mitarbeiters entsprechend.

»Endlich. Ich warte schon so lange auf diesen Tag«, sagte der charismatische Unternehmer zur Begrüßung.

Die Gruppe richtete ihre Aufmerksamkeit auf den Gastgeber.

Steinberg nahm am Kopfende Platz. Sein Mitarbeiter setzte sich an die Ecke und rückte eine kabellose Computertastatur zurecht.

»Nun sind Sie also hier.« Steinberg ließ seinen Blick über die Anwesenden gleiten. »Ich bin dankbar für jeden einzelnen von Ihnen. Dankbar, dass Sie sich bereit erklärt haben, bei einem Unternehmen mitzuwirken, ohne zu wissen, welchen Einsatz Sie erbringen müssen. Das muss sehr schwer für Sie sein.«

Michael hielt für einen Augenblick die Luft an. Ihm fiel auf, dass sich die Blicke von Olivia und Stuart kreuzten.

Auf dem Bildschirm erschien eine Animation der Erde aus der Weltraumperspektive. Der Globus drehte sich; durch eine löchrige Wolkendecke waren die Kontinente auf dem blauen Planeten zu sehen.

»Unsere Welt, wie wir sie kennen«, sagte Steinberg. »Ein herrlicher Anblick. Aber es gibt noch eine andere Welt. Eine verborgene Welt, die für unsere Augen unsichtbar ist. Und dennoch hat jeder von uns schon von ihr gehört.«

Die virtuelle Kamera flog auf die Erde zu, durchbrach die Wolken und wechselte knapp über der Meeresoberfläche in einen horizontalen Flug. Die Animation sah täuschend echt aus – es tauchten sogar Wale und Delfine auf, die durch die Wellen glitten. Dann erschien am Horizont eine Stadt. Weiße Segel manifestierten sich in der Luft; die Kamera flog auf eines der berühmtesten Wahrzeichen zu: die Oper in Sydney. Das Tempo verlangsamte sich, und der Flug setzte sich zwischen den Wolkenkratzern der Stadt fort.

»Was Sie hier sehen ist die irdische Welt, unser Lebensraum«, fuhr Steinberg fort. »Was dem menschlichen Auge hingegen verborgen bleibt, ist die sogenannte Quantenwelt. Sie ist ein komplex verwobenes Netz aus Quantenwellen oder – anders ausgedrückt – eine Feldenergie, die unseren kompletten Erdball umspannt. Eine Energie, die überall und zu jeder Zeit an jedem Ort aktiv und präsent ist.«

Der Bildschirm zeigte jetzt eine belebte Stadt aus der Vogelperspektive.

»Dies ist eine Aufnahme von einem meiner Satelliten.« Steinberg warf seinem Mitarbeiter einen knappen Blick zu.

Ein heller Schleier legte sich über das Bild, und winzige Punkte, die sich bewegten, tauchten auf. Immer mehr Punkte erschienen, millionenfach. Sie bewegten sich schneller und zogen sich nun wie Wellen fort.

»Hier sehen Sie die Feldenergie, von der ich gerade sprach.«

Michael warf einen Blick auf die anderen Zuhörer. Während Olivia entspannt aussah – anscheinend war sie mit dem Thema bereits vertraut –, saßen Stuart, Lucy und Pierre wie versteinert in ihren Sesseln. Michael nippte an seinem Kaffee, der längst kalt war. Die Ausführungen waren nicht neu für ihn. Im Gegenteil – er kannte sie nur zu gut. Leider. Und mit jedem Wort von Carl wurden seine Befürchtungen ein Stück Realität.

Die Wellen verblasten. Der Bildschirm wurde schwarz.

Jetzt wird es spannend, dachte Michael. Die anderen würden einen Schock bekommen.

Steinberg lehnte sich zurück und fixierte seine Gäste. »Was Sie hier gerade gesehen haben, ist eine Welt im Jenseits. Oder anders ausgedrückt: Das Leben nach dem Tod.«

Großes Schweigen. Keine Reaktionen.

Olivia spähte über ihre Schulter zu den anderen.

Niemand bewegte sich. Salzsäulen an einem gedeckten Konferenztisch.

Stuart war der erste, der die Stille unterbrach. Er bemühte sich, ein Lachen zu unterdrücken, schaffte es aber nicht. »Natürlich. Das Leben nach dem Tod. Wieso bin ich nicht selber darauf gekommen?«

Olivia warf ihm einen bösen Blick zu.

Stuart ignorierte ihre Reaktion, beugte sich nach vorne zu einer Schale und fischte eine Banane vom Buffet. »Ist das Obst eigentlich importiert oder selbst angebaut?« Er versuchte, sein Grinsen zu verbergen und musste laut lachen.

Steinberg lächelte. Damit hatte er gerechnet.

Olivia setzte eine ernste Miene auf und ergriff das Wort. »Unser Gehirn wurde so konstruiert, dass es funktional eine Direktverbindung zur Quantenwelt im Alltag weitgehend unterdrückt. So wie es innerhalb des Gehirns eine Blut-Hirn-Schranke gibt, die toxische Substanzen von den empfindlichen Informationsnetzwerken des zentralen Nervensystems fernhält, sind Teile des Gehirns im Neokortex eine funktionale Barriere für den uneingeschränkten Informationsfluss von der Quantenwelt zum Ich.«

Stuart legte die Banane langsam in die Schale zurück und sah Olivia mit gerunzelter Stirn an.

»Fällt die Barriere durch Neutralisierung des Neokortexes weg, dann fließen die Informationen ungehemmt vom Informationsspeicher der Quantenwelt zum Ich. Phänomene, wie zum Beispiel Telepathie, lassen sich so neu interpretieren. Sie sind Indizien für die Öffnung der im Gehirn fixierten funktionalen Barrieren.«

Steinberg führte Olivias Erklärung weiter aus: »In weltweit anerkannten Instituten, wie dem IONS oder dem ehemaligen Princeton Labor für Anomalien, konnte bewiesen werden, dass alle Materie energetisch miteinander verschränkt ist, in einem einheitlichen Geflecht. Zugleich wurde offenbar, dass Bewusstsein ganz faktisch eine Substanz jenseits unseres Körpers ist. Stirbt der Körper, bleibt seine Feldenergie übrig – manifestiert in einer individuellen Quantensignatur.«

»Unsere Seele …«, warf Michael ein.

Die anderen drehten sich zu ihm um.

Bedächtige Mienen und Stille erfüllten den Raum.

Lucy stand von ihrem Platz auf. Sie ging auf die andere Tischseite, beugte sich vor und griff eine Schüssel mit Muffins. Dann machte sie kehrt, setzte sich wieder hin und begann genüsslich zu essen. Dass sie die Blicke aller Anwesenden auf sich gezogen hatte, schien sie nicht zu stören.

Steinberg konnte sich ein Grinsen nicht verkneifen.

Stuart zwang sich, Haltung einzunehmen und räusperte sich. »Okay. Sie behaupten also, Sie können mit den Toten kommunizieren, stimmt's?«

Steinbergs Mitarbeiter machte sich bemerkbar. »Wir können sogar noch mehr.«

»Darf ich vorstellen? Robert McMurphy, unser wissenschaftlicher Leiter«, verkündete Olivia.

McMurphy schaute in die Runde. Als sich seiner und Michaels Blick trafen, nickte er ihm zu und lächelte.

Michael war von der Geste irritiert, er war dem Mann vorher noch nie begegnet. Er war gespannt, was als Nächstes kam. Und wie die anderen es aufnehmen würden.

McMurphy drückte auf die Tastatur und setzte die Präsentation fort.

Der Bildschirm zeigte erneut die Erde aus der Weltraumperspektive. Der Schleier mit den Wellen hüllte den Globus ein.

»In den letzten Jahren ist es uns gelungen, die Quantenwellen in Bilder zu übersetzen und somit für das menschliche Gehirn zugänglich zu machen. Somit können wir in das Leben nach dem Tod eintauchen. Wir benutzen dafür den QWD, das steht für Quantenwelt-Decoder. Die Details erspare ich Ihnen. Sie alle wurden ausgewählt, um den QWD zu testen.«

Wieder Schweigen.

Pierre erhob die Stimme. »Mr. Steinberg, sind Sie sicher, dass ich der Richtige für diese Aufgabe bin?«

»Pierre, Sie leiten seit fünf Jahren die Sicherheitszentrale in New York und gehören mittlerweile zu meinen engsten Vertrauten. Seien Sie versichert, dass ich mir Gedanken über Ihr Mitwirken gemacht habe«, antwortete Steinberg. »Ich brauche Sie«, setzte er nach.

Der Franzose lehnte sich zurück und kratzte sich am Kinn.

»Was ist mit dir, Lucy?«, fragte Olivia. »Was ist deine Meinung?«

Lucy löste das Papier von einem Muffin. »Ich bin dabei. Hört sich spannend an.«

Steinberg grinste. Anscheinend mochte er die jüngste Teilnehmerin besonders.

»Das ist doch lächerlich! Ich bitte Sie!«, platzte es aus Stuart heraus. »Ihre Animation … das sind doch nur Taschenspielertricks. Ich werde mich darauf nicht einlassen!«

»Warum wir? Das ist doch noch nicht alles. Carl, was verschweigst Du uns?«, wandte Michael kritisch ein.

Olivia und Steinberg tauschten Blicke aus.

Steinberg gab McMurphy mit einem Nicken zu verstehen, dass er fortfahren sollte.

»Sie haben recht. Das ist noch nicht alles. Bitte schauen Sie sich das hier an.« McMurphy drückte auf seine Tastatur.

Auf dem Bildschirm erschien eine Welle, die deutlich aus den anderen herausstach.

Michael hielt die Luft an. Sein Puls stieg an.

»Die Jesus-Welle«, sagte Steinberg in nüchternem Tonfall.

Lucy, die dem Vortrag bisher unbeeindruckt gefolgt war, legte ihren angegessenen Muffin auf den Teller und schaute gebannt auf den Bildschirm.

Sowohl Stuart als auch Pierre standen Zweifel in die Gesichter geschrieben.

Steinberg fuhr fort: »Seit sieben Jahren können wir durch unser Satellitennetz die Quantenwellen der Erde erfassen und ihre individuellen Signaturen speichern. Die Datenmenge ist um ein milliardenfaches Größer als alle Datenspeicher auf der Erde zusammen. Trotzdem ist es uns gelungen, eine einzelne Welle zu extrapolieren. Sie taucht immer wieder auf, und ist stärker als die anderen.«

»Warum glauben Sie, dass die Welle von Jesus stammt?«, wollte Lucy wissen.

»Es gibt einen Versuch mit einer künstlichen Quantenwelle, die codiert ist. Generiert man weitere

Wellen, die einen Teil des Codes enthalten, potenziert sich die Ursprungswelle.«

»Dann glauben Sie, Jesus sei der Ursprungsmensch?«

»Nein, mit Ursprung hat das nichts zu tun. Hast Du schon mal von den Jankowski-Brüdern gehört?«

»Wer bitte schön sind die Jakowki-Brüder?«, fragte Lucy.

Stuart sprang für Steinberg ein und lieferte die Erklärung. »Jankowski. Adam und Piotr, die beiden wurden Mitte des neunzehnten Jahrhunderts nach der Geburt voneinander getrennt. Der Vater wanderte von Europa nach Neuengland aus und nahm Adam mit. Die Mutter blieb zusammen mit Piotr in Warschau zurück. Die beiden Brüder schrieben ihr Leben lang Tagebücher, ohne von der Existenz des anderen zu wissen. Erst nach ihrem Tod gelangten beide Tagebücher in die Hand eines Nachfahren. Dieser machte eine erstaunliche Entdeckung: Adam und Piotr machten fast die gleichen Einträge. Außerdem schienen beide mit zunehmenden Alter die Existenz des anderen zu spüren. Am Tag als Piotr seine Frau im Bürgerkrieg verlor, schrieb Adam, dass er eine tiefe Trauer spürte, für die er keinen Grund finden konnte. Am Tag von Adams Tod schrieb Piotr, dass ein Teil von ihm gestorben sei. Am nächsten Tag starb er selber.«

»Das Phänomen ist bekannt. Denken Sie an die Mütter, die nachts aufwachen und spüren, dass ihr Kind krank ist«, fügte Olivia hinzu.

Steinberg erklärte: »Unser Gehirn ist ein Ort von Neuronen, die mittels elektrischer Impulse, die in Botenstoffe umgewandelt werden, miteinander kommunizieren. Die elektrischen Impulse generieren außerdem eine individuelle Quantenwelle, die in die erdumspannende Feldenergie – das Quantenfeld – einfließt.«

»Ich habe keine Ahnung, wovon Sie sprechen, aber machen Sie ruhig weiter«, warf Lucy ein und biss in einen Muffin.

»Das bedeutet, dass wir durch unsere Gedanken und Gefühle mit anderen Menschen verbunden sind – und zwar aus wissenschaftlicher Sicht. Vor allem mit unseren engen Vertrauten haben wir diese tiefe Verbundenheit, da wir mit ihnen eine ähnliche Quantensignatur aufweisen. Und das über den Tod hinaus.«

Lucy starrte Steinberg für einen Augenblick an: »Klar, jetzt habe ich es verstanden«, äußerte sie halb ernst.

Stuart schüttelte den Kopf. »Tut mir leid. Das ist nichts für mich. Ich bin Neurologe, kein Parapsychologe.«

Olivia seufzte und sah ihn enttäuscht an.

Michael zeigte auf den Bildschirm. »Carl, ich verstehe noch immer nicht, warum du davon ausgehst, die Jesus-Welle gefunden zu haben.«

McMurphy gab die Antwort: »Eine Quantenwelle wird umso stärker, je mehr Menschen beziehungsweise individuelle Quantenwellen sich mit ihr verbinden. Jesus ist der meistgeliebte Mensch, den wir kennen. Er wird seit zweitausend Jahren verehrt. Seine Anhängerschaft ist gigantisch.«

Stuart hob die Hand zum Einspruch. »Warum Jesus? Was ist mit Mohammed? Immerhin gibt es weltweit 1,6 Milliarden Muslime.«

Die anderen hielten inne.

McMurphy starrte verlegen auf den Boden.

»Keine schlechte Frage«, warf Pierre ein.

Steinberg seufzte. »Theoretisch haben Sie recht. Allerdings kommt Jesus im Christentum eine gottähnliche Bedeutung zu, immerhin wird er von vielen Christen angebetet. Hingegen betrachten Muslime den Propheten Mohammed als Mensch.«

Schweigen füllte den Raum aus.

Olivia goss sich ein Glas Wasser ein und blickte flüchtig zu Stuart.

»Gab es bereits einen Testlauf?«, unterbrach Michael die Stille.

McMurphy nickte. »Ja, vor einem Jahr. Das Ergebnis war verblüffend. Wir konnten eine Testperson mit Hilfe des Quantenwelt-Decoders vernetzen. Die Person hat berichtet, dass sie sich in einer anderen Welt wiedergefunden hat – eine Welt, in der sie sich selbstständig fortbewegen konnte. Leider mussten wir den Testlauf nach nur wenigen Minuten beenden. Der Energieverbrauch war bedeutend höher als gedacht. Wir hatten schlicht und ergreifend keinen Strom mehr. Für vier Personen benötigt der Quantenwelt-Decoder immerhin in fünf Stunden die Jahresmenge eines Atomkraftwerks. Die beiden Zylinder auf der Insel speichern diese Energie – es hat ein Dreivierteljahr gedauert, um sie aufzuladen.«

»Und jetzt sind wir endlich bereit«, strahlte Steinberg. Er blickte bedächtig in die Runde. »Seien Sie die Ersten, die in die Quantenwelt gehen. Stellen Sie sich diesem Experiment, das die Welt verändern wird. Gemeinsam können wir Geschichte schreiben.«

»Was hat es mit der Jesus-Welle auf sich?« warf Michael ein. Er blickte Steinberg fest in die Augen. *Sag uns endlich, was dein Ziel ist*, forderte er ihn Gedanken auf. *Jetzt.*

Steinberg atmete tief durch und ließ den Blick über die Gruppe gleiten. »Finden Sie Jesus. Sprechen Sie mit ihm. Das ist das Ziel Ihrer Mission.«

Stuart stand auf und grinste. »Okay. Vielen Dank. Das war wirklich nett von Ihnen, dass Sie mich eingeladen haben. Und Ihre Insel – ein schöner Ort zum Entspannen. Leider habe ich keine Zeit für Urlaub. Mit Verlaub, ich möchte Sie bitten, mich zurück nach Long Island zu bringen. Ich steige an diesem Punkt aus.«

Olivia schaute verlegen auf den Boden.

Steinberg nickte. »Tut mir leid, Professor Jenkins. Mir scheint, ich konnte Sie nicht überzeugen. Ich werde unseren Piloten anweisen, Sie schnellstmöglichst zurückzufliegen.«

»Danke«, antwortete er kühl und verließ den Raum.

Die anderen sahen ihm hinterher.

Steinberg hielt inne – dann wandte er sich an die jüngste Teilnehmerin. »Lucy, was hältst du davon, wenn wir gleich einen Testlauf mit dir machen?«

12

Nordatlantik, Mai 2017
Tiberius

Zwei Delfine sprangen aus dem Wasser. Ihre Körper bewegten sich eindrucksvoll durch die Luft – wie ein unzertrennliches Liebespaar blieben sie dicht aneinander und vollführten ihre Akrobatik in perfekter Synchronisation. Mit einem Klatschen tauchten sie unter, geradewegs in eine aufkommende Welle. Ein kurzer Abstecher in ein anderes Element.

Wie schön es sein muss, beide Welten zu erleben, dachte Tiberius. Er setzte sein Fernglas ab und suchte mit bloßem Auge nach den Delfinen, konnte sie aber nirgends ausmachen. Wie ein König stand er auf der Aussichtsplattform seines U-Bootes. Er war der Kommandant. Andere hätten ihn anhand seiner Kleidung – er trug seit Jahren nur ein schwarzes T-Shirt und Jeans – vermutlich für ein Mannschaftsmitglied am Ende der Befehlskette gehalten.

Das U-Boot drängelte sich wie ein unaufhaltsamer Rammbock durch die peitschenden Wellen. Nichts konnte es aufhalten. Tiberius dachte an die Delfine. Den wenigsten Meerestieren war es vergönnt, aus der Unterwasserwelt auszubrechen und die Oberfläche zu bestaunen. Die Barriere war einfach zu groß. Von der Natur bewusst angelegt. Nur der Mensch mit seinem von Neugier und Arroganz getriebenen Forscherdrang hatte die Barriere durchbrochen und sich das Meer zu eigen gemacht. Pure Selbstverwirklichung auf Kosten anderer. Was möglich ist, wird gemacht. Ohne Rücksicht auf Verluste. Der Stärkere gewinnt.

Tiberius schloss die Augen und holte tief Luft. Das Salz auf den Lippen beruhigte ihn. Er ertappte sich regelmäßig dabei, wie seine Gedanken in einen Sog gerieten, der seine Wut zum Kochen brachte. Das Rauschen der Wellen tat gut und versetzte ihn in eine leichte Trance.

»Tiberius!«

Er öffnete die Augen und drehte sich um.

Nathan, der Steuermann, hatte die Plattform betreten und berichtete: »Eine Drohne hat ein Schiff der Marine entdeckt.«

»Entfernung?«

»Fünfzig Meilen Nordwest.«

»Wir tauchen ab. Behaltet das Radar im Auge. Wir ändern den Kurs, wenn nötig.«

»Machen wir so«, erwiderte Nathan und ging zurück zur Einstiegsluke.

»Nat?«

Der Steuermann drehte sich um.

»Gib mir noch zehn Minuten, okay?«

»Klar, Boss.«

Tiberius blickte in die Weite. Er erinnerte sich an den Tag, als er das U-Boot von einer amerikanischen

Waffenschmiede gekauft hatte. Das war vor einem halben Jahr gewesen. Es hatte ihn viel Mühe gekostet, überhaupt ein Gefährt dieser Art zu erwerben. U-Boote gab es schließlich nicht von der Stange. Sein Exemplar war ursprünglich eine Auftragsarbeit für den saudischen Prinzen gewesen – ein Rettungsboot für den Fall eines zweiten arabischen Frühlings. Doch Tiberius hatte den Kopf der Waffenschmiede bei einem Abendessen überredet, ihm das millionenschwere Spielzeug zu überlassen und den Prinzen zu vertrösten. Technische Mängel konnte man immer vortäuschen. Sollte sich der Ölherrscher doch zwei Jahre gedulden bis ein neues U-Boot gebaut war. Der Deal hatte Tiberius zwanzig Millionen Dollar extra gekostet. Steuerfrei versteht sich, direkt aus dem Koffer. Geld bedeutet Macht. Es hatte alles schnell gehen müssen. Die Anzeichen standen auf Sturm – ein Sturm, der die Welt veränderte.

Er stieg die Leiter hinab und verschloss von innen die Luke. Dann drückte er auf ein Display und befahl: »Nat, es geht los. Wir tauchen ab.«

Einen Moment später bekam er eine Rückmeldung: »Verstanden.«

Tiberius wandelte durch den engen Gang und betrat seine Kajüte. Der Raum war wie ein mondänes Büro ausgestattet: Teppich, Schreibtisch, Bücherregal, Sitzecke mit Flatscreen – und das alles in der Luxusvariante. Mahagoniholz und goldverzierte Tapete.

Am liebsten hätte er die Tapete eigenhändig abgerissen, denn er hasste Protz und Verschwendung. Aber die Inneneinrichtung war bereits auf den saudischen Prinzen abgestimmt worden.

Er nahm an seinem Schreibtisch Platz und spürte, wie die Turbinen arbeiteten. Durch das Fenster konnte er sehen, wie der Wasserspiegel zunahm und das U-Boot untertauchte. Der Anblick faszinierte ihn. Sie durchbrachen die Barriere. Hinein in eine andere Welt.

Ein Bildschirm auf seinem Schreibtisch zeigte eine animierte Seekarte an. Dort konnte er den Standort des U-Bootes verfolgen und die Entfernung zu dem markierten Ziel ablesen. Noch sieben Stunden. Hoffentlich bereitete ihm die US-Marine keine Probleme. Der Erwerb des Unterwassergefährts war nicht angemeldet, der steuerfreie Kauf war zudem illegal, sodass er eine Haftstrafe erwarten konnte. Außerdem würde er alles verlieren, was er in den letzten Jahren mühevoll aufgebaut hatte. In zweihundert Meilen würden sie zwar neutrale Gewässer erreichen, aber die Gefahr, aufgespürt zu werden, blieb erhalten. Er drückte einen Knopf auf der Tastatur und holte sich ein Raster aus rotgefärbten Videoaufnahmen auf den Monitor – Wärmebildaufnahmen der Drohnen. Die fliegenden Späher verteilten sich im Umkreis von fünfzig Meilen um die aktuelle Position des U-Bootes. Keine akute Gefahr.

Tiberius goss sich eine Tasse Tee ein und nahm einen Schluck des heißen Gebräus. Dann wandte er sich einem zweiten Bildschirm zu und machte mit der Computermaus ein paar Klicks. Er öffnete einen Ordner und vergrößerte einen Zeitungsartikel über Carl Steinberg. *Klick.* Ein Foto von Steinberg – anscheinend eine Privataufnahme. *Klick.* Steinberg und ranghohe Politiker gemeinsam in die Kamera grinsend. *Klick.* Steinberg bei der Eröffnung seines Hauptquartiers in New York.

Tiberius hielt inne. Seine Miene wurde finster, dunkle Gedanken kamen auf. Wut und Groll. Hoffentlich kam er nicht zu spät. Er klickte sich mit der Maus durch einen Ordner und öffnete ein weiteres Foto. Ein internationaler Privatdetektiv hatte es vor fünf Jahren in San Gemini, einer unbedeutenden Gemeinde in Italien, aufgenommen und ihm zugespielt. Es zeigte einen Priester. Der Priester sah müde und ausgemergelt aus. Es war Michael.

13

Nordatlantik, Mai 2017
Stuart

Rasierschaum, Rasierpinsel, Rasierwasser. Stuart steckte seine Utensilien in den Kulturbeutel und ärgerte sich, dass er sie am Morgen ausgepackt und auf dem Sims im Badezimmer arrangiert hatte – so, wie er es immer tat, wenn er irgendwo auf Reisen war. Nur dieses Mal hatte sich das Auspacken nicht gelohnt. Er wollte so schnell wie möglich weg von der Insel. Zurück nach New York. Jede Minute, die er hier verbrachte, war verlorene Lebenszeit.

Was dachte sich dieser Steinberg eigentlich? Stuart war ein anerkannter Neurologe und Professor an der Columbia University. Jemanden wie ihn hielt man nicht zum Spaß von der Arbeit ab. Der Milliardär war besser bedient, einen Pseudowissenschaftler zu engagieren, der an den Blödsinn mit der Quantenwelt glaubte. Aber er war selbst schuld und hatte sich von dem Honorar blenden lassen. Beziehungsweise von Olivia.

Stuart ging ins Schlafzimmer, legte seine Tasche aufs Bett und öffnete den Kleiderschrank. Er hatte gemäß seiner Gewohnheit bereits seine Oberhemden und Hosen auf Bügel gehangen und die restliche Kleidung in den Schränken verstaut. Jetzt konnte er wieder alles zusammenlegen. Fluchend riss er einen Bügel aus dem Schrank, warf ihn aufs Bett und begann, ein Hemd zu falten.

Ein Klopfen an der Tür lenkte ihn ab. Er wollte zunächst nicht öffnen, aber was hätte das gebracht? Er schlenderte zur Tür, machte auf und war nur wenig überrascht, dass Olivia vor ihm stand.

»Darf ich reinkommen?«

»Von mir aus«, antwortete er kühl und ging zurück ins Schlafzimmer.

Sie folgte ihm und stellte fest: »Du kannst es wohl kaum erwarten, zu verschwinden.«

Stuart packte ein Hemd in die Tasche und nahm sich den nächsten Bügel vor. »In sechs Stunden habe ich eine Verabredung zum Golfen. Könnte knapp werden.«

»Du hast mir gar nicht gesagt, dass du auch Golf spielst.«

»Du hast mir auch so einiges nicht gesagt.«

»Stuart ...«

»Was willst du eigentlich?« Er schaut zu ihr auf.

Sie seufzte. »Ich wollte dir sagen, dass die Gulfstream aufgetankt ist und du jederzeit losfliegen kannst. Genau wie ich es dir vorher versprochen habe.«

»Perfekt.« Er wandte sich seiner Kleidung zu.

»Aber vorher habe ich noch eine Bitte.«

Stuart hielt inne und schaute Olivia in die Augen. »Warum habe ich mir das gedacht?«

»Weil du klug bist.«

»Vermutlich zu klug. Also, was möchtest du von mir?«

Olivia stellte sich ans Fenster und blickte nach draußen. »Steinberg möchte am Nachmittag einen kurzen Test mit Lucy machen. Nur wenige Minuten. Es wäre nett von dir, wenn du die Instrumente überwachst.«

»Was ist das für ein Test?«

Sie drehte sich zu ihm um. »Wir verbinden Lucy mit dem Quantenwelt-Decoder und fahren das System hoch. Dabei prüfen wir ihre Gehirnaktivität, ihren Puls und ihre Körpertemperatur. Bitte schau dir das Elektro-Enzephalogramm an und gebe uns deine Einschätzung was potenzielle Risiken betrifft. Wir gehen jedoch davon aus, dass es keine gibt.«

Stuart dachte nach. Einerseits wollte er keine Zeit verlieren und weg von der Insel, andererseits wollte er Lucy nicht im Stich lassen. »Ihr geht davon aus, dass es keine Risiken gibt? Was soll das bedeuten? Ich dachte, ihr hättet bereits einen Testlauf mit einer Person gemacht.«

»Stimmt, haben wir. Und es gab keine Probleme. Mir ging es danach jedenfalls wunderbar.«

»Das ist ja schön ...«, er hielt inne. »Moment. Willst du mir sagen, dass du die Testperson warst?«

Sie nickte und schaute nach draußen. »Ja. Wie Carl berichtet hat, das war vor ungefähr einem Jahr.«

Stuart stellte sich zu ihr ans Fenster. »Und?«

»Und was?«

»Na, wie war's? Was hast du gesehen?«

»Ach ... du glaubst doch sowieso, dass alles nur Hokuspokus ist.«

»Ich glaube jedenfalls nicht an die These mit der Quantenwelt, geschweige denn, dem Leben nach dem Tod.«

»Du hast es eben nicht selber erlebt.«

Stuart fasste Olivia an die Schulter und blickte ihr tief in die Augen. »Ich schwöre, ich werde dich nicht auslachen oder irgendetwas ins Lächerliche ziehen.«

Sie wandte sich von ihm und starrte in den Palmengarten. Dann begann sie zu erzählen: »Es ging alles sehr schnell. Mir wurde schwarz vor Augen, aber ich war nicht müde, sondern hellwach. Trotzdem hatte ich das Gefühl zu träumen – jedenfalls anfangs. Ich fand mich auf einer Wiese wieder. Die Farben sahen irgendwie seltsam aus, matt und verschwommen. Mit der Zeit wurde die Umgebung schärfer, und ich konnte meinen Körper spüren. Ich ging über die Wiese, fühlte das Gras unter den Füßen, meine Beine und Arme waren stark – das war einfach zu real für einen Traum. Ich wollte meine Stimme testen und begann zu singen ...« Sie stockte, und eine Träne rann aus ihrem Auge.

»Olivia ...«

Sie setzte sich aufs Bett und rang um Fassung. »Ich sang … ein Lied, das mir meine Mutter immer vorm Einschlafen vorgesungen hatte, meine leibliche Mutter. Und dann …«

Stuart setzte sich neben Olivia und starrte sie gebannt an.

»… dann hörte ich eine Stimme. Eine Stimme, die das Lied mit mir gemeinsam sang. Ich erschrak, hörte auf zu singen und schaute mich um. Es war die Stimme meiner Mutter, sie sang weiter, dann sah ich eine Silhouette am Ende der Wiese. Sie kam auf mich zu, ich hatte plötzlich keine Angst mehr, sondern fühlte mich so gut wie nie zuvor.« Sie atmete tief durch.

»Was passierte dann?«, bohrte Stuart.

»Bevor ich ihr Gesicht erkennen konnte, lösten sich die Farben um mich herum auf, alles wurde wieder verschwommen. Einen Augenblick später erwachte ich in der Realität.«

»Aber warum? Du hattest doch gerade deine Mutter … ich meine, deine Sinne dachten, du würdest jemanden sehen, der …«

»Der QWD hatte sämtliche Energie verbraucht«, unterbrach Olivia. »McMurphy hatte mich rechtzeitig zurückgeholt.« Sie stellte sich wieder ans Fenster, holte ein Taschentuch hervor und tupfte sich damit über das tränende Auge.

Stuart dachte nach. Er kannte Berichte von Nahtoderfahrungen und übernatürlichen Erlebnissen aus seiner wissenschaftlichen Arbeit. »Olivia …«, setzte er vorsichtig an. »Besteht die Möglichkeit, dass dieser QWD eine halluzinogene Wirkung auf das Gehirn hat? Ich meine, es gibt Substanzen, die ein Erlebnis wie deins auslösen können. Hast du schon mal von Dimethyltryptamin gehört? Das ist ein halluzinogenes Tryptamin …«

»Stuart, das reicht!« Sie hob die Hand. »Ich bin nicht eine deiner Studentinnen.«

»Tut mir leid, ich wollte nur …«

»Halte mich bitte nicht für naiv! Ich weiß, was ich erlebt habe. Das hatte nichts mit Halluzinationen oder einem Glücksrausch zu tun.«

»Tut mir leid. Ehrlich.«

Sie atmete tief durch. »Ich werde jetzt gehen.«

Stuart stand auf und sah sie mit einem mitfühlenden Ausdruck an. »Okay … ähm, wann ist dieser Testlauf mit Lucy?«

»Um fünfzehn Uhr.« Sie ging aus dem Schlafzimmer.

Stuart begleitete sie zur Tür. »Ich werde da sein.«

Die beiden blickten sich in die Augen. Zwischen ihnen lag ein unsichtbares Band, das stärker wurde, je mehr Zeit sie miteinander verbrachten. Beide konnten es fühlen.

Olivia öffnete die Tür. »Danke, Stuart.«

Er schaute ihr nach, machte die Tür zu und ließ sich auf die Couch im Wohnzimmer fallen. Die Sache mit der Quantenwelt gefiel ihm nicht. Denn er hatte keine Ahnung, wie er das Ganze einordnen sollte. Olivias Erzählung hatte ihn tief bewegt. Aber hatte Steinberg wirklich das Leben nach dem Tod entdeckt? Er erinnerte sich an einen Fachartikel. Darin wurde beschrieben, dass erschreckend viele Menschen den vermeintlichen Kontakt zu Toten über ein Medium aufnahmen. Natürlich kam der Kontakt nicht wirklich zustande. Das Geheimnis der selbsternannten Geisterbeschwörer lag im sogenannten Cold Reading, einer Fragetechnik, die von Mentalisten in Zaubershows verwendet wurde. Das Medium stellt Fragen, die Rückschlüsse auf den Toten zulassen; diese werden verstärkt und erwecken den Eindruck, tatsächliches Wissen zu haben. Lässt sich das Medium auf den Gefühlszustand der Klienten ein, kann es die passenden Botschaften aus dem Jenseits überbringen und somit die Session zum Erfolg machen. Stuart fand die Frage spannend, ob ein Medium tatsächlich an seine vermeintlichen Fähigkeiten glaubte oder – wie ein Mentalist – eine bewusste Täuschung vollführte.

Er stand auf, musste seinen Kopf klar bekommen und schaute aus dem Fenster. Die beiden Zylinder, die Energiequellen des Quantenwelt-Decoders, fielen ihm ins Auge. Steinbergs Quantenprojekt musste ein gigantisches Vermögen kosten. So viel Aufwand trieb man doch nicht für eine fixe Idee. Und Olivia hatte sehr überzeugend geklungen; alles sprach dafür, dass sie eine täuschend echte Sinneswahrnehmung während des Testlaufs hatte.

Stuart seufzte. Sollte er seine Zweifel über Bord werfen? Vielleicht konnte er aus wissenschaftlicher Sicht von dem Experiment profitieren? Es entsprach zwar nicht seinem Ethos, sich selbst als Versuchskaninchen zur Verfügung zu stellen, aber in diesem Fall?

Er hatte keine Ahnung, was er tun sollte.

14

Nordatlantik, Mai 2017
Michael

Am Nachmittag kamen sie in einem Laboratorium zusammen, um den Testlauf mit Lucy durchzuführen. Als Michael eintraf, war das jüngste Teammitglied neben McMurphy und Pierre bereits anwesend. In der Mitte des Raums befanden sich sechs Liegen, die jeweils von durchsichtigen Röhren umschlossen waren. Ringsherum standen medizinische Messgeräte und Computerterminals, deren Bildschirme bunte Graphen, Zahlenkolonnen und Animationen abbildeten.

Michael erinnerte sich an einen Unfall, den er als Jugendlicher gehabt hatte. Nachdem er mit einem Radfahrer zusammengestoßen und übel gestürzt war, hatte er Rückenschmerzen gehabt. Im Krankenhaus war eine Kernspintomographie gemacht worden; dafür hatte er sich in eine Röhre legen müssen, die wie die Exemplare in dem Laboratorium ausgesehen hatte.

Als die Tür aufging und Olivia zusammen mit Stuart das Laboratorium betrat, war Michael überrascht. Er war fest davon ausgegangen, dass der Professor bereits im Flugzeug saß und den Rückweg angetreten hatte. Da ihm der Querkopf aber sympathisch war, freute er sich über dessen Erscheinen.

»Wo ist Steinberg?«, fragte Stuart.

»Er kann beim Test nicht dabei sein. Anscheinend gab es einen kurzen Computerausfall in der New Yorker Zentrale. Er wollte in einen Skype-Call, um sich auf dem Laufenden zu halten«, antwortete Pierre. »Ich hoffe, es handelt sich um nichts Größeres, sonst muss ich hier abbrechen und zurückfliegen.«

»Computerausfall? Sehr beruhigend …«, äußerte Stuart. »Darf ich fragen, was für ein Betriebssystem hier verwendet wird? Windows?«

McMurphy grinste. »Nein, keine Sorge. Der Quantenwelt-Decoder ist eine geschlossene Einheit und hat sein eigenes Betriebssystem.«

»Machen Sie sich um die Sicherheit keine Gedanken, Professor«, fauchte Pierre, »wir können Ihre Hilfe an anderer Stelle gebrauchen.«

Stuart wandte sich konsterniert einem Monitor zu und betätigte einen Drehknopf. Es war seine Aufgabe, Lucys Gehirnaktivität mit Hilfe eines Elektro-Enzephalogramms zu überwachen. Mit der Methode wurden Hirnstromwellen gemessen. Alles, was das Gehirn wahrnahm, verarbeitete es durch elektrische Signale, die über die Sensoren erfasst und vom Computer aufgezeichnet wurden.

Olivia öffnete eine Röhre und bedeutete Lucy, sich hinzulegen.

McMurphy legte der Probandin ein Stirnband an, aus dem ein Kabelstrang lief, und wandte sich einem Computer zu, um die Verbindung der Sensoren zu prüfen. Der Vorgang dauerte eine Weile.

Olivia legte Lucy eine Manschette ums Handgelenk. »Damit überwachen wir deinen Puls und deine Körpertemperatur. Falls es Unregelmäßigkeiten gibt oder die Aufregung zu groß wird, brechen wir sofort ab, okay?«

Lucy nickte.

Michael spürte Pierre an seiner Seite. Der Franzose sah ihn spöttisch an. »Muss ganz schön aufregend für Sie sein. Ich meine, wenn ich das mit Ihrem Dorfleben in Italien vergleiche …«

»Haben Sie nicht irgendeine Aufgabe zu erledigen?«, gab er zurück. »Warum fliegen Sie nicht eine Runde Helikopter?«

Pierre schmunzelte. »Fürs erste behalte ich unseren Pastore im Auge.«

Stuart blickte flüchtig zu den beiden rüber. Anscheinend hatte er den kurzen Schlagabtausch mitgehört.

Lucy streckte den Hals und fragte: »Michael, du bist ein Priester?«

Er kam an ihre Seite. »Ja.«

»Darf ich dich was fragen?«

»Klar.«

»Wenn ich in das Totenreich eintauche … was ist dann mit Gott?«

»Ich verstehe nicht.«

»Es hieß immer, Gott sei allmächtig. Er habe uns das Leben nach dem Tod geschenkt. Aber was ist, wenn die Quantenwelt von der Natur geschaffen wurde? Wenn sie ein natürliches Phänomen ist?«

Michael schwieg. Vor langer Zeit hatte er mit einem guten Freund über diese Frage sinniert. Und keine Antwort gefunden.

Ein leises Summen ertönte.

»Die Sensoren arbeiten perfekt. Wir können den Quantenwelt-Decoder jetzt starten«, ließ McMurphy verlauten. »Professor Jenkins, läuft das Elektro-Enzephalogramm?«

Stuart nickte. »Die Sensoren zeigen normale Hirnaktivität.«

Olivia faste Lucy an die Schulter. »Mach es dir bequem und schließ die Augen.«

Die junge Probandin gehorchte, und Olivia schloss die Röhre.

»Wie genau wird sie mit der Quantenwelt verbunden? Gibt es einen Sender, der ein Signal abgibt?«, wollte Pierre wissen.

»Die Quantenwelt ist um uns herum, daher brauchen wir keinen Sender. Die Röhre verstärkt nur die eigenen Quantenwellen«, erklärte Olivia.

»Das Herzstück ist der QWD ... der Quantenwelt-Decoder«, ergänzte McMurphy. »Er übersetzt sozusagen die Quantenwelt in elektrische Impulse, die über das Stirnband an Lucys Gehirn weitergegeben werden. Umgekehrt werden Lucys Gedanken mithilfe des QWD in Quantenwellen übersetzt und mit der Quantenwelt synchronisiert.«

Eine Stimme ertönte über einen Lautsprecher: »Dadurch kann sie Teil der Quantenwelt werden.« Es war Carl Steinberg.

Stuart war klar, dass der Projektleiter sich den Test nicht entgehen lassen würde. Vermutlich beobachtete er die Gruppe über eine Kamera von seinem Schreibtisch aus.

Das Summen wurde lauter. McMurphy tippte auf seiner Tastatur.

Olivia und Michael beobachteten Lucy, die ruhig und mit geschlossenen Augen in der Röhre lag. Pierre blieb im Hintergrund stehen. Das Experiment schien ihm nicht geheuer zu sein.

Das Summen hörte abrupt auf.

McMurphy schaute von seinem Monitor auf und sagte: »Lucy wurde synchronisiert.«

Stuart fixierte das Elektro-Enzephalogramm. »Die Gehirnaktivität ist deutlich angestiegen«, stellte er besorgt fest.

»Schauen wir uns Lucys Quantensignatur an«, erwiderte McMurphy. Er deutete auf einen Monitor, auf dem der Erdglobus dargestellt war, und blickte in eine Kameralinse, die an der Decke installiert war. »Haben wir alle Satelliten?«, fragte er in die Luft.

»Alle Satelliten aktiv«, antwortete der Unternehmer über den Lautsprecher.

McMurphy gab über die Tastatur Befehle ein. Unzählige Wellen erschienen auf dem Monitor. Allmählich zeichnete sich eine einzelne rote Welle ab.

»Die rote Welle ist Lucys Quantenwelle. Sie kann recht einfach extrapoliert werden, da sie vom QWD künstlich generiert wird.«

Pierre wurde neugierig und kam näher an den Monitor heran. Zusammen mit Michael und Olivia starrte er gebannt auf die grafische Abbildung.

Stuart ließ den Blick auf das Elektro-Enzephalogramm gerichtet. Er wollte wohl sicherstellen, dass Lucy keiner Gefahr ausgesetzt war. Die Quantenwellen schienen ihn im Moment nicht zu interessieren.

»Da! Sehen Sie sich das an!«, stieß McMurphy aus.

Auf dem Monitor erschien eine auffällige Welle; sie war stärker als die anderen.

»Die Jesus-Welle«, bemerkte Olivia.

Für einen Moment sagte niemand ein Wort.

»Lucy ist jetzt in der Quantenwelt angekommen«, unterbrach McMurphy die Stille.

»Ihre Gehirnaktivität ist ziemlich stark. Wie lange wollen Sie den Test laufen lassen?«, fragte Stuart.

»Fünf Minuten. Nicht länger«, antwortete Olivia. »Gibt es Grund zur Sorge?«

»Die Impulse liegen über dem Durchschnitt. Ich sehe ein Risiko für neurologische Schäden, vor allem, wenn das System plötzlich abschaltet.«

»Daran haben wir gedacht. Der Decoder fährt langsam runter, mit über einer Million Stufen. Der Rückholprozess dauert daher auch sieben Minuten«, erklärte McMurphy.

Michael erkannte, dass dem Neurologen die Antwort nicht gefiel. Als Arzt hatte dieser schließlich den Eid geschworen, sich dem Wohl der Patienten zu verpflichten. So wie Michael den Eid geschworen hatte, Gott zu dienen. In diesem Moment waren beide Männer de facto machtlos, konnten nicht eingreifen und schlicht nur zusehen, was mit Lucy geschah. Ein Gefühl, das Michael und sicherlich auch Stuart belastete. Hatten sie ihre Seele an Steinberg verkauft? Er dachte über die Bedeutung des Wortes *Seele* nach.

»Holen wir Lucy zurück und hören uns an, was die junge Dame zu berichten hat«, äußerte Steinberg über den Lautsprecher.

McMurphy nickte und gab Befehle in seine Tastatur ein.

Auf dem Monitor konnte man sehen, wie die rote Welle – Lucys Welle – schwächer wurde. Nach sieben Minuten war das System komplett runtergefahren, und Olivia öffnete die Röhre.

Lucy richtete sich langsam auf und lächelte. »Wow ... das war ...«.

Olivia stützte die junge Probandin. Anscheinend hatte sie Sorge, sie könnte das Gleichgewicht verlieren.

»Das war der geilste Trip meines Lebens!«, stieß Lucy aus. »Absoluter Wahnsinn! Ich kann es nicht glauben!«

Betretene Gesichter starrten sie an.

Die Tür des Laboratoriums öffnete sich, und Steinberg trat ein.

»Was hast du gesehen?«, fragte Michael.

»Nicht viel, aber es war trotzdem genial! Irgendwann habe ich gefühlt, dass ich nicht mehr in der Röhre lag. Als ich meine Augen öffnete, stand ich in einem weißen Raum. Alles hat sich so echt angefühlt! Ich bin umhergelaufen, es war, als sei ich tatsächlich dort. Ich konnte keinen Unterschied spüren!« Sie betrachtete ihre Hände.

»Was ist? Was hast du sonst noch gefühlt?«, bohrte Olivia.

»Bevor ich zurückgeholt wurde, habe ich meine Hände betrachtet. Sie sahen irgendwie anders aus, und ich konnte sie nicht spüren. Es war auch so, als könne ich nicht atmen.«

Steinberg trat an Lucys Seite. »Das haben wir erwartet. Schließlich ist die Quantenwelt keine irdische Welt. Es herrschen andere Gesetze, jenseits von unseren körperlichen Gefühlen.«

»Erläutern Sie uns, was Sie damit meinen«, bat Stuart.

»Wenn wir sterben, verlieren wir unseren irdischen Körper. Wir können dann weder sehen noch hören, riechen, schmecken oder tasten, da wir unsere körperlichen Organe nicht mehr zur Verfügung haben.«

»So genau wollte ich es gar nicht wissen«, murmelte Lucy.

»Okay, das habe ich verstanden«, erwiderte Stuart. »Wir verlieren unsere fünf Sinne. Aber Lucy hat doch gerade gesagt, dass sie den weißen Raum gesehen hat.«

»Stimmt. Ich konnte eindeutig sehen. Und irgendwie konnte ich auch meinen Körper spüren«, berichtete Lucy, »ich habe mich nur ungewöhnlich leicht gefühlt.«

»Das ist der Quantenwelt-Decoder. Er übersetzt die Quantenwellen für uns Lebende in irdische Sinne. Dadurch können wir in der Quantenwelt interagieren.«

»Carl, bitte definiere für uns die Quantenwelle«, ging Michael dazwischen.

Steinberg warf ihm ein knappes Lächeln zu. »Wir haben oft darüber philosophiert. Letztendlich bin ich davon überzeugt: Was immer von uns nach dem Tod übrigbleibt, manifestiert sich in einer Quantenwelle, die sich mit den anderen Wellen verbindet, sodass wir mit unseren Vertrauten über den Tod hinaus in Verbindung bleiben. Nennen wir die Quantenwelle einfach die Seele.«

Michael hielt inne. Da war es wieder das Wort. *Seele.*

Die Gruppe versammelte sich im Konferenzraum. Die Atmosphäre war entspannt. Alle waren froh, dass der Test erfolgreich gelaufen war. Vor allem Stuart war erleichtert, dass es Lucy gut ging. Sie äußerte keine Beschwerden – vor allem Kopfschmerzen hätten ihn beunruhigt und zu einer Untersuchung veranlasst.

Sie nahmen am Tisch Platz.

Steinberg blickte in die Runde. »Lucy, ich möchte mich nochmals für deinen Mut bedanken. Das hast du sehr gut gemacht.«

Sie antwortete ihm mit einem Lächeln.

»Tatsächlich nimmst du in unserem Projekt eine ganz besondere Rolle ein«, fuhr Steinberg fort. »Mr. McMurphy, würden Sie uns bitte die nächsten Schritte erklären.«

Die Blicke der Gruppe richteten sich auf den Bildschirm, auf dem sich eine grafische Darstellung des Gehirns abbildete. Blitze flackerten auf, und Wellen strömten umher.

»Was wir hier sehen, ist die Gehirnaktivität während der Verbindung mit dem QWD«, begann der wissenschaftliche Leiter. »Die Blitze sind unsere normalen elektrischen Impulse. Außerdem sind da die Quantenwellen. Derzeit planen wir, Sie alle für eine Stunde in die Quantenwelt zu schicken. Die Energie müsste für fünf Stunden ausreichen, sodass wir in den nächsten Tagen noch weitere Durchgänge machen können. Jedenfalls können wir Sie locker in dem siebenminütigen Zeitfenster zurückholen.«

»Um neurologische Schäden auszuschließen«, warf Stuart ein.

McMurphy hielt inne.

Olivia nickte. »Korrekt. Wir gehen kein Risiko ein.«

»Wir gehen sogar noch einen Schritt weiter«, setzte McMurphy fort. »Sollte es aus irgendeinem Grund zu Schwierigkeiten kommen, während Sie sich in der Quantenwelt befinden – sei es, dass sich irgendjemand von ihnen schlecht fühlt oder Sie das Gefühl haben, die Verbindung arbeitet nicht korrekt –, möchten wir, dass Sie uns ein Rückholsignal senden.«

Der Bildschirm zeigte nun einen Pfeil, der aus dem Inneren des Gehirns herauszeigte.

»Grundsätzlich steht uns leider keine Kommunikation zwischen den Welten zur Verfügung. Daher müssen wir mit einem Trick arbeiten.« McMurphy wandte sich an Lucy. »Lucy, wir möchten, dass du dir eine bestimmte Folge von Bildern merkst, durch die ein bestimmtes Muster in deinen Hirnströmen entsteht.«

Auf dem Bildschirm erschien ein Foto von einem Sonnenuntergang, danach kam eine rote Mohnblüte. Kurz darauf erschien eine Höhle.

Olivia, die neben Lucy saß, fuhr fort: »Ich werde dich dabei unterstützen, dir die Abfolge der Bilder einzuprägen. Wir sprechen über die Gefühle, die du dabei empfindest, und gehen die Bilder mehrfach durch. Dabei zeichnen wir deine Gehirnströme und deinen Puls auf. Das Ergebnis ist ein Code, den du in der Quantenwelt durch deine Gedanken generieren kannst und der von uns in der irdischen Welt über die Messgeräte empfangen werden kann.«

Lucy wechselte die Farbe. Ihr Enthusiasmus schien empfindliche Kratzer zu bekommen. »Wie viele Bilder muss ich lernen?«

»Zweihundert.«

»Sind Sie verrückt?«, platzte es aus Michael heraus. Er warf Olivia einen entsetzten Blick zu. »Wie soll sie das denn schaffen?« Er wandte sich an Steinberg. »Carl, wie lange willst du uns hierbehalten? Zwei Monate? Drei?«

Steinberg holte tief Luft und wollte eine Antwort geben, doch Lucy hob die Hand.

»Schon gut«, sagte sie, »ich krieg das hin. Ich kann das ganz gut.«

Michael hielt verblüfft inne. Offensichtlich gab es irgendetwas über Lucy, das er nicht wusste.

Der Medienmogul erhob sich von seinem Platz. »Ich schlage vor, die anderen ruhen sich etwas aus, während Lucy den Code lernt.« Anspannung spiegelte sich in seiner Miene wider, als sich sein Blick mit Michael kreuzte. »Alles wird gut. Wir sehen uns beim gemeinsamen Abendessen.« Er wollte den Raum verlassen.

»Mr. Steinberg ...«, rief Lucy ihm nach. »Wann gehen wir in die Quantenwelt? Ich meine, ich denke, ich bin heute Abend fertig mit dem Code. Also wann geht es richtig los?«

Steinberg wirkte stolz – wie ein Vater, dessen Kinder sich prächtig entwickelten. »Morgen früh. Morgen früh geht es in die Quantenwelt.«

Michael blieb sitzen, während sich die anderen von ihren Plätzen erhoben. McMurphy blieb für einen Moment stehen und fixierte ihn. Anscheinend wollte er ihn ansprechen, traute sich aber nicht. Kannte er Michaels Vergangenheit? Er ging schließlich zusammen mit Steinberg, Olivia, Pierre und Lucy aus dem Raum.

Neben Michael blieb nur Stuart zurück.

Der Priester und der Neurologe.

Die beiden stellten sich an das Fenster und ließen den Blick über die traumhafte Inselkulisse gleiten. Anscheinend teilten sie das Bedürfnis, ihre Gedanken zu sortieren.

»Nette Insel«, sagte Stuart.

»Ich hatte nie das Bedürfnis nach Urlaub am Meer.«

»Immerhin haben wir All-inclusive.«

Michael grinste. »Ist wohl nie zu spät für Veränderungen im Leben.«

»Beziehungsweise im Tod.«

»Werden wir jetzt philosophisch?«

»Wenn Sie darauf bestehen.«

Michael schmunzelte. »Überlassen wir die Philosophie den anderen. Wir sind offensichtlich die Leute, die sich der Wissenschaft verschrieben haben.«

»Sagt der Priester …«, erwiderte Stuart ironisch.

»Eins zu null für Sie.«

Für einen Moment blickten sie nach draußen ohne ein Wort zu sagen.

»Ich dachte, Sie wollten das Projekt verlassen«, begann Michael.

»Ja, das stimmt.«

»Und jetzt haben Sie es sich wieder anders überlegt?«

»Die Wahrheit ist, ich weiß es nicht. Ich halte die Grundidee nach wie vor für absurd. Aber je mehr Einblick ich in die Sache bekomme, desto mehr will ich darüber erfahren. Was ist, wenn Steinberg mit der Entdeckung der Quantenwelt tatsächlich Geschichte schreibt?«

Michael grinste. »Dann möchten Sie unbedingt dabei sein.«

»Ist das verwerflich?«

»Nein, natürlich nicht. Schlafen Sie eine Nacht darüber. Lassen Sie sich nicht drängen. Sie werden schon die richtige Entscheidung treffen.«

»Danke. Darf ich Sie was Persönliches fragen, Michael?«

»Natürlich.«

»Ich habe eben bei dem Test mitbekommen, was Lucy zu Ihnen gesagt hat. Ich meine, das mit Gott und der Theorie, dass das Leben nach dem Tod ein natürliches Phänomen ist.«

Michael nickte.

»Sie müssen dem Ganzen doch skeptisch gegenüberstehen, oder nicht?«

»Sie meinen, ob mein Weltbild gerade zusammenbricht?«

»So wollte ich es nicht sagen ...«, haderte Stuart.

»Aber so haben Sie es gemeint. Und Sie haben recht. Mein Weltbild könnte zusammenbrechen. Tut es aber nicht.«

Stuart war erleichtert. »Ich bin froh, dass Sie das sagen. Sicherlich kann die Theologie die Existenz Gottes mit der Quantenwelt in Einklang bringen.«

»Nein, ich denke nicht.«

»Wie bitte?«

Michaels Blick verlor sich in der Ferne. Er suchte den Horizont und entdeckte eine dünne Linie über dem Meer. »Ich glaube nicht an Gott. Nicht mehr«, sagte er und wunderte sich über seinen eigenen Brustton der Überzeugung. Er hatte es noch nie ausgesprochen. Aber es war die Wahrheit.

Stuart schaute ihn stutzig an. »Wow ... das ist ziemlich überraschend für einen Priester.«

»Ich weiß. Aber ich habe immer an Jesus geglaubt. Er ist der Mittelpunkt von allem. Er ist es, der das Christentum geprägt hat, nicht Gott. Und deshalb will ich ihm begegnen. Ich kann es kaum erwarten. Denn ich will ihm eine Frage stellen – eine einzige Frage. Schon mein ganzes Leben lang.«

15

Nordatlantik, Mai 2017
Stuart

Stuart wurde durch die Sonnenstrahlen aufgeweckt. Offensichtlich hatte er das Verdunklungsrollo nicht richtig zugezogen, so dass das Licht direkt auf seine Nasenspitze fiel. Er hatte wie ein Murmeltier geschlafen, obwohl er nachts im Bett noch lange gegrübelt und sich unzählige Fantasien von der Quantenwelt ausgemalt hatte. Es war acht Uhr. Normalerweise stand er um diese Zeit im Hörsaal und hielt die erste Vorlesung. Er stieg aus dem Bett und machte sich im Badezimmer frisch. Als er fertig angezogen war, klopfte jemand an der Tür. Er betätigte den Türschalter.

»Olivia …«

»Ich wollte dich persönlich abholen.«

»Das ist aber nett. Lass uns frühstücken, ich habe Hunger.«

»Vorher gibt es noch etwas, worüber ich mit dir sprechen wollte.«

»Klar, komm rein.«

Sie gingen ins Wohnzimmer.

»Schieß los. Wusstest du, dass ich morgens besonders gut drauf bin? Ich bin eine Lerche.« Stuart grinste. »Eine hungrige Lerche, die dringend ihren Kaffee benötigt.«

»Da kann ich Abhilfe schaffen«, erwiderte Olivia. Sie ging in die Essecke und betätigte eine Kaffeepad-Maschine. Kurz darauf kam sie mit zwei dampfenden Tassen zurück. »Der ist gar nicht mal so schlecht«, lächelt sie.

»Was für ein Service!« Stuart nahm die Tasse und genoss den ersten Schluck.

Die beiden setzten sich auf die Couch und wurden von der Morgensonne in einen orangenen Lichtschleier getaucht.

»Stuart ...«, begann Olivia. »Lucy hat gestern den Code auswendig gelernt.«

Er war überrascht. »Wow, das ist echt eine Leistung. Ich kannte mal einen Studenten, der ...«

»Es geht los. In zwei Stunden«.«

Stuart hielt inne und nippte an seinem Kaffee. »Du meinst, in zwei Stunden geht das Team in die Quantenwelt?« Er fühlte sich überrumpelt. So schnell hatte er nicht damit gerechnet. Steinberg hatte zwar angekündigt, dass heute der erste Durchgang stattfand, aber Stuart hatte gehofft, etwas mehr Zeit zum Überlegen zu haben.

»Du musst dich entscheiden.«

»Du meinst, ob ich dabei bin?«

»Ja. Wenn du aussteigen willst, bringt dich das Flugzeug in einer Stunde von der Insel. Du hast hoffentlich Verständnis dafür, dass wir dich nicht als Beobachter dulden können.«

Er stellte die Tasse auf den Tisch, stand auf und sah aus dem Fenster. Ein Vogelschwarm zog an den Zylindern vorbei, die das Inselparadies optisch verschandelten. »Wieso wollt ihr eigentlich, dass ich das Team in die Quantenwelt begleite? Ich bin Neurologe. Ich sollte die Elektro-Enzephalogramme überwachen. Jemand sollte abbrechen, wenn die Gehirnaktivität zu stark wird.«

»Das werden wir. Ich übernehme das. Vertraue mir.«

Die beiden blickten sich in die Augen. Was würde aus ihnen werden, wenn das alles vorbei war? Stuart empfand eine magische Anziehung zu Olivia – schon lange hatte er dieses Gefühl nicht mehr gehabt. »Also gut«, sagte er. »Ich vertraue dir.«

Zwei Stunden später hatte er sich mit den anderen im Laboratorium eingefunden. Lucy saß auf einer Liege und wackelte unruhig mit den Beinen – wie ein kleines Kind, das sich auf ein besonderes Ereignis freute. Pierre und Michael ließen sich von McMurphy eine Monitoranzeige erklären, auf der Satelliten abgebildet waren.

Stuart betrachtete die Röhre und wurde kreidebleich. *Das kann ich nicht tun*, dachte er und weitete seinen Hemdkragen. Die Enge würde ihm zu schaffen machen.

»Sobald du in der Quantenwelt bist, löst sich die Beklemmung auf«, erklärte Olivia, als könnte sie seine Gedanken lesen. »Ich habe gesehen, dass du eine klaustrophobische Neigung hast – in dem Aufzug. Aber bitte vertrau mir auch in dieser Beziehung. Du wirst davon nichts spüren. Das weiß ich aus eigener Erfahrung.«

Er nickte.

Hinter ihm erschien Steinberg. »Professor Jenkins, ich bin erleichtert, dass Sie es sich anders überlegt haben. Wirklich. Ich empfinde tiefe Dankbarkeit, dass Sie Teil des Teams sind.«

»Wenn Sie mir von Anfang an gesagt hätten, dass Sie mich in die Quantenwelt schicken wollen, wäre ich in New York geblieben.«

»Sie sind ehrlich, das weiß ich zu schätzen«, gab der Unternehmer mit einem warmen Lächeln zurück. »Wir brauchen Sie.«

»Sicher? Ich meine, ich weiß doch gar nicht, was ich tun soll.«

»Sie überwachen alles aus der Quantenwelt. Wenn Sie den Eindruck haben, etwas stimmt nicht, lassen Sie Lucy das Rückholsignal senden.«

Stuart setzte sich auf eine Liege und atmete tief durch.

Olivia nahm neben ihm Platz und strich sanft über seine Hand. »Alles in Ordnung?«

»Sag du es mir.«

Carl Steinberg erhob die Stimme: »Ladies und Gentlemen. In wenigen Minuten werden wir gemeinsam Geschichte schreiben. Ich weiß, Sie haben Angst vor dem, was Sie erwartet. Aber bitte machen Sie sich keine Sorgen. Wir sind bei Ihnen.« Sein Blick kreuzte sich mit Michael. »Jahrzehntelange Arbeit, unzählige Herausforderungen und Anstrengungen finden heute ein Ende. Lassen Sie uns herausfinden, wie das Leben nach dem Tod wirklich aussieht.«

»Wo gehen wir hin, wenn wir in dem weißen Raum sind?«, unterbrach Lucy.

»Das ist eine gute Frage, die ich nicht beantworten kann. Sobald Sie in der Quantenwelt ankommen, schauen Sie sich in Ruhe um. Assimilieren Sie sich mit den Gegebenheiten. Der weiße Raum war nur eine abgespeckte Version der Quantenwelt. Dieses Mal werden Sie die ganze Vielfalt erleben. Suchen Sie den Ort auf, an dem die Jesus-Welle besonders stark ist. Finden Sie Jesus und nehmen Sie Kontakt zu ihm auf.«

»Ich will das Interview mit ihm führen!«, forderte Lucy.

Steinberg grinste.

Lucy schaute die anderen an. »Niemand erhebt Einspruch? Perfekt!«

»Wie sollen wir die Jesus-Welle eigentlich orten?«, fragte Pierre.

McMurphy antwortete: »Da sich die Jesus-Welle extrapolieren lässt, können wir über den QWD an einen von Ihnen ein Verbindungssignal senden, durch das die Welle sichtbar wird.«

»An einen von uns?«, hakte Pierre nach.

»Ja, Stuart wird die Jesus-Welle orten können.«

Alle Blicke fielen auf den blassen Neurologen.

Fünf Minuten später lagen Stuart, Michael, Lucy und Pierre auf ihren Liegen. Sie trugen jeweils ein Stirnband am Kopf und eine Manschette am Handgelenk.

McMurphy und Olivia überprüften die Instrumente.

Steinberg saß an einem Computer und betätigte eine Tastatur. »Satellitenverbindung steht«, sagte der Projektleiter. »Es kann losgehen. Vergessen Sie nicht, in einer Stunde holen wir Sie zurück. Erschrecken Sie also nicht, wenn sich alles um sie herum auflöst.«

McMurphy hob die Hand. »Eine Sache haben wir noch nicht erwähnt.«

Was kommt denn jetzt noch?, fragte sich Stuart. Hatte er das Kleingedruckte überlesen?

»Wir gehen davon aus, dass es keine Zeit in der Quantenwelt gibt. Zumindest nicht in unserem Sinne. Mit anderen Worten, wenn Sie das Gefühl haben, fünf Minuten seien vergangen, können das in Wahrheit nur wenige Sekunden gewesen sein. Umgekehrt auch.«

»Okay. Wir schließen jetzt die Röhren«, kündigte Olivia an.

»Keine letzten Worte?«, wisperte Stuart. Die Anspannung stand ihm ins Gesicht geschrieben.

Olivia erwiderte: »Viel Spaß.« Sie drückte einen Knopf und seine Röhre schloss sich.

Stuart spürte ein beklemmendes Gefühl in ihm aufsteigen, etwas schnürte ihm die Kehle zu. Ohnmacht machte sich breit. Das Licht im Raum … Olivia … alles verschwamm zu einem seltsamen Farbgemisch. Er hatte noch fragen wollen, wie genau er die Jesus-Welle orten könnte, aber irgendwie war das in der Aufregung untergegangen. Er reckte den Nacken und blickte auf sich hinab. Sein Körper schien sich aufzulösen! Ein gleißendes Licht drängelte sich in seine visuellen Sinne.

Worauf hatte er sich da bloß eingelassen?

16

Quantenwelt
Michael

Michael öffnete die Augen. Alles war weiß. Er senkte sein Haupt und erschrak, denn seine Beine und sein Oberkörper waren nicht mehr da. Wie aufgelöst. Er sah zur Seite und erkannte drei schwammige Silhouetten, die allmählich schärfer wurden: Lucy, Pierre und Stuart. Doch was war mit seinem eigenen Körper passiert? War etwas schiefgelaufen? Er bewegte sich wie schwerelos auf die drei zu. Lucys Gesicht zeichnete sich schwach vor ihm ab. Lachte sie oder verzog sich nur ihr Mund?

Das Weiß verwandelte sich in ein verschwommenes Blau. Jetzt konnte er seine Beine sehen! Und seine Hände! Doch die Erleichterung währte nur kurz. Der helle Raum und seine drei Mitstreiter verschwanden. Michael wurde schwindelig. Hatte er eben noch geglaubt, die Kontrolle über seinen Körper zu haben, so wurde er nun wild umhergewirbelt, alles drehte sich, bunte Farben mischten sich, aber ergaben kein Bild. Er schloss die Augen und ließ das Gefühlschaos über sich ergehen.

Nach einer Weile kehrte Ruhe ein, und er öffnete die Augen. Vor ihm lag ein Strand. Er stand bis zu den Knien im Meer, eine Welle schwappte über seinen Nacken und erfrischte ihn. War das Carls Insel – betrachtet aus dem Inneren der Quantenwelt? Nein, er war in einer völlig anderen Umgebung. Noch konnte er nicht allzu viel sehen, doch sein visueller Sinn wurde immer besser.

Er watete durch das Wasser und betrat den Strand. Er spürte den Untergrund, doch die feinsandige Struktur fühlte sich irgendwie glatt an. Auch das Meerwasser hatte seine Sinne irritiert – es war weder warm, noch kühl. Er ließ sich auf den Boden nieder und betrachtete seine Hände. Die Gischt erfasste seine Füße – sie war kaum zu spüren, höchstens ein Kribbeln, das kurz auftauchte und wieder verschwand. Anscheinend war sein Tastsinn nicht vollständig ausgeprägt. Sein Blick wurde scharf, und er konnte nun alle Farben in voller Ausprägung sehen. Er spazierte über den Strand. Um ihn herum erstreckte sich eine paradiesische Umgebung. Heller Sand so weit das Auge reichte, flankiert von glattgeschliffenen Steinbrocken und Palmen, deren Stämme sich wie gehorsame Diener nach vorne beugten. Es war angenehm warm, keinesfalls zu heiß. Er konnte also doch eine Temperatur fühlen, stellte er fest. Der Himmel leuchtete in einem satten Blau, doch es gab keine Sonne. *Seltsam*, dachte er, *warum ist der heiße Ball nirgends zu sehen?*

Michael blieb stehen und hielt Ausschau. Wo war sie? Sie musste hier irgendwo sein! Wurde man im Himmel nicht von seinen Liebsten empfangen?

Enttäuschung machte sich breit. Aber er würde weitersuchen.

Der Strand wirkte endlos. Daher entschied er, den Pfad zu verlassen und bog in den Palmenhain ab. Eine dichte Wildnis mit traumhafter Flora erwartete ihn. Gigantische Bäume, vermutlich Jahrhunderte alt, spannten mit ihren verschnörkelten Ästen und Blättern ein Dach. Prächtige Pflanzen, deren Blüten in allen möglichen Farben strahlten, spickten den vermeintlichen Garten Eden. Michael war begeistert. Noch nie hatte er eine derartige Vielfalt gesehen. Eine perfekte Komposition der Natur.

Er drängelte sich durch das Pflanzenmeer. Ein tiefhängender Ast peitschte gegen sein Gesicht, doch er spürte keinen Schmerz. Er brach den Ast ab und ließ ihn durch die Finger gleiten, um seinen eingeschränkten Tastsinn zu prüfen. Noch immer keine Besserung. Er beließ es dabei und warf den Ast auf den Boden; ein Schuldgefühl überkam ihn. Reue. Denn er hatte die Natur geschädigt; das wurde ihm erst jetzt bewusst. Seufzend ging er weiter und beschloss, fortan vorsichtiger zu sein.

Vor ihm lag eine Lichtung. Ein Schatten bewegte sich!

»Marcia? Marcia, bist du das?«, rief er und wunderte sich über den Klang seiner Stimme. Mittlerweile konnte er auf Anhieb keinen Unterschied mehr zur Realität wahrnehmen.

Er schob zwei hängende Äste beiseite – sie waren wie ein Vorhang, der den Weg versperrte – und tauchte in einen kargen Kreis inmitten der Dschungellandschaft ein. Wieder starrte er in den Himmel. »Gott, bist du hier?« Keine Antwort – wie erwartet. Wo blieb Marcia? Er kratzte sich am Hinterkopf und drehte sich zu allen Seiten. Sie musste doch irgendwo sein. Verzweiflung kam auf. Resignation. Er ließ sich auf den Boden nieder und krallte sich mit den Händen in das Laub.

»Maaaaarciaaaaaa!«, schrie er in den Himmel.

Ein Rascheln im Gebüsch lenkte ihn ab. Ein grüner Papagei erhob sich mit flatternden Flügeln. Zwei Artgenossen empfingen ihn in der Luft; gemeinsam setzten sie ihren Gleitflug über die Baumkronen fort. Nur einen Augenblick später trabte ein Flamingo durch das Geäst. Das rosafarbene Gefieder und der stolze Gang wirkten majestätisch inmitten des Dschungels. In der Realität wäre es Freiwild für die Raubtiere gewesen. War es das auch in der Quantenwelt?

Michael akzeptierte, dass er Marcia auf Anhieb nicht finden konnte. Doch er durfte die Hoffnung nicht aufgeben. Außerdem hatte er eine Aufgabe zu erfüllen. Wo waren die anderen?

Er wanderte durch die grüne Landschaft. Ihm wurde bewusst, dass sowohl Flora als auch Fauna Teile der Quantenwelt waren. Starb also eine Pflanze oder ein Tier in der irdischen Welt, gingen deren Quantensignaturen in die Feldenergie über. Er vermisste den Duft der Pflanzen. Anscheinend konnte der QWD die Simulation von Chlorophyll nicht leisten beziehungsweise wäre der Energieverbrauch unverhältnismäßig höher gewesen. McMurphy hatte bei der Programmierung vermutlich Prioritäten setzen müssen.

Hinter ihm brach ein Ast. Er drehte sich um und sah einen menschlichen Schatten, der durchs Gebüsch zog! Michael machte kehrt, drängelte sich durch das Geäst, um nachzusehen. Doch der Schatten war verschwunden. Hatten seine Sinne ihn nur getäuscht? Da war er wieder! Er suchte weiter, ließ die Zweige gegen sein Gesicht peitschen. Der Dschungel machte ihm zu schaffen. Aber er musste sie wiedersehen!

Nach einer Weile blieb er keuchend stehen. Der Schatten war verschwunden. Er wunderte sich, dass er außer Atem war, schließlich befand er sich in einer Simulation. Anscheinend wurde die Anstrengung auf seinen echten Körper übertragen. Vermutlich wunderte sich Olivia in diesem Moment über seinen hohen Pulsschlag. Bevor er aus irgendeinem Grund zurückgeholt würde, wollte er es fortan ruhiger angehen lassen.

Er folgte der eingeschlagenen Richtung. Wenig später gab es wieder ein Knacken im Geäst, und er fuhr herum. Dieses Mal fühlte er sich beobachtet – doch es war weder Mensch noch Tier zu sehen. Nach einer Weile erspähte er den Horizont zwischen den Bäumen. Die Pflanzendichte nahm ab, und er trat aus dem Gestrüpp in die Ödnis.

Vor ihm lag eine Landstraße. Sie war asphaltiert und hatte in der Mitte eine durchgezogene Linie. Das erste Zeichen für Zivilisation! Ein Glücksgefühl strömte in seinen Bauch. Gab es tatsächlich diese andere Welt? Die Welt der Toten? Er ging zügig die Straße entlang. Eine felsige Landschaft umgab ihn. In der Ferne schimmerte ein seltsames Gebilde. Die Kuppeln einer Stadt! Michaels Euphorie nahm zu; er war auf dem richtigen Weg. Bald würde er Marcia wiedersehen. Ganz sicher.

17

Quantenwelt
Stuart

Er wachte in einem Bett auf. Eben hatte er noch seine Gefährten gesehen, jedenfalls ihre Silhouetten in einem hellen Raum, jetzt war er anscheinend allein. Er lag unter einer dicken Decke – bis zum Kinn war er von bauschigem Stoff zugedeckt. Wo war er? Und warum erschien alles um ihn herum farblos? Er ordnete seine Gedanken, machte sich bewusst, dass er sich in der Quantenwelt, beziehungsweise einer Computersimulation befand, und beschloss, die Sache langsam anzugehen. Er zog die Decke beiseite und hievte sich von der weichen Matratze. Immerhin trug er noch seine Kleidung und Schuhe.

Das Zimmer erstrahlte in klinischen Weiß; es gab kein Fenster, nur das Bett und eine Tür. Vorsichtig drückte er den Knauf runter – Anspannung machte sich breit – und betrat den nächsten Raum. Er fand sich in einem Wohnraum wieder. Eine Couch, zwei Stühle und eine Vitrine, auf der eine Vase mit Blumen stand, bildeten das Mobiliar. Alles war weiß und wirkte wie Plastik, selbst die Blumen.

Wo waren die anderen? Wieso waren sie nicht zusammen an diesen Ort gekommen?

Stuart entdeckte am Ende des Raums eine gläserne Tür; ihm war, als sei sie in diesem Moment aufgetaucht. Er öffnete die Tür, betrat einen Balkon – und konnte es nicht fassen. Er befand sich in einem Hochhaus inmitten einer Stadt. Um ihn herum erstreckten sich Wolkenkratzer, tief unter ihm lag ein Boulevard. Die Anlage, in der er sich befand, bestand aus zwei kreisrunden Gebäuden, deren Fassaden ineinander verschlungen waren – wie zwei liebende Schlangen, die gemeinsam in den Himmel blickten. Von Menschen jedoch keine Spur. Und noch immer war alles weiß. Keine Farben – bis auf den Himmel, der allmählich einen blauen Schimmer abgab. Stuart war irritiert. Hatte irgendetwas nicht funktioniert? Oder war dies nur die Betaversion der Quantenwelt?

Er durchsuchte die anderen Räume, machte aber keine besondere Entdeckung. Dann verließ er die Wohnung, hier konnte er ja schlecht bleiben. Ein Flur führte ihn an anderen Wohneinheiten vorbei. Es gab auch einen Aufzug – natürlich verschwendete er keinen Gedanken, ihn zu benutzen. Stattdessen fand er ein Treppenhaus und ging vier Stockwerke hinab. Ein Schild, auf dem ein Restaurant angekündigt war, machte ihn neugierig. Er verließ das Treppenhaus und fand sich in einer Lobby wieder. Noch immer gab es keine Farben, sondern nur das gespenstische Weiß. Und keine Menschenseele weit und breit.

Stuarts Anspannung nahm zu. Was sollte er tun? Er betrat das Restaurant. Eine Glasfront ermöglichte den Blick über die anderen Wolkenkratzer. *Fast wie in Manhattan*, dachte er. Er zuckte zusammen. An einem Tisch saß ein Mann und lächelte ihn an! Stuart blinzelte. Kaum war der Mann da, war er wieder weg. Er schüttelte den Kopf. Niemand zu sehen. Ein Flüstern im Hintergrund erschreckte ihn. Nichts. Er verfluchte seine Sinne und bekam es mit der Angst zu tun. Er wollte nur noch weg und verließ das Restaurant.

Als er die Lobby betrat, tauchte von der Seite ein Mann auf und stellte sich ihm in den Weg. Stuart schreckte panisch zurück, das Adrenalin schoss durch seine Adern, er stolperte und nahm die Fäuste hoch.

Der Mann sah ihn freundlich an und fragte: »Sir, kann ich Ihnen behilflich sein?«

Stuart starrte sein Gegenüber fassungslos an. Er schluckte, fasste sich an den Hals und befürchtete eine klaustrophobische Panikattacke zu bekommen, doch nichts dergleichen geschah. Stattdessen ging er zurück ins Treppenhaus.

Dort war er wieder allein. Zum Glück. Eine Konversation mit einem Toten – das musste nicht sein. Er fühlte über sein Gesicht, um sicherzugehen, dass er aussah wie er selbst und fasste Mut. Irgendetwas irritierte ihn. Das Geländer glänzte in Silber. Er schaute den Treppenschacht hinab und beobachtete, wie die Umgebung an Struktur und Farbe gewann. War das eine Nachberechnung des QWD? So eine Art Update?

Er wollte nach draußen – in die Stadt. Er musste. Schließlich hatten er und seine Mitstreiter eine Aufgabe zu erfüllen. Was zu dem Problem führte, dass er keinen blassen Schimmer hatte, wo Michael, Lucy und Pierre feststeckten.

Nach einem gefühlten Halbmarathon erreichte er das Erdgeschoss und verließ das Treppenhaus. Als er durch die Tür trat, traute er seinen Augen nicht: Im Eingangsbereich des Gebäudes gingen, wie selbstverständlich, Menschen ein und aus. Männer in Anzügen und Frauen in Business-Kostümen prägten die Umgebung und erinnerten Stuart an eine Anwaltskanzlei in Manhattan. In einer Sitzecke saß eine Delegation von Afrikanern; sie trugen lange Gewänder und schauten auf einen Monitor, der anscheinend einen Stadtplan zeigte. Mittlerweile deutete nichts mehr auf eine Simulation hin, alle Farben, alle Eindrücke machten einen realistischen Eindruck.

Stuart hielt inne, als eine hübsche Frau an ihm vorbeiging und einen Aufzug betrat. Während die Tür sich verschloss, warf sie ihm ein Lächeln zu. Er kratzte sich verlegen am Kopf und erntete einen reizenden Blick von der Unbekannten.

Draußen auf dem Boulevard herrschte das Großstadtleben. Scharen von Menschen unterschiedlicher

Couleur gingen ihrem Alltag nach. Kolonnen von Autos mit teils altertümlichem, teils futuristischem Design schlängelten sich über die Straße.

Stuart blieb vor einem Imbisswagen stehen, der Donuts und Bagels im Angebot hatte. Die Schlange der Wartenden war überschaubar, doch er verspürte keinen Hunger. Voller Neugier schlenderte er über den Gehweg und beobachtete das Treiben, das dem Leben in Manhattan gleichkam. Wobei er auf Anhieb einen Unterschied feststellte: Der Verkehr, die Passanten – alles verlief viel langsamer, nichts deutete auf Stress oder Hektik hin.

Obwohl er sich gut assimiliert hatte und nichts auf eine Gefahr hindeutete, wollte er achtsam bleiben. Umgeben von Toten zu sein, das war noch immer eine besondere Hausnummer. Er fixierte den Himmel und wunderte sich, dass nirgends die Sonne zu sehen war. Dann blickte er in die Ferne und entdeckte einen hellen Strahl, der senkrecht ins Firmament schien. War das die Jesus-Welle? McMurphy hatte angekündigt, ihm ein Ortungssignal einzuspielen.

Er fragte sich, wie er die anderen finden sollte. In der Stadt war das nahezu unmöglich. Es erschien ihm sinnvoll, Kurs auf die Jesus-Welle zu nehmen. Zwar sollte er der einzige sein, der das Signal wahrnehmen konnte, doch welche Alternativen hatte er? Ihm blieb nur übrig, zu hoffen, dass die anderen Teammitglieder ebenfalls die Fährte aufnehmen konnten.

»Wo möchten Sie hin, Sir?«

Stuart drehte sich um. Vor ihm stand ein alter Mann mit Mantel und Hut.

»Sie sehen aus wie jemand, der den Weg sucht«, sagte der Alte.

»Ähm … sehr freundlich«, erwiderte er und räusperte sich. »Ich bin etwas verwirrt und weiß nicht …«

»Wo wollen Sie denn hin?«

»Das ist ja das Problem. Ich weiß es nicht. Vielleicht erst einmal aus der Stadt raus. In diese Richtung.« Er zeigte in die Richtung der Jesus-Welle.

Der Alte tippte auf ein Display, das er unter dem Mantel hervorholte. Einen Moment später hielt ein Sportwagen am Seitenrand, und die Fahrertür ging auf. Das Auto war leer. »Setzen Sie sich rein. Der Wagen bringt Sie aus der Stadt. Sagen Sie einfach, wenn er anhalten oder die Richtung ändern soll.«

Stuart starrte auf das Gefährt, das eine frappierende Ähnlichkeit zu seinem Ferrari hatte. Er fühlte sich überfordert, nahm das Angebot aber an und setzte sich hinter das Steuer. Das Cockpit sah vertraut aus.

»Gute Fahrt!« Der Alte schlug die Tür zu, und der Wagen rollte los.

Stuart hob zum Dank die Hand, konzentrierte sich dann auf die Straße. Er musste nichts machen, das Gefährt führte ihn automatisch durch die Stadt, schlängelte sich behutsam durch den Verkehr und nahm mehrere Abbiegungen. Links und rechts präsentierten sich die verrücktesten Gebäude, die er je gesehen hatte. Geschwungene Fassaden mit runden Kanten. Asymmetrisch und stets einzigartig. Verschachtelte Terrassen, die von Pflanzen durchdrungen waren. Kurz: Meisterwerke der Architektur, die in der irdischen Welt einen Preis nach dem anderen abgeräumt hätten.

Nach einer Weile fuhr der Wagen aus der Stadt und bog auf eine Landstraße ein. In weiter Ferne konnte Stuart das Signal am Himmel sehen. Die Umgebung war karg – eine steinige Ödnis, über der sich eine vom Wind getragene Staubschicht breitmachte. Bald erschien eine menschliche Silhouette am Horizont. Ein einsamer Wanderer, der dieselbe Richtung eingeschlagen hatte.

»Fahr langsamer«, befahl Stuart. Er hatte das Gefühl, dass ihm die Statur bekannt vorkam. Der Autopilot gehorchte. Allmählich kam er dem Wanderer näher. »Noch langsamer«, sagte Stuart und ließ das Seitenfenster runterfahren.

Dann erkannte er seinen Gefährten. *Wurde auch Zeit*, dachte er. Endlich ein vertrautes Gesicht.

18

Quantenwelt
Michael

Er ging die Landstraße entlang und fragte sich, was ihn in der Stadt erwarten würde. War er überhaupt auf dem Weg in eine belebte Stadt? Er konnte zwar die Konturen von Gebäuden und Kuppeldächern erkennen, aber bisher war er noch keiner Menschenseele begegnet. Vielleicht entpuppte sich die Entdeckung bloß als Kulisse in einem sinnlosen Traum? Das wäre Zeitverschwendung, und er würde in diesem Fall gerne aufwachen. Die Glücksgefühle begannen, der Trostlosigkeit zu weichen. Die staubige Umgebung unterstützte den Gefühlswandel. Er brauchte mindestens eine Stunde, bis er sein Ziel erreichte; wertvolle Zeit, die ihm wie Sand durch die Hände glitt.

Ein Knattern ließ ihn aufhorchen. Er drehte sich um und konnte es nicht glauben.

Ein Motorrad kam auf ihn zu; der Fahrer gab mächtig Gas. Michael spürte einen Tsunami an Gefühlen über sich rollen. War das der erste Kontakt zu einem Toten? Gab es wirklich das Leben nach dem Tod? Marcia? Er erkannte die schmächtige Silhouette und atmete auf. Es war Lucy.

Sie hielt mit dem Motorrad an und begrüßte ihn: »Michael! Du bist der Erste!«

»Lucy ...«

»Hast du die Stadt gesehen? Komm, steig auf. Wir schauen uns das an. Bestimmt treffen wir die anderen dort.«

Michael war verwirrt und hielt für einen Augenblick inne. »Wo kommst du denn her? Und wie bist du zu dem Motorrad gekommen?«

»Das war der absolute Wahnsinn! Ich war wieder in dem weißen Raum. Dann plötzlich stehe ich in einer Hütte im Wald. Ich musste mir zwei Ohrfeigen geben, um zu verstehen, dass ich nicht träume. Andererseits kann man sich bestimmt eine Ohrfeige in einem Traum geben, ohne aufzuwachen, oder? Na ja, egal. Ich stehe also in dieser Hütte, ziemlich spärlich alles und gehe nach draußen. Kein Mensch da, völlig langweilig. Und dann sehe ich das Motorrad! Ich steige auf und voilà, das Ding springt an! Ich bin ein wenig durch den Wald gefahren, hat echt Spaß gemacht, und irgendwann bin ich auf diese Straße gestoßen. Ich habe die Kuppeln gesehen und dachte, dass ihr vielleicht dort seid.«

Michael nickte. »Verstehe, vielleicht sind die anderen ja tatsächlich dort.«

»Das sollten wir jedenfalls schleunigst herausfinden. Komm steig auf!«

Er setzte sich hinter Lucy auf das Motorrad und klammerte sich an einen Bügel.

Lucy packte seine Hände und legte sie um ihren Bauch. »Nicht so schüchtern. Halt dich gut fest!«

Die beiden brausten davon.

Lucy gab Gas, die Geschwindigkeit war atemberaubend. Trotzdem blies ihnen kein Fahrtwind entgegen. Bald erreichten sie die Stadt und hielten an.

Alles war menschenleer. Die Fassaden der Gebäude waren glatt, ohne Struktur, und schimmerten in Weiß – wie Filmkulissen aus Pappmaschee. Es gab weder Fenster noch Türen. Die Wege bestanden aus kargem Wüstensand. Ein trostloser Anblick.

Michael und Lucy stiegen ab und spazierten durch eine Gasse.

»Ich verstehe das nicht. Sieht verlassen aus«, konstatierte Lucy.

»Oder es war nie jemand hier.«

»Warum sehen die Häuser so seltsam aus? Wozu eine Stadt, wenn niemand darin lebt?«

»Das ist die Frage. Lebt hier überhaupt jemand? Ich meine, in der Quantenwelt. Ist vielleicht alles nur eine Illusion?«

Sie bogen in eine andere Gasse ein. Nichts deutete darauf hin, dass sie einer Menschenseele begegnen würden. Die Stille ließ den Ort noch gespenstischer wirken. Ein Flackern am Ende der Gasse erregte die Aufmerksamkeit der beiden.

»Hast du das gesehen?«, fragte Lucy.

»Das kam von dem schmalen Haus an der Ecke.« Michael blinzelte mit den Augen. Das Umgebungslicht war hell und blendete ihn.

»Da! Schon wieder!«

Die beiden gingen auf das Haus mit dem Flackern zu. Im Gegensatz zu den anderen Gebäuden hatte es einen Eingang mit einer Tür.

»Das Flackern ist weg«, stellte Lucy fest.

Michael strich mit der Hand über die Fassade. Sie fühlte sich wie kalter Beton an. »Lass uns reingehen.«

Lucy musste schlucken. »Sicher?«

»Sicher.« Er wollte die Tür öffnen, doch Lucy hielt ihn davon ab.

»Warte, ich bleibe lieber draußen. Nur für den Fall …«

»Für welchen Fall?«

Sie räusperte sich. »Du hast noch nie einen Film mit Untoten gesehen, stimmt's?«

»Nein.«

»War mir klar.«

»Also, ich gehe jetzt rein. Von mir aus bleibst du draußen.« Er fasste an den Türknauf.

»Warte!«

»Was denn?«

»Woher weiß ich, dass du zurückkommst?«

Er zuckte mit den Schultern, öffnete die Tür und trat ein. Und konnte es nicht fassen.

Er stand in einer Bar. Mit Menschen oder Toten – wie man es nahm. Im Hintergrund spielte eine Melodie. Die Gäste saßen an hölzernen Tischen, die mit Essen und Getränken gedeckt waren. Hinter einer Theke stand ein Barkeeper und schenkte Bier aus.

Lucy hatte die Musik gehört und stand auf einmal neben Michael.

»Kommt rein!«, rief der Barkeeper ihnen zu.

Die beiden warfen sich ungläubige Blicke zu. Sie blieben wie Salzsäulen stehen und beobachteten das Geschehen. Alles wirkte völlig normal. Die Leute sahen fröhlich aus. Eine Bedienung servierte Essen und nahm Bestellungen auf. Gemurmel erfüllte den Raum. Anscheinend wurden die Neuankömmlinge nicht als Eindringlinge aus einer anderen Welt wahrgenommen, denn niemand schenkte ihnen Beachtung.

Michael war überwältigt. Das war der Moment, in dem er die letzten Funken Zweifel aufgab. Es gab sie also wirklich – die Quantenwelt beziehungsweise die Welt der Toten. Was jahrelang nur blanke Theorie war, manifestierte sich in diesem Augenblick, wo er die Leute sah, zur Wirklichkeit. Alles andere, was er zuvor erlebt hatte – die Ankunft am Strand, der Dschungel –, hätte ebenso ein Traum sein können. Aber was war schon ein Traum ohne Menschen? Er dachte an Carl, sicherlich wäre er gerne hier.

Michael entdeckte einen freien Tisch. Er wollte in der Bar verweilen. »Da vorne ist ein freier Platz«, sagte er zu Lucy und deutete in eine Ecke. »Sollen wir uns für einen Moment setzen?«

Sie nickte. »Ja, ich denke, das habe ich nötig.«

Die beiden gingen zu dem Tisch. Michael nahm Platz und hielt inne. Er bemerkte, dass Lucys Gesicht von Schrecken verzerrt war. Sie starrte auf die Bar und wurde bleich. »Was ist mit dir? Geht es dir nicht gut?«

Eine Frau, die an der Bar saß, stand auf. Sie kreuzte den Blick mit Lucy. Ein unsichtbares Band spannte sich zwischen den beiden. Niemand sagte ein Wort, keiner bewegte sich. Zwei Frauen, die einander ansahen und alles um sich herum vergaßen.

»Mutter ...«, stammelte Lucy. »Mutter, bist du es?«

19

Los Angeles, April 2012
Lucy

Der Bär sah müde aus. Mit gesenktem Haupt stand er auf einem knappen Stück Wiese. Ein roter fünfzackiger Stern schwebte über ihm in der Luft.

Unglaublich wie man es mit dem Patriotismus übertreiben kann, dachte Lucy, als sie die Nationalflagge des Staates Kalifornien im Büro der Schuldirektorin betrachtete. Gleich daneben stand die Flagge von Los Angeles: drei Streifen, grün, gelb, rot, in der Mitte das Stadtsiegel. Irgendwann hatten sie im Unterricht gelernt, dass die Farben repräsentativ für Oliven, Orangen und Wein waren. Unnützes Wissen, dass man fürs Leben nicht brauchte. Natürlich durften auch die Stars and Stripes der Vereinigten Staaten nicht im Sammelsurium der Direktorin fehlen. Die drei Flaggen standen auf goldenen Ständern am Kopfende des Raums, hinter dem Schreibtisch, fein drapiert und mit symmetrischen Faltenwurf. So ähnlich stellte sich Lucy das Oval Office vor. Nur dumm, dass sie nicht Barack Obama gegenübersaß.

»Lucy, hörst du mir und deiner Mutter überhaupt zu?«, fragte die Direktorin.

»Ja, ich habe verstanden. Ich komme ab jetzt regelmäßiger.«

»Nicht *regelmäßiger,* sondern regelmäßig«, korrigierte Lucys Mutter. Sie rutschte unruhig auf ihrem Stuhl umher und setzte eine böse Miene auf. Ihr Gesicht war bleich, die Hände zittrig.

Die Direktorin fixierte Lucys Mutter. »Mrs. Norton, ich weiß, Sie haben es momentan nicht einfach …«

»Lassen Sie unser Privatleben da raus!«, unterbrach Lucy.

»Schon gut … Lucy, beruhige dich«, beschwichtigte ihre Mutter. Sie wandte sich an die Direktorin. »Ich mache in den Sommerferien eine neue Therapie. Lucy wird so lange bei meiner Schwester in Berkeley wohnen. Wir werden das schon irgendwie schaffen … geben Sie Lucy eine Chance.«

»Wer hat gesagt, dass ich eine Chance will?«

»Du bist fünfzehn Jahre alt! Zu früh, um dein Leben wegzuwerfen!«

»Und du bist vierunddreißig! Willst du sagen, dass es ab dann okay ist, alles aufzugeben?«

»Das ist etwas anderes!«

»Ist es nicht! Sieh dich doch an! Du hältst mir Vorträge, wie ich mein Leben gestalten soll, aber kriegst dein eigenes nicht auf die Reihe! Nenn mir *einen* guten Grund, warum ich dir zuhören sollte!«

Lucys Mutter wollte etwas erwidern, doch die Direktorin hob die Hand und ging dazwischen. »Jetzt beruhigen wir uns alle wieder! Bitte …«

Lucy verschränkte die Arme und schaute starr zu Boden. Ihre Mutter atmete tief durch.

»Lucy, was ich dir jetzt sage, sage ich nicht zu allen Schülern«, begann die Direktorin mit sanfter Stimme. Sie beugte sich vor und blickte Lucy fest in die Augen. »Du hast ein besonderes Talent. Ein Talent, das dich von den anderen unterscheidet. Aber du solltest es nicht als Bürde, sondern als Geschenk betrachten. Es kann dich erfolgreich machen, dir ein gutes Leben schenken. Alles, was du tun musst, ist, es anzunehmen. Gib dir einen Ruck, komm wieder zum Unterricht. Nur bis zu den Sommerferien, danach suchen wir etwas Neues für dich.«

»Etwas Neues?«, hakte Lucys Mutter nach. »Was soll das bedeuten?«

Die Direktorin lehnte sich zurück und fischte einen Hefter aus einem Stapel Akten. »Ich habe mit Lucys Lehrern gesprochen. Wir wissen, dass sie in der Lage ist, in atemberaubender Geschwindigkeit zu lernen. Wenn sie nur möchte.«

Lucy starrte auf den Boden. Sie spürte den Blick ihrer ahnungslosen Mutter.

»Lucy ist hochbegabt, sie hat vermutlich ein fotografisches Gedächtnis. Der Unterricht langweilt sie, ist keine Herausforderung. Natürlich ist es unter den Schülern nicht besonders angesagt, der Klügste zu sein. Lucy weiß das und hat sich lieber für die Rolle der Rebellin entschieden.«

»Was ist das für eine Akte?«, fragte Lucys Mutter.

Die Direktorin legte den Hefter auf den Schreibtisch. »Das ist eine Schule für Hochbegabte. In Santa Barbara. Warum fahren Sie beide nicht einmal dahin und schauen sich alles an?«

Lucy stieß ein Lachen aus. »Santa Barbara? Nein danke!«

Sie verließ mit ihrer Mutter das Schulgebäude, die beiden schritten zügig über den Campus. Es war Mittag, und die Sonne brannte am wolkenlosen Firmament. Die Schüler hatten Pause und drängten sich unter die schattenspendenden Kastanien.

»Ich bin stolz auf dich.«

»Wie bitte?« Lucy blieb stehen. Sie spürte die Hand ihrer Mutter an der Wange, ein zärtliches Streicheln. Unter normalen Umständen wäre ihr die Geste auf dem Campus, wo sie von den anderen Mitschülern gesehen wurde, unangenehm gewesen. Sie hätte die Hand unwirsch weggeschlagen. Doch in diesem Moment waren ihr die anderen egal. Selten hatte ihre Mutter so viel Gefühl gezeigt, geschweige denn das Wort Stolz in den Mund genommen.

»Lucy, ich wusste ja nicht, dass du das alles kannst«, wisperte ihre Mutter.

»Aber das ist doch unwichtig … es ist …«

»Doch, es ist wichtig. Wirf dein Leben nicht weg. Mach was aus deinem Talent. Ich bitte dich.«

»Ich überleg es mir.«

Die beiden gingen zum Auto und fuhren nach Hause. Während der Fahrt sprach niemand ein Wort. Lucy war klar, dass sie nicht nach Santa Barbara gehen würde. Sie konnte ihre Mutter nicht alleine lassen. Seit dem Tod von Lucys Vater war das Leben aus den Fugen geraten. Der Alkohol war zum ständigen Begleiter ihrer Mutter geworden – ein schleichendes Gift, das zunächst über den Schmerz hinweghalf und sich immer mehr zu einem kontrollergreifenden Kraken entwickelt hatte. Lucy hatte immer gehofft, dass die Flaschen Hochprozentiges eines Tages aus der Wohnung verschwinden würden. Anfangs hatte sie das Gift noch weggeschüttet oder im Eifer eines Streits in einen nassen Scherbenhaufen verwandelt. Doch der Kampf war aussichtslos.

Am Abend saßen die beiden gemeinsam am Tisch. Lucys Mutter hatte eine Lasagne gekocht – eine Seltenheit. Zudem gab es nur Wasser zum Trinken. Wie so oft sollte der Schein gewahrt werden, dass alles in Ordnung war. Reiner Selbstbetrug, der aber ab und an nötig war, um Kraft zu sammeln.

Noch immer war das Gespräch mit der Schuldirektorin ein Thema. Lucy wiederholte, dass sie es sich überlegen wolle, auf die Schule für Hochbegabte zu gehen. Sie freute sich über das Leuchten in den Augen ihrer Mutter und wollte sie nicht enttäuschen. Insgeheim blieb sie aber bei ihrem Entschluss. Die

Erfahrung lehrte, dass die Welt in einer Woche sowieso wieder anders aussehen würde; Euphorie und Freude hatten in Lucys Leben leider nur eine geringe Halbwertzeit.

Die beiden blieben noch bis Mitternacht wach und führten herzliche Gespräche wie sie es schon eine Ewigkeit nicht mehr getan hatten. Gab es doch noch Hoffnung?

Am nächsten Morgen stand Lucy früh auf. Sie wollte zur Schule gehen – wie sie es hoch und heilig versprochen hatte. In der Küche stand noch das benutzte Geschirr vom Vorabend. Sie stellte es in die Spüle und ließ Wasser drüber laufen. Dann öffnete sie den Kühlschrank, griff nach der Milch und machte sich eine Schale mit Müsli. Dabei fiel ihr Blick auf eine leere Flasche Rotwein. Sie stutzte, denn die Flasche hatte gestern Abend noch nicht dagestanden. Ein kalter Schauer lief ihr über den Rücken. Schockiert ließ sie die Schale fallen – das Porzellan zersprang auf dem Boden in mehrere Stücke.

Lucy stürmte ins Schlafzimmer ihrer Mutter. Eine weitere leere Flasche stand auf dem Nachttisch. Daneben eine Schachtel Tabletten. Warum konnte sie nicht standhaft sein? Der Abend war doch so gut gelaufen, und es gab keinen Grund, sich zu betäuben. Sie beugte sich über das Bett und fasste die Schlafende sanft an die Schulter. Etwas war anders, Panik stieg in Lucy auf.

»Mutter?«, wisperte sie. »Wach auf …«

Keine Regung. *Bitte nicht, es wird doch wieder alles gut*, flehte Lucy in Gedanken. Sie schüttelte ihre Mutter immer und immer wieder, rief ihren Namen. Doch es kam keine Antwort.

20

Quantenwelt
Michael

Das Gemurmel in der Bar hörte sich erschreckend echt an. Vielleicht war es das ja auch. Michael fühlte sich mit der Situation vollkommen überfordert; die Quantenwelt überstieg seine kühnsten Vorstellungen. Es gab fast keinen Unterschied zur Realität, alles fühlte sich normal an – bis auf die Kleinigkeit, dass es keine Gerüche gab, die in der Luft lagen. Auch das Atmen fühlte sich seltsam an – ein simpler Reflex ohne Bedeutung.

Er saß an einem Tisch und zuckte zusammen, als ein bärtiger Mann in Holzfällerhemd aufstand und ihm einen Blick zuwarf. Der Mann ging zur Bar, gab eine Bestellung auf und kehrte mit vier Krügen Bier zurück zu seinen Freunden. An einem anderen Tisch saß eine Familie mit zwei Kindern. Mutter und Vater tranken genüsslich einen Cappuccino, während Tochter und Sohn einen Eisbecher löffelten.

An der Theke standen Lucy und ihre Mutter – die Hände fest miteinander verbunden. Kurz nach der Begegnung waren sie sich in die Arme gefallen, dabei waren zahlreiche Tränen geflossen. Auch Traurigkeit war also Teil der Quantenwelt. Jetzt waren Mutter und Tochter in ein Gespräch vertieft, und es sah so aus, als ob sich die bedrückten Mienen allmählich erhellten.

Michael wollte die beiden nicht stören und beobachtete stattdessen die anderen Gäste. Aus dem Augenwinkel sah er, wie sich die Tür öffnete und zwei bekannte Gesichter eintraten. »Stuart! Pierre!«, rief er.

Die beiden kamen zu seinem Tisch. »Michael, schön, Sie zu sehen«, sagte Stuart. »Ich war kurz davor, die Hoffnung aufzugeben. Sind Sie schon lange hier?«

»Nein, wir sind eben erst gekommen.«

»Wo ist Lucy?«

Michael deutete auf die Theke. »Da vorne mit ihrer Mutter.«

Stuart starrte zur Bar. »Das ist ihre Mutter?«

Auch Pierre warf einen Blick auf die beiden. Seine Haltung spiegelte Anspannung wider.

»Jemand hier, den Sie beide kennen?«, fragte Michael. Einen Augenblick später schämte er sich für seine Frage, denn sie erschien ihm unpassend. »Setzen Sie sich doch.«

Die beiden nahmen Platz.

»Wie sind Sie hergekommen?«, wollte Michael wissen.

»Stuart hat mich aufgelesen«, erzählte Pierre. »Ich selbst bin in einer Höhle aufgewacht. Kein schöner Ort. Irgendwann bin ich auf eine Straße gestoßen und habe die Stadt entdeckt. Plötzlich fährt der Professor mit einem Sportwagen vor. Ich dachte, ich sehe nicht recht. Warum zum Teufel hat der einen Wagen und ich nicht?«

Stuart schmunzelte.

»Und Sie? Wie war es bei Ihnen?«

»Ich bin in einem Hochhaus aufgewacht. Schätze, das Auto war pures Glück«, antwortete Stuart. »Ich habe draußen ein Licht gesehen!«

»Was für ein Licht?«

»Ein heller Strahl, der in den Himmel ragt. So wie es aussieht, kann nur ich ihn sehen.«

»Anscheinend haben wir eine unterschiedliche Wahrnehmung«, ergänzte Pierre.

Michael strich sich übers Kinn. »Die Jesus-Welle … «

Der Neurologe massierte sich die Schläfen und beobachtete die Gäste. »Ich kann das noch immer nicht fassen und habe das Gefühl zu träumen. Sind wir tatsächlich von toten Menschen umgeben?«

Die drei schauten zur Theke. Lucy und ihre Mutter waren in ein Gespräch vertieft. Es war anrührend, die junge Rebellin mit feuchten Augen und mildem Ausdruck zu sehen.

»Lassen Sie uns versuchen, einen Weg zu dem Strahl … ich meine, der Welle, zu finden«, schlug Michael vor. Eine Gefühlsmischung aus Ehrfurcht und Euphorie stieg in ihm auf. Ehrfurcht vor den Unwägbarkeiten der Quantenwelt und der Begegnung mit dem Sohn Gottes. Euphorie über die Erkenntnis, dass es ein Leben nach dem Tod tatsächlich gab.

Pierre erhob sich und schnaubte: »Wir haben keine Zeit. Ich hole Lucy!«

Michael schob seinen Stuhl zurück und stellte sich dem Franzosen in den Weg. »Was soll das? Sie können nicht einfach dazwischengehen! Das ist Lucys Mutter!«

»Wir haben eine Aufgabe zu erledigen. Gehen Sie mir aus dem Weg, Pastore.«

»Sonst was?«

Pierre, der einen Kopf größer war, drängte sich dicht an Michael und fixierte ihn mit gereizter Miene. »Übertreiben Sie es nicht ...«

»Hey, ihr zwei ...« Stuart tätschelte Pierres Arm. »Irgendwas passiert.«

Sie beobachteten, wie Lucy und ihre Mutter durch eine Tür am Ende der Bar gingen.

»Die werden doch wohl nicht verschwinden! Wir brauchen Lucy für den Notfall!«, fauchte Pierre und schob Michael unwirsch zur Seite.

Die drei Männer folgten Lucy und ihrer Mutter.

Und fanden sich in einer Parkanlage wieder. Eine Allee aus knöchrigen Eichen führte auf einen See zu. Hier und da standen Bänke, die von artenreichen Blumenbeeten gesäumt waren. Lucy und ihre Mutter setzten sich auf eine Bank und setzten ihre Unterhaltung fort.

Pierre, der vorgestoßen war, blieb stehen und betrachtete mit Verblüffung die Umgebung.

»Wow, das hätte ich nicht gedacht«, äußerte Stuart. »Von draußen war der Park doch gar nicht zu sehen.«

»In der Quantenwelt herrschen andere Gesetze. Vergessen Sie irdische Maßstäbe und räumliches Denken«, erklärte Michael.

Als könnte sie die Blicke der anderen im Nacken spüren, spähte Lucy zu ihnen rüber. Ihre Miene wurde ernst, dann stand sie auf und kam auf die drei zu.

»Hey ...«

»Hey«, lächelte Michael.

Sie starrte verlegen auf den Boden und brachte mit brüchiger Stimme hervor: »Ich, äh, ich würde gerne hierbleiben. Bei meiner Mutter. Ich hoffe, das ist okay für euch.«

»Kommt gar nicht infrage!«, fauchte Pierre und wollte sie am Arm packen, doch Stuart hielt ihn ab.

»Was willst du von mir?«, herrschte Lucy ihn zornig an.

Michael nahm sie in den Arm und führte sie von den anderen weg. »Bitte beruhige dich. Wir kennen doch alle Pierre. Große Klappe, nichts dahinter.«

»In einer Stunde werden wir doch sowieso zurückgeholt! Und morgen findet ein weiterer Durchgang statt! Warum kann ich die Stunde nicht mit meiner Mutter verbringen? Wir haben uns so viel zu sagen ...« Ihr kamen die Tränen.

Michael hielt sie fest. »Ich weiß. Das weiß ich doch.«

Sie blieben stehen. Lucys Mutter schaute besorgt zu ihnen rüber.

»Ich verstehe dich. Wirklich. Was hältst du davon, wenn du dich noch eine Viertelstunde mit deiner Mutter unterhältst. Wir warten in der Bar auf dich. Lucy, ich mache mir Sorgen, dass du für immer hierbleiben möchtest! Aber das sollst du nicht. Du hast noch dein ganzes Leben vor dir. Und wir brauchen dich. Du bist die einzige, die das Rückholsignal senden kann.«

Sie blickte zu dem See und verlor sich in Gedanken. »Einverstanden«, sie nickte, »du hast recht.«

Michael schenkte ihr ein warmes Lächeln und drückte sanft ihren Arm. Dann ging er zurück zu den anderen.

»Was haben Sie mit ihr besprochen?«, fragte Stuart.

»Wir warten drinnen. Sie wird gleich kommen.« Michael würdigte Pierre keines Blickes und ging zurück in die Bar.

Er nahm wieder an dem Tisch Platz und hoffte, dass der Konflikt sich damit aufgelöst hatte. Kurz darauf setzten sich Stuart und Pierre zu ihm. Michael hätte Verständnis gehabt, wenn Lucy seinen Vorschlag abgelehnt hätte. Auf einen geliebten Menschen im Jenseits zu treffen – in einer Welt, in der es keine Beschränkungen mehr gab – und sich dann wieder von diesem trennen zu müssen, war eine emotionale Herkulesaufgabe.

Doch anscheinend hatte er Lucy überzeugen können, denn nach einer Weile kam sie zurück in die Bar. Sie hatte sich in dem Park von ihrer Mutter verabschiedet, und alles deutete daraufhin, dass sie es im Einklang mit ihren Gefühlen tat. Ein Abschied – aber nur auf Zeit. Die beiden würden sich wiedersehen.

Das Team verließ die Bar.

Und konnte es nicht fassen. Die Stadt hatte sich verändert: die Gebäude, eben noch schlicht und weiß, zeigten nun Konturen und Farben. Nicht nur das – Menschen prägten das Bild, sie liefen durch die Gassen, standen zusammen und plauderten, irgendwo hupte ein Auto. Das normale Treiben in einer Kleinstadt.

Michael strich Lucy über den Arm. »Alles in Ordnung?«

Sie nickte. Eine Träne rann über ihre Wange, trotzdem sah sie glücklich aus.

»Du wirst deine Mutter wiedersehen.«

»Ich weiß.«

Stuart schaute in den Himmel, er fand die Jesus-Welle und zeigte in deren Richtung. »Ich schlage vor, wir gehen durch die Stadt. Sieht so aus, als hätten wir noch eine weite Strecke vor uns.«

Pierre hielt mürrisch inne. »Was bedeutet weite Strecke? Geht es auch konkreter?«

»Nein, geht nicht konkreter«, gab Stuart zurück. Er lieferte sich mit dem Franzosen ein Duell der bösen Blicke.

Michael klopfte Stuart auf die Schulter. »Na los, wir sind ein Team. Wir folgen Ihnen.«

Die Gruppe zog los. Links und rechts von ihnen reihten sich Wohnhäuser, belebte Cafés und allerlei Läden aneinander. Die Menschen waren gutgelaunt, strahlten Wohlbefinden und Freude aus. Auf einer breiten Gasse kam ihnen ein Auto entgegen, in dem eine Familie mit Kindern saß.

Nach einer Weile erreichten sie das Stadtende und fanden sich an einem steinigen Küstenabschnitt wieder. Verschnörkelte Felsbrocken, die durch ihre löchrige Struktur wie Kunstwerke der Natur aussahen, prägten die Umgebung. Vor ihnen rauschte das Meer. Der blaue Wasserteppich spiegelte das Tageslicht, obwohl keine Sonne am Firmament zu sehen war. Am Horizont erstreckte sich eine Gebirgskette, deren Rücken von einer dünnen Wolkendecke bedeckt war. Ein auffälliger Berg mit zwei Spitzen ragte empor.

Pierre wandte sich an Stuart. »Was ist mit der Jesus-Welle?«

»Sehen Sie den Berg am Horizont? Das Signal leuchtet aus einer der beiden Spitzen.«

»Wie sollen wir das Meer überqueren? Wir können wohl kaum schwimmen, oder?«, stellte der Franzose zur Diskussion.

»Es sei denn, wir können über Wasser gehen«, scherzte Stuart.

Die drei Männer blickten in die Ferne. Resignation machte sich breit.

Wo ist Lucy?, fragte sich Michael und drehte sich um.

Sie war weg.

Michael rief mehrmals ihren Namen und sah sich zu den Seiten um. Wie auf Kommando tauchte sie hinter einem Felsbrocken auf.

»Da bist du ja. Wo bist du gewesen?«

»Ich habe eine U-Bahn gefunden.«

»Du hast *was*?«

»Nuschle ich, oder was? Ich sagte, ich habe eine U-Bahn gefunden. Gleich da drüben geht es eine Treppe runter.« Sie forderte die anderen mit einer Handbewegung auf, ihr zu folgen.

Sie kamen an eine silberne Aufzugstür, die mitten im Nichts stand. Daneben führte eine Treppe in den Untergrund. Auf einem blauen Schild stand ein weißes „U".

»Wow ...«, äußerte Stuart.

»Wieso wow?«, erwiderte Lucy. »Warum soll es in der Quantenwelt keine U-Bahn geben? Es gibt doch auch eine Bar und Autos. Ich habe sogar einen Supermarkt gesehen.« Sie ging die Treppen runter.

»Warte! Wo willst du denn hin?« Michael versuchte, sie festzuhalten.

»Die U-Bahn führt wahrscheinlich auf die andere Seite. Und wir wollen doch auf die andere Seite, oder nicht?«

Die drei Männer sahen einander verdutzt an.

Stuart nickte. »Du hast recht. Lasst es uns versuchen. Was soll schon passieren?«

Lucy führte die Gruppe voller Selbstbewusstsein an. Anscheinend hatte sie keine Ängste oder Vorbehalte. Die Treppe endete in einem Gang, der von gelbem Licht erhellt wurde, allerdings gab es keine erkennbaren Lichtquellen.

Stuart zuckte zusammen, als sie um eine Ecke bogen und wie aus dem Nichts dunkle Schatten auftauchten. Doch es waren nur drei Jugendliche, die ihnen entgegenkamen.

Wenig später betraten sie eine Wartehalle, die in glänzendem Weiß erstrahlte. Sprechende Hologramme boten Hilfe zum Fahrplan an. Displays an den Wänden projizierten Fotos bekannter Wahrzeichen, wie die Golden Gate Bridge und der Pariser Eiffelturm. Und ein Video präsentierte zauberhafte Aufnahmen aus der Natur.

Michael musterte die umstehenden Toten. Sie wirkten unfassbar normal – lebten anscheinend ihr zweites Leben. Das Leben nach dem Tod. Er beobachtete einen alten Mann, der einen Tweed-Anzug trug und Zeitung las. Neben ihm stand eine Großfamilie, die anscheinend aus mehreren Generationen bestand und deren Mitglieder untereinander frappierende Ähnlichkeit aufwiesen. Sie waren mit Landkarten und Büchern bewaffnet – alles sprach für einen gemeinsamen Ausflug. Eine Gruppe Frauen, die weiße Stretch-Kleidung mit einem goldenen Streifen am Bauch trugen, wirkte wie eine Sportmannschaft.

Alltag in der Quantenwelt.

Eine U-Bahn fuhr nahezu lautlos in die Station ein. Als sich die Türen öffneten, stiegen die Wartenden ein.

Michael hielt inne. Ein mulmiges Gefühl überkam ihn.

Lucy erkannte sein Zögern und forderte: »Na los, einsteigen! Ich habe keine Lust, auf die nächste Bahn zu warten!«

21

Nordatlantik, Mai 2017
Tiberius

Das U-Boot fuhr lautlos durch das dunkle Wasser der Nacht. Dem schwachen Licht des Mondes, das auf den Wellen schimmerte, war es nicht vergönnt, die Oberfläche zu durchbrechen. In der Tiefe des Ozeans herrschte völlige Finsternis. Wie ein schwerer Fisch, der seine Beute klar vor Augen hatte und sich ohne Anstrengung von der Strömung treiben lassen konnte, steuerte das Unterwassergefährt auf sein Ziel zu.

An Bord herrschte konzentrierte Stille. Auf der Brücke, die nur wenig Platz für Crewmitglieder bot, flimmerten Computermonitore und Instrumententafeln. Vier junge Männer in lässiger Kleidung saßen vor Tastaturen und starrten auf die bunten Anzeigen. An ihrem Arbeitsplatz befanden sich geöffnete Coladosen, Schachteln mit Keksen und ein MP3-Player, der mit einem Bluetooth-Lautsprecher gekoppelt war. Die seltsame Kulisse erinnerte an ein Start-Up-Unternehmen. Allein die Blicke der Crew spiegelten die Ernsthaftigkeit einer großangelegten Operation wider.

Tiberius betrat die Brücke. Mit konzentrierter Miene verfolgte er die Radaranzeige, auf der sich ein näherkommendes Objekt abzeichnete. Sie waren kurz vor dem Ziel – bald ging es los.

Auf einem Monitor war eine Liveaufnahme von der Oberfläche zu sehen. Sie wurde von einer der Drohnen produziert. Die grüne Nachtsichtaufnahme zeigte eine Insel mit einem ringförmigen Gebäude. Zwei Zylinder standen wie versteinerte Riesen im Hintergrund. Das Steinberg Media-Hub.

Ein Signalton ertönte. Die Radaranzeige zeigte an, dass das U-Boot stehengeblieben war.

»Position erreicht«, meldete ein junger Bursche mit langen Haaren, Brille und einem Star-Wars-Shirt. Er war das fleischgewordene Klischeebild eines Computer-Nerds.

»Gut. Phase Zwei einleiten«, befahl Tiberius. Er nahm neben dem Langhaarigen in einem Drehstuhl Platz und starrte auf einen Bildschirm. »Gibt es Anzeichen, dass wir entdeckt wurden?«

»Unwahrscheinlich. Das Radarsystem der Anlage erfasst nur Schiffe und Flugzeuge – das haben wir geprüft. Und für Unterwasserkameras sind wir zu weit entfernt. Drohnen scheint es keine zu geben; die hätten wir entdeckt.«

Der Kommandant drehte sich zu einem Crewmitglied auf der anderen Seite. »Joe, was machen die Satelliten?«

Ein junger Mann hakte in seine Tastatur, nach ein paar Sekunden hob er die Hände. »Trojaner aktiv!«

»Wir bekommen erste Signale ...«, ergänzte sein Kollege. »Nicht nur das ... wir sind drin! Wir sind im Hub!«

Die Crewmitglieder warfen einander euphorische Blicke zu. Der Langhaarige griff eine Tasse, auf der C3PO – der Droide aus Star Wars – abgebildet war. Mit einem lauten Schlürfen spülte er eine Dosis Kaffee runter.

Nur Tiberius empfand keinen Triumph. Vielmehr fühlte er eine tiefe Demut. Demut gepaart mit Entschlossenheit. Es hatte Jahre gedauert, seinen Plan auszuarbeiten, und die Zeit war ihm wie ein unendlicher Wettlauf vorgekommen, in dem es keine Verschnaufpause gab. Aber selbst ein Marathonläufer konnte nicht ewig auf den Beinen bleiben. Ins Ziel einlaufen oder aufgeben – für Tiberius gab es nur eine Option. Natürlich war er sich der Folgen bewusst. Aber es musste getan werden.

»Sollen wir die Kontrolle übernehmen?«, fragte der Langhaarige und kaute auf einer Salzstange.

Der Kommandant wandte sich an einen Monitor, auf dem die Erde mit einem Ring aus Satelliten als Grafik dargestellt war. »Kontrolle übernehmen. Wird Zeit, dass wir Carl blind machen.«

Ein Signalton erklang, und die Grafik auf dem Monitor veränderte sich. Die Satelliten wechselten nacheinander die Farbe – von Dunkelgrau auf Grün.

Joe ballte die Fäuste und grinste. »Wir haben sie! Wir haben die Kontrolle über die Satelliten!«

Die jungen Männer lehnten sich gleichzeitig zurück und strahlten vor Begeisterung, als gehörten sie einem kollektiven Bewusstsein an.

Tiberius betrachtete die Liveaufnahme der Drohne. Dann erhob er sich von seinem Platz und blickte in die Gesichter seiner Crew. »Gut gemacht.«

Die Tür zur Brücke öffnete sich, und zwei Männer mit kurzgeschorenen Haaren erschienen. Sie wirkten muskulös und strahlten wenig Empathie aus.

Der Kommandant nickte ihnen zu. »Es kann losgehen. Starten wir Phase Drei.«

»Jawohl, Sir!«, erwiderte der Langhaarige und beugte sich über seine Tastatur. »Lasst uns die Spiele beginnen«, murmelte er mit einem hämischen Grinsen und biss in eine Salzstange.

Tiberius atmete tief durch. Für einen Moment blieb er wie angewurzelt stehen und starrte ins Leere. Erinnerungen fluteten sein Gedächtnis. Erinnerungen an eine Zeit, in der er noch Hoffnung und Träume gehabt hatte. In der es noch Freunde und Vorbilder gegeben hatte. Es kostete ihn viel Kraft, das gedankliche Sammelsurium zu ordnen und sich der anstehenden Aufgabe bewusst zu werden. Den nächsten Schritt zu gehen. Doch er war getrieben – von Schmerz. Und Gerechtigkeit.

Mit zornigem Blick und der Ausstrahlung eines Feldherrn machte er dem unsichtbaren Feind eine Ankündigung: »Ich bin wieder da, Carl. Ich bin wieder da …«

22

Quantenwelt
Lucy

Sie fuhren mit der Bahn, als Lucy plötzlich schwarz vor Augen wurde. Ein schummriges Gefühl, das sich binnen Sekunden auflöste. Sie versuchte, tief Luft zu holen, doch ihre Lungen hatten keinen Erfolg. War sie einfach nur müde? Sie machte sich bewusst, dass es in der Quantenwelt keine Luft zum Atmen gab, und strich mit der Hand über den Stoffbezug der Armlehne. Ihr Tastsinn war ausgeschaltet. Immerhin hatte sie den Eindruck, ihren Körper uneingeschränkt kontrollieren zu können.

Die Bahn sauste mit atemberaubender Geschwindigkeit durch den Untergrund. An Bord wurden die Fahrgäste mit allerlei Luxus verwöhnt: freie Getränke und Snacks, Spielzeug für Kinder, ein Massage- und Wellnessangebot. Bisher hatten sie noch kein Tageslicht gesehen; anscheinend führte die Strecke unter dem Ozean entlang – wie Lucy und die anderen gehofft hatten.

Michael, der neben Lucy saß, fühlte sich über die Stirn und stöhnte. »Ich hatte gerade das Gefühl, für einen Moment bewusstlos zu sein.«

»Ich auch«, sagte Stuart mit betretener Miene. »Lucy, Pierre ... was ist mit euch?«

Pierre nickte.

»Mir geht es genauso. Was ist passiert?«, fragte Lucy.

Niemand wusste auf Anhieb eine Antwort.

»Vielleicht eine Störung zwischen den Quantenwellen«, mutmaßte Pierre.

Die U-Bahn fuhr in eine Station ein, und die Fahrgäste stiegen aus.

Die vier Außenseiter folgten der Menge zum Ausgang und fanden sich an einer belebten Promenade wieder. Vor ihnen rauschte das Meer, prächtige Yachten und Schiffe hatten an einem Hafen angelegt, auf den Decks feierten Leute oder entspannten sich. Eine harmonische Musik klang in der Luft und erhellte die Gemüter. Sie hatten ihr Ziel erreicht, denn auf der anderen Seite des blauen Wasserteppichs lag die Kleinstadt mit den Kuppeln.

Vor dem Hafen machte sich ein Marktplatz breit, auf dem hoher Andrang herrschte. Die Stände bestanden teils aus einfachen Holztischen und Faltzelten im Mittelalter-Look, teils aus gläsernen High-Tech-Boxen mit holografischen Werbepräsentationen. Eine optische Vielfalt, die wie ein Tsunami die Sinne flutete.

Lucy erkannte eine Mischung unterschiedlicher Kulturen und Religionen: Europäer, Amerikaner, Araber, Asiaten – alle boten ihre Waren als Geschenke an. Christen, Muslime, Juden und sogar Buddhisten präsentierten – zum Teil an gemeinsamen Ständen – Relikte und Bildnisse ihrer Glaubensrichtung.

Stuart kniff die Augen zusammen. »Ich kann die Jesus-Welle nicht mehr orten. Sie ist weg!«

»Was heißt *weg*? Eben hast du sie doch klar und deutlich sehen können«, gab Lucy zurück.

»Ich weiß ... keine Ahnung, was los ist.« Stuart massierte sich die Schläfe. Er sah verwirrt aus.

Michael mutmaßte: »Vielleicht gibt es eine Störung des QWD, und das Signal wird nicht richtig übertragen. Kein Grund zur Sorge. Was halten Sie davon, wenn wir uns in Zweiergruppen aufteilen und hier umschauen?«

»Gute Idee, Pastore. Vielleicht finden wir Jesus auch so. Ich gehe davon aus, dass er uns auffällt«, warf Pierre ein. »Immerhin hat er eine riesige Anhängerschaft und dürfte kaum allein herumspazieren.«

»Einverstanden«, erwiderte Stuart, der wieder fokussierter wirkte. »Lucy, bildest du mit Michael ein Team?«

Die beiden nickten.

»Wir suchen den hinteren Teil vom Markt ab«, bot Michael an. »Sie beide bleiben hier in der Nähe des Hafens und durchkämmen die Marktstände.«

»Hat jemand eine Uhr gesehen?«, fragte Pierre. »Ich schlage vor, wir treffen uns in einer halben Stunde am Ausgang der U-Bahn.«

»In der Quantenwelt gibt es keine Zeit. Wir müssen uns auf unser Bauchgefühl verlassen«, erklärte Michael.

Der Franzose zog mürrisch die Stirn in Falten.

»Treffpunkt U-Bahn ist gut«, sagte Stuart.

»Na dann, viel Glück!«, wünschte Lucy. Sie nahm Michael an die Hand und zog ihn in die Menschenmenge.

Je länger sie über den Markt spazierten und das Portfolio der Waren betrachteten, desto verblüffender empfand Lucy die Quantenwelt. Die Händler, die als solche eigentlich nicht bezeichnete werden konnten, denn es gab keinen Tausch der Waren gegen Bezahlmittel, entpuppten sich als angesehene Persönlichkeiten. Kleidung und Auftreten ließen auf die Zeitepoche ihrer Lebensphase schließen. Marktbesucher, die sich um einen Stand scharten, stammten größtenteils aus derselben Epoche wie der Händler. Die Leute diskutierten und lachten miteinander. Warenstücke wurden gemeinsam begutachtet – teils ehrfürchtig –, und an denjenigen verschenkt, der die meiste Freude am Besitz demonstrierte.

Faszinierend waren vor allem die Händler, die dem Anschein nach aus einer fernen Zukunft stammten. Sie trugen schlichte Gewänder und hatten einen milden Gesichtsausdruck. Ihr Angebot manifestierte sich in schwebenden Hologrammen und Videos.

Lucy war begeistert; sie hatte das Gefühl, durch einen Freizeitpark zu wandeln. Sie verdrängte die Tatsache, dass sie von Toten umgeben war, und ließ ihrer Euphorie freien Lauf. Ihr Glücksgefühl sprengte alle Ketten, als sie vor dem Hologramm eines Raumschiffs stehenblieb. Das schwebende Modell sah wie die fliegende Version eines Kreuzfahrtdampfers aus und konnte durch Gesten aus allen Perspektiven betrachtet werden. Lucy wischte mit den Händen durch die Luft, sie drehte das Objekt in alle Richtungen und zoomte ins Innere. Der Händler lächelte und hielt ihr eine silberne Kugel vors Gesicht.

»Dafür haben wir keine Zeit«, sagte Michael. Er drängte Lucy zum Weitergehen.

Sie seufzte und erkannte, dass ihr Weggefährte unter Anspannung stand. Sein Blick, seine Haltung – alles deutete daraufhin, dass er in dem Gemenge nach Jesus Ausschau hielt. Die beiden streiften weiter über den Marktplatz und erreichten ein verzweigtes Netz aus Ständen, zwischen denen sich schmale Gassen auftaten.

Michael blieb plötzlich stehen und starrte in eine Menschentraube am Ende der Gasse. Wie von Sinnen rannte er los und wühlte sich durch das Gedränge.

Lucy schaute ihm perplex hinterher. »Michael ... warte!«, rief sie und nahm die Verfolgung auf. Die Leute versperrten den Weg. Sie verlor den Sichtkontakt und fühlte sich verloren.

Nachdem sie eine enge Gasse hinter sich gelassen hatte, blieb sie stehen, um sich zu orientieren. *Was ist bloß los mit ihm?*, fragte sie sich. Dann konnte sie ihn in der Ferne erspähen. Ohne zu zögern lief sie weiter, dabei passierte sie eine Reihe von Marktständen, deren Auslagen mit köstlichem Gebäck und Torten, schokoladenverzierten Obstsorten und anderen Sünden geschmückt waren. Sie schloss langsam zu Michael auf – stets bemüht, niemanden zu bedrängen oder gar anzurempeln. So richtig geheuer waren ihr die Toten nämlich nicht.

Michael blieb auf einmal stehen und berührte eine Frau mit langen schwarzen Haaren an der Schulter. Die Unbekannte drehte sich um und machte ein überraschtes Gesicht.

Lucy holte ihren verlorenen Wegbegleiter ein und bemerkte dessen Schockstarre. »Was ist los mit dir? Wer ist das?«

Die Frau warf den beiden ein Lächeln zu.

»Tut mir … tut mir leid. Ich dachte, sie seien jemand anderes«, stammelte Michael. Er wandte sich von der Frau ab.

Lucy begleitete ihn aus der Gasse. Die beiden gingen zurück Richtung Hafen. »Kannst du mir mal sagen, was das sollte?«

»Ich habe die Nerven verloren. Das ist alles.«

»Nerven verloren? Warum hast du diese Frau verfolgt? Du dachtest, du würdest sie kennen, richtig?«

Sie bogen in eine abgeschiedene Gasse ab. Hier und da standen abgenutzte Paletten mit Holzkisten und Fässern. *Eine Umgebung, die eher der Welt der Lebenden entspricht,* dachte Lucy. Aber gleichzeitig die Normalität der Quantenwelt widerspiegelte.

»Ja ... aber ich habe mich geirrt«, offenbarte Michael.

»An wen hat die Frau dich erinnert? An deine Mutter?«

»Nein.«

»Deine Schwester?«

»Nein.«

»An ... oh, ich verstehe. Du warst nicht immer ein Priester, stimmt's?«

»Bitte Lucy, hör auf damit.«

Sie verpasste ihm mit der Faust einen kumpelhaften Schlag gegen den Arm. »Ich hab's gewusst.«

Michael seufzte. Und blieb stehen.

Vor ihnen, am Ende der Gasse, tauchten zwei Männer auf. Sie trugen dunkle Kleidung. Ihre Haltung ließ nichts Wohlwollendes erahnen – sie bauten sich wie Türsteher an einer Einlasskontrolle auf.

Lucy flüsterte: »Wer sind die denn? Sehen irgendwie komisch aus.«

»Keine Ahnung. Lass uns einfach umkehren.«

Die beiden wollten umdrehen, als einer der Männer plötzlich seinen Arm ausstreckte. Er trug einen Handschuh und machte eine Faust. Als er die Faust öffnete schoss ein weißer Lichtstrahl heraus – direkt auf die beiden zu!

Lucy reagierte blitzschnell und drängte Michael aus der Schusslinie, dabei wurde sie am Arm getroffen und schrie gellend auf.

»Lucy!«, stieß Michael panisch aus.

Sie fasste sich an den Arm – es tat höllisch weh.

Die beiden Männer kamen näher. Beide machten eine Faust und ließen Strahlen losfliegen, indem sie ihre Fäuste öffneten.

Lucy und Michael sprangen hinter eine Holzkiste und konnten rechtzeitig Deckung finden.

»Was wollen die von uns?«, wimmerte Lucy.

»Ich weiß es nicht! Lass uns verschwinden!«

Zwei Strahlen trafen frontal auf die Kiste. Sie durchtrennten langsam das Holz – wie ein Messer, das durch Butter schnitt. Michael drückte Lucy auf den Boden, als die Spitzen die Rückseiten der Kiste durchdrangen. Das war knapp! Sie sprangen auf und rannten davon.

Die Männer nahmen die Verfolgung auf.

Bald fanden Lucy und Michael sich in einer belebten Gasse wieder. Sie mischten sich unter die Marktbesucher und suchten Deckung. Lucy hielt sich den Arm – sie hatte Schmerzen. Sie hätte schwören können, mit Feuer in Berührung gekommen zu sein, doch es gab keine Brandwunde – nicht einmal einen Fleck auf der Haut.

»Sie sind noch immer hinter uns!«, stellte Michael fest, als er sich flüchtig umsah.

»Es tut so weh!«, gab Lucy zurück.

Die beiden erreichten eine Sackgasse. Ihre Verfolger holten auf. Sie saßen in der Falle!

Michael schaute sich um. Ein Lieferwagen versperrte den Zugang zu einer Straße. Er nahm Lucy an die Hand und zog sie hinter sich her. »Hier entlang!«

Die beiden zwängten sich durch die schmale Lücke zwischen Lieferwagen und Gemäuer; sie fühlten sich befreit, als sie auf die Straße zuliefen, die parallel zum Marktplatz verlief. Autos aus allen Epochen fuhren hier entlang. Es ging weiter! Sie waren der Falle entkommen. Doch Lucy stolperte und fiel kreischend hin. Michael machte kehrt und half ihr vom Boden auf. Er stützte sie und hielt inne, als plötzlich die beiden Verfolger vor ihnen auftauchten. Sie waren in Windeseile durch das Nadelöhr gefolgt und formten ihre Hände zu Fäusten. Die Gejagten und ihre Verfolger starrten sich an – von Angesicht zu Angesicht.

»Verflucht sollt ihr sein …«, stammelte Michael.

Lucy nahm die Hand vor Augen und erwartete einen Strahlentreffer.

Doch so weit kam es nicht.

Stattdessen tauchte im Rücken der Männer eine schwarze Limousine auf. Das Gefährt, Model Luxusklasse mit abgedunkelten Fenstern, raste auf die beiden Angreifer zu. Der Fahrer bremste abrupt ab, riss die Tür auf und stieß die Männer damit zu Boden – wie ein Rammbock, der ein Hindernis wegräumt. Ein Asiate, der wie ein Chauffeur gekleidet war, stieg aus und rief: »Steigt ein! Ich helfe euch!«

Lucy und Michael sahen einander verdutzt an.

Ihre Verfolger lagen angeschlagen am Boden. Der eine schaute zu ihnen auf und hob seine Faust.

»Macht schon!«, rief der Asiate.

Lucy und Michael ergriffen die Chance und stürmten auf die Karosse zu. Michael riss die Tür zum Fond auf und ließ Lucy einsteigen, bevor er ins Innere sprang und den Türgriff zuzog.

Der Asiate stieg ein und drückte aufs Gaspedal.

Lucy vergas für einen Moment die Schmerzen am Arm, drehte sich auf der Rückbank um, und starrte durchs Heckfenster. Sie konnte sehen, wie die beiden Männer vom Boden aufstanden und sich ihre Kleidung abklopften – als würden Äußerlichkeiten in der Quantenwelt eine Bedeutung haben. Einer der beiden zielte mit der Faust auf die davonbrausende Limousine.

Einen Augenblick später bogen sie um eine Ecke und waren außer Gefahr.

Schweigen. Durchatmen. Völlige Verwirrung.

Wie betäubt saßen Lucy und Michael auf der Rückbank.

Ein Summen ließ die beiden aufhorchen.

Der Asiate ließ das Fenster zur Fahrkabine runter und warf ihnen über den Rückspiegel einen Blick zu. »Alles in Ordnung?«

Lucy und Michael sahen einander irritiert an.

»Ja ... danke«, brachte Michael hervor.

Etwas geschah mit Lucy. Sie spürte, wie sie das Bewusstsein verlor. Alles drehte sich. Ihr vermeintlicher Retter machte ihr Angst. Wohin brachte er sie? »Lucy, geht es dir gut?«, hörte sie Michael sagen. Der Klang seiner Stimme war verzerrt, und sein Angesicht verwandelte sich in ein milchiges Bildnis. Sie schloss fest die Augen und konzentrierte sich. Bloß nicht die Verbindung zum QWD verlieren. *Bleib in der Quantenwelt,* sagte sie sich entschlossen.

Dann wurde ihr schwarz vor Augen.

23

Quantenwelt
Stuart

Nachdem sie die Marktstände ohne Erfolg durchkämmt hatten, gingen Stuart und Pierre zurück zur U-Bahnstation. Sie blieben am oberirdischen Eingang stehen und hielten Ausschau nach Michael und Lucy. Je länger sie über den Markt gelaufen waren, desto sinnloser hatte Stuart die Suchaktion gefunden. Ihm war bewusst geworden, dass es eine naive Annahme war, Jesus in der Menschenmenge finden zu können – und zwar aus zwei Gründen: Erstens gab es keinen vernünftigen Grund dafür, dass Jesus auch in der Quantenwelt viele Anhänger hatte, geschweige denn, dauerhaft von ihnen umgeben war. In der Quantenwelt hatten die Menschen Glück und Zufriedenheit gefunden, sie führten ein Dasein zusammen mit ihren Lieben. Da bedurfte es nicht mehr eines Messias, der Hoffnung und Träume der Erlösung verbreitete. Der zweite Grund war noch simpler: In der weltlichen Kirche gab es ein gängiges Bildnis von Jesus – der Mann mit den halblangen Haaren, dem gestutzten Vollbart und dem hellen Gewand –, doch Historiker hatten dieses längst widerlegt. Und wie McMurphy allen erklärt hatte, produzierte der Quantenwelt-Decoder für jede Quantenwelle ein zufällig generiertes Gesichtsmerkmal, das per Datenstrom in die Synapsen der Gruppe transferiert wurde. Es war also unmöglich, Jesus in der Menschenmenge zu finden – es sei denn, Stuart könnte das Leitsignal beziehungsweise den Lichtstrahl wieder sehen. Und genau das machte ihm Sorge. Irgendetwas stimmte nicht. Wo war das Signal geblieben?

»Ich halte Ausschau nach den beiden«, sagte Pierre.

»Ist gut, aber bleiben Sie in der Nähe, damit ich Sie finden kann«, gab Stuart zurück.

Der Franzose mischte sich unter die Leute.

Stuart beobachtete das Treiben am Hafen. Noch immer klang eine harmonische Musik in der Luft, und auf den Yachten ließen es sich die Leute gutgehen. Partyleben in der Quantenwelt. Wenn er das seinen Studenten erzählte, würde Freude aufkommen. Zu Recht? War die Quantenwelt wirklich das Paradies, das sich alle nach dem Tod erhofften? Er stellte sich vor, wie es sein würde zu sterben und dann an diesen Ort zu gelangen. Vermutlich wäre er verwirrt – hätte keinen blassen Schimmer, wie komplex die Quantenwelt war und nach welchen Gesetzen sie funktionierte. Mit Sicherheit gab es noch Milliarden anderer Orte als den Hafen und den Markt, wo sich das Leben fortsetzen ließe. Das wichtigste war, dass man mit seinen Liebsten wiedervereint war.

Er hielt inne, als er Pierre hektisch durch die Menge laufen sah.

Der Franzose kam näher und rief: »Zurück zur U-Bahn!«

Stuart war perplex – und blieb wie angewurzelt stehen.

Pierre packte ihn am Arm und zog ihn unwirsch zum Treppenabsatz. »Kommen Sie! Wir haben ein Problem!«

Zwei Männer in schwarzen Anzügen, die anscheinend hinter Pierre her waren, tauchten auf. Einer von ihnen streckte den Arm aus, als würde er mit einer Waffe zielen.

Stuart sah die beiden und erkannte die Gefahr. Zusammen mit Pierre lief er die Treppe zur U-Bahnstation runter. Unten angekommen fanden sie sich in einer Menschentraube wieder – anscheinend war kurz zuvor eine U-Bahn eingefahren. Allerdings war sie schon nicht mehr zu sehen.

»Wer sind die? Und was wollen die?«, platzte es aus Stuart heraus.

»Keine Ahnung! Der eine hat auf mich geschossen!«

»Was? Wie ist das möglich ... sind Sie verletzt?«

Pierre rieb sich über den Arm – auf den ersten Blick war keine Wunde zu sehen. »Tut höllisch weh, aber geht schon.«

Stuart drängelte sich durch die Menge, drehte sich um und sah die beiden Verfolger die Treppe runterlaufen. »Sie kommen!«

Pierre sprang auf das Gleis.

Stuart zögerte.

»Worauf warten Sie? Wollen Sie auf die nächste Bahn warten?«

Stuart verfluchte die Quantenwelt. Anscheinend hatte Steinberg ihnen gewisse Dinge verschwiegen. Er folgte Pierre aufs Gleis und flüchtete mit ihm in die U-Bahnröhre. Sie rannten so schnell sie konnten.

Im Hintergrund erreichten die Verfolger das Gleis. Sie trugen Handschuhe und ballten die Fäuste. Mit einem Surren ließen sie Lichtstrahlen durch die Luft fliegen.

Pierre riss Stuart im letzten Moment aus der Schusslinie.

»Scheiße! Was wollen die?«, rief der Neurologe panisch.

Die beiden liefen weiter durch den Tunnel, der scheinbar aus altem Backstein bestand. Das schwache Licht erschwerte die Flucht. Der Weg machte einen Bogen, so dass die Verfolger für einen Moment aus dem Blickfeld verschwanden.

Stuart erspähte im Gemäuer eine verwitterte Eisentür. Wieso präsentierte sich die Quantenwelt teils modern und futuristisch, teils wie aus dem letzten

Jahrhundert? Er öffnete mit einem Ruck die Tür. »Los! Hier rein!«

Pierre – bereits weiter voraus – machte kehrt und folgte ihm.

Die beiden gingen durch die Tür und betraten einen düsteren Gang. Stuart zog die Tür zu. Mit etwas Glück würden sie ihren Verfolgern entkommen. Ein Zischen ließ ihn zusammenzucken – doch es war nur eine vergammelte Rohrleitung, die über ihren Köpfen verlief. In einer Ecke stand ein rostiger Stromgenerator, der ein Brummen von sich gab.

»Wo sind wir hier?«, wunderte sich Pierre. »So habe ich mir die Quantenwelt nicht vorgestellt!«

»Sieht verdammt seltsam aus«, konstatierte Stuart. »Entweder wir haben ein falsches Verständnis von dem Leben nach dem Tod oder der QWD liefert eine konfuse Übersetzung. Würde mich nicht wundern. Irgendetwas passt hier jedenfalls ganz und gar nicht!«

Die beiden hetzten durch den Gang. Im Hintergrund wurde die Tür geöffnet, und die Silhouetten ihrer Verfolger erschienen. Stuart drehte sich flüchtig um und fluchte.

Plötzlich ein Surren.

»Sie schießen!« schrie Pierre und wich einem Lichtstrahl aus.

Die Jagd ging weiter.

»Da vorne ist eine Abzweigung!« Stuart stolperte und fiel zu Boden.

Pierre half ihm auf und duckte sich vor einem Strahl, der von hinten durch die Luft sauste.

Sie bogen in die Abzweigung ein und fanden sich in einem engen Gang wieder. Dampf quoll aus einem brüchigen Rohr an der Decke. Eine Reihe von brummenden Generatoren verwandelte den Fluchtweg zum Nadelöhr. Sie zwängten sich an den Maschinen vorbei und hielten gespannt Ausschau nach ihren Verfolgern.

Pierre zeigte auf einen schwachen Lichtkegel, der am Ende des Gangs zu sehen war. »Vielleicht ein Ausgang!« Er eilte voran.

Im Hintergrund tauchten die Fremden auf.

Stuart hielt inne. Er musste wissen, wer ihre Gegner waren und weshalb sie ihn und Pierre verfolgten. Er fasste einen Entschluss und blieb stehen – jederzeit bereit, hinter einem Generator Deckung zu finden. »Wer seid ihr? Was wollt ihr von uns?«, rief er.

Die beiden Männer blieben stehen. Einer von ihnen streckte seine Faust aus, doch der andere drückte sie zu Boden und erwiderte: »Nicht persönlich nehmen. Aber ihr habt in der Quantenwelt nichts verloren. Wir wollen euch bloß nach Hause schicken.«

»Nach Hause? Wieso?« Stuart erkannte, dass eine Diskussion sinnlos war, denn seine Verfolger gingen in den Angriff über und feuerten einen Strahl ab. Es gelang ihm auszuweichen. Er spürte das Adrenalin in seinem Blut und lief weiter.

Pierre erreichte eine Leiter, die durch einen Schacht zur Oberfläche führte. Durch einen Kanaldeckel fiel Tageslicht hinab. Er kletterte die Leiter hinauf und bemerkte Stuart unter sich. »Gleich haben wir es geschafft …«, redete sich der Franzose ein.

»Beeilen Sie sich!«

Pierre erreichte das Ende der Leiter und drückte gegen den Kanaldeckel – doch die Abdeckung bewegte sich nicht.

»Sie kommen!«, rief Stuart.

Pierre gelang es, mit äußerster Kraftanstrengung den Kanaldeckel aus der Einfassung zu lösen, doch er konnte ihn nur einen Spalt weit zur Seite hieven.

Die beiden Verfolger erschienen unten an der Leiter.

Stuart sah einen Lichtstrahl durch den Schacht fliegen. Er presste sich gegen die Wand und wich aus.

Pierre wurde in den Rücken getroffen und schrie auf. Der Strahl verwandelte sich in ein gleißendes Licht, das sich über seinen Körper ausbreitete. Er verstummte, stolperte von der Sprosse und war im Begriff, zu Boden zu stürzen.

Stuart fing im letzten Moment seine Hand und hielt ihn fest.

Pierre suchte vergeblich Tritt auf der Leiter. Dann lösten sich seine Beine auf – wie ein Stück Papier, das Feuer gefangen hatte. Fassungslos schaute er auf seinen Körper hinab, der sich buchstäblich in Luft auflöste. Sein letzter Blick galt Stuart, der ihn mit aufgerissenen Augen anstarrte.

»Pierre!« Stuart zog seine Hand zurück, als das Licht Pierres Handgelenk erfasste und auffraß. Als nur noch ein schwacher Lichtkegel in der Luft lag, stürmte er die Leiter hoch. Unter ihm hörte er die Männer miteinander sprechen. Der nächste Schuss galt ihm. Und würde ihn erwischen. Er drückte von unten gegen den Kanaldeckel, doch er war viel zu schwer. Er würde es nicht schaffen.

Plötzlich fuhr der Kanaldeckel zur Seite und eine kräftige Hand streckte sich ihm entgegen. Stuart wusste nicht, wie ihm geschah. Er nahm die Hand, wurde mit einem heftigen Ruck hochgezogen und fiel zur Seite. Staubige Luft umgab ihn. Alles, was er sehen konnte, war eine menschliche Silhouette mit einem Hut, die den Kanaldeckel zurück in die Einfassung schob. Ringsherum nur aufgewirbelter Sand – eine Wüstenlandschaft.

Stuart stand auf und starrte seinen Retter an. Der weiße Cowboyhut kam ihm bekannt vor. Nein ... das konnte nicht wahr sein! Sein Gegenüber kam näher und lächelte ihn an. Stuart verlor die Fassung.

»Kyle ...«, stammelte er. »Kyle bist du das?«

24

Little Rock, Minnesota, Juli 1984
Stuart

Es war am frühen Morgen. Das Haupt der Sonne hob sich wie eine bleischwere Kugel aus dem Schlaf und malte einen orangenen Schleier an den Horizont. Auch der Red Lake, eines der größten Gewässer des Landes, erwachte zum Leben. Auf der Oberfläche des Sees tanzten die Lichtreflexe; das magische Funkeln brachte ein optisches Meisterwerk der Natur hervor. Rings um den Wasserteppich prägten Wälder und weite Felder die dünnbesiedelte Landschaft. Ein Großteil des Gebietes gehörte zu einem Indianerreservat. Am Südzipfel des Red Lake lagen sowohl die gleichnamige Kleinstadt als auch das verschlafene Nest Little Rock, in dem knapp tausend Einwohner lebten.

Am Rand von Little Rock – direkt am Ufer – lag eine Farm mit einer Holzmanufaktur. Die aufgehende Sonne erleuchtete einen Schuppen, in dem Baumstämme lagerten. Noch war die Dunkelheit nicht vollständig gewichen, doch das Mysterium der Nacht zog sich allmählich zurück.

Im Haus war es still. Die Bewohner lagen scheinbar noch im Dornröschenschlaf.

Doch der Schein trog. Zwei schmächtige Silhouetten schlichen vom Obergeschoss eine Treppe hinab.

Sie waren bemüht, leise zu sein und gingen barfuß. Unten angekommen griffen sie aus einem Sammelsurium an Schuhen jeweils ein passendes Paar und zogen es sich schweigend an. Ein Knarzen im Obergeschoss ließ die beiden Jungen aufhorchen.

»War das Tante Nora?«, flüsterte Stuart.

»Nein. Das war nur der Wind«, erwiderte sein Bruder Kyle. »Komm mit.«

Die beiden gingen nach draußen. Auf der Veranda blieben sie stehen und schauten auf den See, auf dem sich die Stirn der Sonne spiegelte.

Stuart freute sich, den Sommer in Little Rock bei Tante Nora und Onkel William zu verbringen – wie jedes Jahr. Er war zwar erst acht Jahre alt und konnte sich nur an die letzten beiden Jahre erinnern, aber beim Abendessen hörte er regelmäßig wie Tante Nora alte Geschichten auskramte. Sein Bruder Kyle hatte mit seinen dreizehn Jahren natürlich mehr Erinnerungen; er empfand die Gegend um den Red Lake als seine zweite Heimat. Kein Wunder, in Chicago gab es keine Wälder und Seen, die zu einem Abenteuer einluden.

»Wir müssen weiter«, sagte Kyle.

Die beiden Brüder schlichen über das Gelände der Farm. Vor der Holzmanufaktur atmeten sie den Duft von geschnittenen Holz ein. Kyle hielt inne und betrat den Schuppen, in dessen Mitte eine Kreissäge und ein Ladekran standen. Er entdeckte den weißen

Cowboyhut seines Onkels an einem Haken, nahm ihn ab und setzte ihn auf.

»Ich will auch einen Hut!«, forderte der kleine Stuart.

»Pssst ... nicht so laut.« Kyle nahm den Hut ab und setzte ihn Stuart auf den Kopf.

Der Achtjährige versank unter dem dicken Stoff, schob die Krempe hoch und lugte mit mürrischem Blick darunter hervor.

Kyle brach in Gelächter aus. »Das sieht lustig aus!«

Stuart mochte es nicht, wenn über ihn gelacht wurde, und gab seinem Bruder einen Klaps auf den Arm. »Nicht so laut!«

Kyle lächelte und sah sich in dem Schuppen um. »Ich habe eine Idee.« Er nahm eine Leiter, setzte sie an die Wand und wandte sich einem ausgestopften Fasan zu, den Onkel William geschossen und wie eine Trophäe aufgehängt hatte. Kyle zupfte eine prächtige Feder aus dem Gefieder, sprang von der Leiter und griff einen Lappen, der über einem Trog hing. Er nahm Stuart den viel zu großen Hut ab und setzte ihn selbst auf, band dann den Lappen um die Stirn seines kleinen Bruders und klemmte die Feder an den Hinterkopf. »Jetzt bist du ein Indianer.«

Stuart machte ein zufriedenes Gesicht.

»Und jetzt weiter ... bevor sie weg sind.«

Die beiden Brüder verließen die Farm und liefen querfeldein. Über dem Red Lake erhob sich der

Bauch der Sonne. Kyle gab den Weg in den Wald vor. Das spärliche Tageslicht, das durch die Baumkronen fiel, machte es schwer, einen begehbaren Pfad zu finden. Stuart stolperte über eine Wurzel und fiel kreischend zu Boden. Kyle, der weiter voraus war, drehte um und half ihm fürsorglich auf.

»Alles klar?«

Stuart fasste sich ans Knie. »Ja, geht schon.« Er freute sich, dass sein großer Bruder für ihn da war. Dass er sein Beschützer war.

»Wir sind gleich da!«

Der Cowboy und der Indianer liefen weiter.

Nach einer Weile wurde der eingeschlagene Pfad steiler. Die Dichte der Bäume nahm ab, und durch das Geäst erschien die Himmelsdecke. Die beiden verließen den Wald und erreichten eine Lichtung, die auf einer Anhöhe lag. Von hier oben hatten sie einen weiten Blick über das Land und den Red Lake.

Doch das war nicht alles.

Kyle drückte Stuart sanft zu Boden. Die beiden legten sich auf den Bauch und betrachteten das Naturgemälde. Unterhalb von ihnen erstreckte sich eine saftige Wiese. Ein dumpfes Geräusch erklang.

»Sie kommen …«, flüsterte Kyle und schob den weißen Cowboyhut nach oben, um besser sehen zu können.

Stuart hielt die Luft an. Das dumpfe Poltern wurde lauter.

Hinter einem Hügel erschienen Wildpferde. Die prächtigen Tiere hielten auf die Wiese zu, und versammelten sich unter dem Schleier der aufgehenden Sonne. Die Herde tobte sich aus, einige Pferde liefen wild im Kreis. Andere blieben stehen und schüttelten sich. Ponys trabten eng aneinander – wie Geschwister, die nicht voneinander weichen wollten.

Stuart beobachtete voller Faszination das Treiben der Wildpferde. Er spürte Kyles Blick und sah zu ihm rüber.

»Los ... wir gehen zu ihnen«, sagte Kyle. Er erhob sich vom Boden und stieg die Anhöhe hinab.

Stuart folgte seinem Bruder. Als er jedoch die Wiese erreichte, stieg ein mulmiges Gefühl in ihm hoch. »Ich habe Angst. Lass uns hier stehen bleiben.«

Kyle ging enthusiastisch weiter. »Es kann nichts passieren! Du wirst schon sehen!«

Stuart fühlte über seine Stirn und wurde sich bewusst, dass er ein Indianer war, der keine Angst zeigen durfte. Er überwand sich und folgte Kyle auf die Wiese. Zwei Ponys trabten auf ihn zu, scherten dann aber aus und lieferten sich ein Wettrennen.

Die meisten Wildpferde hatten sich ausgetobt. Sie fraßen Gras oder genossen einfach die warmen Sonnenstrahlen auf dem Rücken.

Kyle ging auf einen braunen Hengst zu und streckte den Arm aus. Es gelang ihm, das Tier kurz am Hals zu streicheln, bevor es sich abwandte und davontrabte. »Willst du auch mal? Hab keine Angst«, sagte er und winkte seinen kleinen Bruder zu sich.

Stuart fühlte sich unbehaglich. Onkel William hatte einmal erzählt, wie ein Nachbar von einer Horde Wildpferde überrascht worden war. Die Tiere hatten dessen Acker überrannt und auf einen Schlag die gesamte Ernte vernichtet. »Ich will nicht. Lass uns wieder zurückgehen«, erwiderte er mit quengelnder Stimme.

Kyle lächelte und nahm Stuart an die Hand. Er blickte ihm in die Augen und fragte: »Vertraust du mir?«

Stuart nickte mürrisch.

»Dann pass jetzt auf. Schließ deine Augen.«

»Ich will nicht.«

»Wenn du mir vertraust, dann schließ sie.«

Er gehorchte und wurde von Kyle über die Wiese geführt.

»Nicht blinzeln!«

Stuart drückte die Augen zu. Aufregung stieg in ihm hoch. Etwas würde passieren. Er umschloss fest Kyles Hand und fühlte sich für einen Augenblick behütet. Dann hörte er ein Schnauben und erschrak.

Die beiden blieben stehen.

»Nicht öffnen«, flüsterte Kyle. »Vertrau mir, Stuart.«

Er gehorchte. Ein warmer Luftzug erreichte sein Gesicht – es musste der Atem eines Wildpferdes sein.

Die Angst erreichte seine Glieder. Erneut strich der Atem über sein Gesicht. Er spürte, wie Kyle seine Hand an ein weiches Fell führte. Plötzlich war alles anders – von dem einen auf den anderen Moment verflüchtigte sich die Angst. Ein tolles Gefühl! Er öffnete freudestrahlend die Augen und blickte in das friedvolle Angesicht eines Pferdes.

Kyle zog sich zurück, ließ sich auf die Wiese fallen und beobachtete seinen kleinen Bruder.

Stuart strich über die Nase des Pferdes – dessen Schnauben machte ihm keine Angst mehr, sondern löste pure Begeisterung aus. Er sprang verzückt in die Luft und hielt seine Hand gegen das Fell am Hals. Aus irgendeinem Grund ließ sich das Wildpferd Stuarts Streicheleinheiten gefallen und lief nicht weg.

Kyle konnte es nicht fassen und lachte laut auf. »Das ist mein Bruder!« rief er in die Welt hinaus. »Das ist mein Bruder!« Stuart blickte stolz zu ihm rüber. Niemals in seinem Leben würde er diesen Moment vergessen.

25

Quantenwelt
Michael

Die Limousine fuhr sanft durch die Kurven. Sie waren auf einer Bergstraße unterwegs; es ging steil nach oben. Zu ihrer Linken präsentierte sich der von Wolken befleckte Himmel, darunter öffnete der Abgrund seinen Schlund. Es gab keine Leitplanken. Das Gestein des Berges schimmerte in Weiß und sah zum Teil wie glattgeschliffen aus. An einer Stelle schälte sich eine ovale Formation aus dem Fels. Mit viel Fantasie konnte man darin ein Gesicht erkennen.

Michael fühlte sich schwach und konnte nur mit Mühe die Augen aufhalten. Der Blick durchs Fenster beunruhigte ihn. Wo waren sie? Er fasste Lucy an die Schulter – auch sie war schläfrig. Als sie die Augen aufschlug, war er erleichtert.

Auf der Strecke war ihnen kein Gegenverkehr erschienen. Alles sprach für eine einsame Gegend ohne Zivilisation. Als sie in der Hochebene des Gebirges ankamen, erwartete sie ein grüner Teppich, auf dem Kühe und Schafe weideten. Das blaue Firmament perfektionierte das Panorama, allein von der Sonne gab es keine Spur.

Sie erreichten ein Anwesen, das mitten in der Natur lag. Die Fassade hatte abgerundete Ecken und ein

Flachdach. In einem Blumenbeet wuchsen Gemüse und Kräuter. In einem Baumstumpf steckte eine Axt – daneben türmten sich Holzscheite.

Die Limousine hielt an. Michael war angespannt und fragte sich, wer ihr Retter war und welche Motivation er hatte.

Der Asiate öffnete die Tür und bedeutete den beiden, auszusteigen. Er hatte ein fülliges Gesicht und eine untersetzte Statur. Mit einem Grinsen nahm er die Mütze ab, die Teil seiner Chauffeuruniform war. »Ganz schön heiß heute«, sagte er. »Kommt mit ins Haus. Dort seid ihr in Sicherheit.«

Michael half Lucy beim Aussteigen. *Unter anderen Umständen wäre dies der perfekte Ort für einen Entspannungsurlaub*, dachte er.

Sie betraten das moderne Anwesen. Im Wohnzimmer präsentierten sich abstrakte Gemälde. Skulpturen aus Marmor ergänzten das künstlerische Flair. Eine offene Küche, die mit allerlei Displays und Reglern ausgestattet war, grenzte sich durch eine Theke mit Barhockern ab. Den Mittelpunkt bildete ein knallbunter Teppich, auf dem eine Couch mit Sesseln und ein Glastisch thronten. Draußen schloss sich eine herrliche Terrasse mit Rasen und Pool an.

Der Asiate legte Sakko und Krawatte ab. »Setzt euch. Macht es euch bequem!«, äußerte er mit einem Lächeln und ging in die Küche.

Michael und Lucy schauten sich in dem modernen Ambiente um.

»Wo ist dein Boss?«, fragte Lucy mit schwacher Stimme.

»Welcher Boss?«

»Na, dem das Haus hier gehört.«

»Das Haus gehört mir.«

Michael war überrascht. Er hatte, genau wie Lucy, gedacht, dass sie es mit einem Angestellten zu tun hätten. »Und für wen arbeitest du? Ich meine, die Limousine …«

Ihr Gastgeber öffnete den Kühlschrank und holte eine Karaffe mit Saft heraus. »Oh, ich arbeite für niemanden. Ich fahre einfach gerne in der Gegend rum. Ich liebe Autos! Ihr solltet mal meinen Fuhrpark sehen.« Er schüttete zwei Gläser voll und stellte sie auf den Wohnzimmertisch.

»Lebst du allein?«, fragte Lucy.

»Nein. Das Haus gehört mir und Miraa-Ma, meiner Freundin.« Er zeigte auf ein gerahmtes Foto, das auf einer Kommode stand. »Das ist sie. Sie ist ein tolles Mädchen!«

Michael warf einen Blick auf das Foto, auf dem eine hübsche Asiatin abgebildet war. »Ganz schön groß euer Haus.«

»Wir haben viele Freunde. Irgendjemand ist immer hier«, antwortete der Hausherr und ging zurück in die Küche.

Lucy ließ sich auf die Couch fallen und untersuchte ihren Arm. Sie rieb über die Stelle, an der sie von dem Strahl getroffen wurde. »Und wo ist deine Freundin jetzt?«

»Arbeiten.«

»Arbeiten?«

»Natürlich. Sie liebt ihre Arbeit.«

Michael setzte sich neben Lucy. »Wie geht es dir? Sind die Schmerzen besser?«

»Ja, aber ich bin unendlich müde.« Sie schloss die Augen und schnaufte. »Michael, ich habe Angst. Ich will zurück.«

»Ich weiß«, erwiderte er.

Der Asiate kam aus der Küche und stellte eine Schale mit Gebäck auf den Tisch. »Oh … ich habe vergessen, mich vorzustellen. Mein Name ist Tan. Wer seid ihr?«

»Ich bin Michael. Das ist Lucy.«

Tan setzte sich in einen Sessel. »So, jetzt kostet erst einmal von meinen Keksen«, sagte er freudestrahlend. »Ihr müsst hungrig sein. Ich kann auch noch was kochen.«

»Nein, danke. Das ist wirklich nett von dir«, erwiderte Michael. »Aber wir können nicht bleiben.«

»Jetzt erzählt mal! Wo kommt ihr her?«, wollte der Hausherr wissen.

Michael bekam das Gefühl, Tan vertrauen zu können – jedenfalls spürte er keine Gefahr, die von ihm ausging. Einen Verbündeten zu haben, konnte sich als äußerst hilfreich erweisen. Daher beschloss er, die Wahrheit zu sagen. »Wir ... ähm, um ehrlich zu sein, wir sind nicht wirklich hier. Ich meine, wir sind nicht tot, sondern leben.«

Tan zog die Stirn in Falten.

»Wir ... jemand hat eine Möglichkeit gefunden, eine Brücke zwischen dem Leben und dem Tod zu bauen. Wir sind sozusagen über diese Brücke hierhergekommen.«

Tan war sichtlich überrascht. »Wow, das hatte ich nicht erwartet! Ihr seid irgendwie anders, das konnte ich sofort spüren, aber dass ihr gar nicht tot seid ...«

»Ich weiß, ziemlich verwirrend«, lächelte Michael. »Kannst du uns etwas über die Männer erzählen, die uns am Markt angegriffen haben?«

Der Asiate schüttelte den Kopf. »Leider nein, ich habe so etwas noch nie gesehen. Ich meine, diese Strahlen, die aus ihren Händen kamen. Das müssen Fremde sein – Untote, was auch immer. Jedenfalls keine gestorbenen Menschen, so viel ist sicher.«

»Vielleicht kamen die beiden aus der Hölle«, wisperte Lucy.

»Hölle? Nein. Es gibt keine Hölle«, erklärte Tan. »Wenn man stirbt, verbindet man sich mit den Toten, die man zu Lebzeiten geliebt hat, und führt gemeinsam das Leben an diesem Ort weiter. Diejenigen, die zu Lebzeiten von Hass erfüllt waren und Leid verursacht haben, können sich mit niemanden verbinden. Sie bleiben einfach allein.«

»Jedenfalls können wir hier nicht bleiben. Ich bekomme Kopfschmerzen und will zurück«, klagte Lucy. Sie legte die Hand auf die Stirn.

Tan machte ein enttäuschtes Gesicht. »Zurück? Aber ihr seid doch gerade erst gekommen!« Er deutete auf die Schale mit den Keksen. »Esst doch wenigstens was.«

»Lucy wurde von einer Strahlenwaffe getroffen«, begann Michael. »Ich stelle mir die Frage, was passiert wäre, wenn die Männer einen direkten Treffer gelandet hätten. Wären wir dann tot? Ich meine, richtig tot?«

»Ich dachte, wir können hier nicht sterben«, erwiderte Lucy. »Unsere Körper liegen in Steinbergs Laboratorium. McMurphy steht in diesem Moment um uns herum und überwacht unsere Körperaktivitäten.«

Michael wurde hellhörig. »Du hast recht. Aber was ist, wenn der Lichtstrahl eine Art Störsignal ist, das die Verbindung zwischen unserem neuronalen Netz und dem QWD unterbricht? Das könnte schwerwiegende Folgen für uns in der Realität haben. Stuart könnte uns das sicher erklären.«

»Was ist ein QWD?«, unterbrach Tan.

»QWD steht für Quantenwelt-Decoder. Das ist die Brücke, von der ich eben sprach. Das Herzstück ist ein Hochleistungscomputer, der – gekoppelt an ein Netz von Satelliten – künstliche Quantenwellen mit echten synchronisiert.«

Tan nickte begeistert. »Klingt super.« Er nahm die Schüssel mit dem Gebäck und hielt sie Lucy unter die Nase.

Sie winkte ab. »Ich esse später was von deinen Keksen, einverstanden?«

»Wie du willst, Lucy. Deine Entscheidung«, gab der Asiate zurück und biss in ein Stück seiner Backware.

»Ich sende jetzt das Rückholsignal«, verkündete Lucy mit schwacher Stimme. »Einverstanden?«

Michael nickte. »Ja. Ich denke, Stuart und Pierre würden nichts dagegen haben.«

»Ihr seid nicht allein unterwegs?«, fragte Tan.

»Nein. Unser Team hat sich am Hafen aufgeteilt. Ich vermute, Stuart und Pierre suchen verzweifelt die Gegend nach uns ab.«

Lucy schloss die Augen.

»Sollen wir dich besser allein lassen?«, fragte Michael.

»Nein, geht schon. Ich brauche nur Ruhe.« Sie lehnte sich zurück.

Tan, der keinen blassen Schimmer hatte, was vor sich ging, biss in einen Keks. Das Knuspern war deutlich zu hören. Peinlich berührt legte er den angebissenen Keks zurück auf den Tisch und beobachtete seine Gäste. Anscheinend war ihm klar, dass Lucy höchste Konzentration benötigte.

Fast zehn Minuten vergingen – nichts passierte.

Lucy öffnete die Augen und stellte fest: »Es funktioniert nicht.«

»Versuch es noch einmal«, sagte Michael. »Entspann dich. Lass dir Zeit.«

»Ich habe den Code bereits dreimal gesendet.«

»Bist du sicher, dass du die korrekte Bildabfolge gedacht hast?«

»Ganz sicher. Das ist nicht das Problem.«

Michael kratzte sich am Kinn. *Das ist ein schlechtes Zeichen*, dachte er. Warum wurden sie nicht zurückgeholt? Ihm wurde bewusst, dass sie die Kontrolle verloren hatten und die Reise in die Quantenwelt aus dem Ruder lief. Gab es etwas, das Carl ihnen verschwiegen hatte?

Ein Gong unterbrach die Stille.

»Wir bekommen Besuch«, konstatierte Tan und stand auf.

Michael und Lucy sahen einander besorgt an. Das waren hoffentlich nicht die beiden Verfolger. Ihr Gastgeber sollte besser vorsichtig sein.

Doch Tan öffnete hektisch die Haustür. Eine Frau trat ein; sie hielt sich benommen den Kopf und fiel in Tans Arme. Es war Olivia.

»Olivia!«, stieß Michael aus und kam Tan zur Hilfe. Gemeinsam führten sie die unerwartete Besucherin auf die Couch. »Was machen Sie hier? Hat Steinberg Sie geschickt?«

Sie rieb sich die Augen und stöhnte.

Tan reichte ihr ein Glas Saft. »Trink das. Danach wird es dir besser gehen.«

Olivia nahm einen Schluck Saft. Tatsächlich wurden ihre Augen klarer, und sie nahm eine aufrechte Haltung ein. »Puh, der Trip hat mich umgehauen.«

Michael streichelte ihre Hand. »Geht es Ihnen besser?«

»Ja, geht schon. Keine Sorge.«

»Was ist passiert? Warum sind Sie hier?«

»Es gibt ein Problem.«

»Habt ihr Lucys Rückholsignal nicht erhalten?«

»Doch haben wir. Aber das ist nicht das Problem … ich meine, doch, irgendwie ist es Teil des Problems.«

»Was meinen Sie?«

Olivia trank erneut von dem Saft und schaute zu Tan.

»Das ist Tan. Er hat uns geholfen und in Sicherheit gebracht«, sagte Michael.

»In Sicherheit gebracht?«

»Olivia, bitte erzählen Sie uns zuerst, was auf der anderen Seite los ist«, bat Michael. »Irgendwas stimmt doch nicht!«

Sie nickte. »Jemand hat sich in den Media-Hub gehackt und die Kontrolle über den QWD übernommen. Wir hatten einen totalen Systemausfall und waren blind. Aber das konnte McMurphy zum Glück wieder zurückdrehen.«

Sie sahen einander bestürzt an.

»Seitdem stellen wir drei fremde Signale in der Quantenwelt fest«, erklärte sie weiter. »Künstlich generierte Quantenwellen.«

»Besucher wie wir«, ergänzte Michael.

»Ja, wir vermuten, dass sie nicht weit von der Insel aus operieren. Sie müssen ihre eigenen Neurokapseln haben und nutzen unsere Systeme, um in die Quantenwelt zu gehen. Das Problem ist, dass sich die Signale überlagern. Unser Computer kann nicht mehr genau erkennen, welche Welle zu welcher Person gehört. Dadurch besteht ein hohes Risiko beim Rückholprozess. Neurologische Schäden drohen.«

Michael ballte die Faust. »Wie konnte das passieren?«

»Das System war vollkommen sicher! Niemand konnte vorhersehen, dass sich Fremde reinhacken würden!«

»Warum sind Sie hier?«

»Um euch zu warnen. Pierre ist zurückgekommen. Sein Signal wurde von den Hackern gestört. Er liegt auf der Krankenstation. Wir haben keine Ahnung, wie sich sein Zustand entwickelt.«

Michael verkrampfte innerlich. »Mein Gott ... wie geht es ihm?«

»Nicht gut. Er liegt im Koma. Das ist ja das Problem.«

»Sie wollen uns ... umbringen«, wisperte Lucy. »Wir hätten niemals herkommen dürfen.«

»Was ist mit Stuart? Irgendein Zeichen von ihm?«

»Er ist noch in der Quantenwelt. Es geht ihm gut«, behauptete Olivia. »Aber es gibt noch ein Problem.«

Michael und Lucy sahen einander gebannt an.

Selbst Tan verschlug es die Sprache.

»Das System steht kurz vor der Überlastung. Wir haben noch maximal eine Stunde bis alles zusammenbricht. Die Energiereserven nehmen rapide ab!«

Entsetzen und Schweigen.

»Ohne einen geregelten Rückholprozess wird unser Gehirn in einen Schockzustand versetzt, der tödlich enden kann«, fuhr Olivia fort.

»Was sollen wir tun?«, drängte Michael.

»Wir müssen die drei Fremden finden und ausschalten. Dann kann der QWD unsere Wellen eindeutig extrapolieren und McMurphy den Rückholprozess starten. Daneben besteht noch immer die Möglichkeit, dass McMurphy und sein Team die volle Kontrolle über den QWD zurückerlangen. Dann schalten sie die Fremden einfach ab und alles ist wie vorher.«

Michael schaute regungslos auf den Boden. Das war eindeutig zu viel für ihn. Wie sollten sie es schaffen, ihre Gegner zu finden, geschweige denn, auszuschalten? Außerdem waren die Männer am Markt ihnen überlegen, sie hatten Waffen. *Ausschalten* – toller Begriff. Wäre *eliminieren* nicht besser? Oder einfach *töten*?

Olivia nahm Michaels Hand und sah ihm fest in die Augen. »Ich habe eine persönliche Nachricht von Carl für Sie.«

Michael war überrascht. »Für mich? Was hat er gesagt?«

»Ich soll Ihnen ausrichten, dass Tiberius Karol in der Quantenwelt ist.«

»Tiberius?« Er starrte ins Leere. Die Nachricht war ein Schock. Das konnte nicht wahr sein.

Tan hatte anscheinend ein Gespür für die Situation und saß mit geöffnetem Mund da. Wie ein aufgescheuchtes Huhn blickte er zwischen seinen Gästen hin und her.

»Ich muss Ihnen noch etwas sagen.«

Michael sah Olivia mit gefrorener Miene an. Was kam als nächstes?

»Carl sagte, wir sollen uns in Acht vor Tiberius nehmen. Er glaubt, er will uns alle töten.«

26

Cambridge, USA, September 1984
Michael

Eine flache rote Scheibe flog durch die Luft. Sie erreichte ihren Zenit – kontrastiert von einer wolkenlosen Himmelskuppel mit strahlender Sonne – und senkte sich majestätisch gen Boden. Eine Hand fing die Frisbee auf und schickte sie mittels geschickter Drehbewegung zurück in die Richtung, aus der sie gekommen war.

Auf dem Kilian Court, dem Park inmitten des Campus des Massachusetts Institute of Technology, pausierten die Studenten. Während die einen sich körperlich aktivierten, frönten die anderen dem wohlverdienten Müßiggang und entspannten in gemütlicher Picknickatmosphäre auf der Wiese. Der Kilian Court grenzte an den Great Dome, dem opulenten Kuppelbau der Universität, der bei Errichtung im Jahr 1916 dem Pantheon nachempfunden war und als Haupteingang bei zeremoniellen Veranstaltungen diente. Innerhalb des Great Dome erstreckte sich der Leseraum einer Bibliothek, deren gesammelte Werke als wertvolle Schätze der Wissenschaft angesehen waren.

Michael verstaute eine Abhandlung über Thermodynamik in seinem Rucksack und verließ zusammen mit seinem Freund Tiberius die Bibliothek. Die beiden ließen den repräsentativen Bau mit der Kuppel und den zehn Säulen hinter sich und tauchten in den Park ein. Die warme Luft und das Kitzeln der Sonne machte Laune auf die zweite Tageshälfte, die zwar meist aus Lesen und Lernen bestand, aber immerhin mit kühlen Getränken und der Gegenwart von Kommilitonen aufgelockert werden konnte.

Physik und Anthropologie – das waren seit vier Jahren die Wissenschaften, mit denen Michael zu kämpfen hatte, wobei die Auseinandersetzung keine qualvolle war, sondern sich aus natürlicher Begeisterung speiste. Tiberius war dabei der perfekte Sparringspartner; er hatte nicht nur dieselben Studienfächer, sondern teilte auch Michaels Enthusiasmus. Die beiden kannten sich seit dem ersten Studientag; bei der Ankunft im Studentenwohnheim waren sie als Zimmernachbarn zugeteilt worden. Obwohl grundverschieden im Charakter, manifestierte sich im Laufe der Zeit eine tiefe Freundschaft zwischen den beiden. Michael, der von einem konservativen und religiösen Haushalt geprägt worden war, verhielt sich introvertiert und wortkarg. Tiberius, der wenig von seiner Herkunft preisgab, war das genaue Gegenteil: ein Musterbeispiel für Eloquenz, mit gebildeter Schlagfertigkeit und einer ungeheuren Anziehungskraft beim weiblichen Geschlecht. Seine Vorliebe für die Philosophie, mit besonderer Leidenschaft für römische Pioniere wie Marcus Aurelius und Seneca, kam vor allem bei Podiumsdiskussionen der anthropologischen Fakultät zum Vorschein. Tiberius war dort Stammgast und mischte regelmäßig seine Theorien über Gott und die Welt unter die Zuhörerschaft.

Michael war bewusst, dass Tiberius ihm in mehrfacher Hinsicht überlegen war. Er war der bessere Student – ein Genie der Physik, dem alle Prüfungen leicht von der Hand gingen. Und was Rhetorik und den Umgang mit Menschen betraf, konnte sich jeder ein Beispiel an ihm nehmen. Trotzdem legte er eine sympathische Bescheidenheit an den Tag und vermittelte Michael stets das Gefühl, auf gleicher Augenhöhe zu sein. Niemals ein Anflug von Arroganz oder kühler Berechenbarkeit. Stattdessen unterstützte er Michael, seine Schüchternheit abzubauen und die Freuden der Welt zu entdecken.

»Was hältst du davon, wenn wir noch zu Joe's Bar gehen?«, fragte Tiberius.

Michael warf einen Blick auf seine Armbanduhr. »Schon zwei Uhr. Ich wollte heute zur Freitagsandacht gehen, fängt um drei an.«

»Gehst du nicht am Sonntag in die Kirche?«

»Ich kann diesen Sonntag nicht. Ich muss bei der Inventur im Baumarkt helfen.«

»Stimmt, hattest du ja erzählt.«

Michael kniete sich hin und band seinen Schuh zu. »Als Atheist hat man natürlich mehr Freizeit«, scherzte er.

Tiberius ließ seinen Blick über den belebten Park gleiten. »Ich bin kein Atheist. Ich gehöre zu den Agnostikern. Wir glauben zwar nicht an Gott, können aber die Existenz einer höheren Macht nicht gänzlich ausschließen.«

Michael erhob sich, und die beiden gingen weiter. »Was würde passieren, wenn die Existenz Gottes bewiesen würde? Würdest du dann zu ihm beten?«

»Nein, niemals. Weil es so oder so keinen Grund dafür gäbe.«

»Verstehe ich nicht.«

»Überleg doch mal. Für den Fall, dass Gott existiert, gibt es zwei Möglichkeiten. Erstens, er ist ein netter Kerl mit viel Fantasie und hat die Welt erschaffen. Die Welt inklusive der Menschen, Tiere, Pflanzen und so weiter. Er ist jedoch nicht allmächtig, und hat keinen Einfluss auf die Menschen, sprich, er kann das Leid auf der Welt nicht verhindern. In diesem Fall würde ich ihn auf ein Bier einladen. Ich würde mich für meine Existenz bedanken. Aber wieso sollte ich ihn anbeten, wenn er doch keine Macht über uns hat?«

Michael grinste. Er hatte den Philosophen in Tiberius geweckt. »Okay, verstehe. Was ist, wenn Gott allmächtig ist?«

»Das ist das zweite Szenario. Auch in diesem Fall gäbe es keinen Grund, ihn anzubeten. Im Gegenteil. Wenn er allmächtig wäre, dann könnte er das Leid auf Erden verhindern beziehungsweise nicht zulassen. Augenscheinlich würde er aber genau das nicht tun. Denke an die vielen Kriege und die Grausamkeiten, die sich die Menschen gegenseitig antun. Die Kinder, die sterben müssen.« Tiberius blieb stehen und starrte ins Leere.

Zum ersten Mal erkannte Michael einen Hauch von Traurigkeit im Gesicht seines Freundes.

»Er wäre ein grausamer Gott«, setzte Tiberius fort. »Einer, der dabei zusieht, wie sich die Menschen gegenseitig umbringen und quälen. Und für das Gute in der Welt würde er von seiner Anhängerschaft die Lorbeeren einheimsen. Nein ... ich würde einen allmächtigen Gott zutiefst verachten.«

»Was macht dich so traurig?«, fragte Michael behutsam.

Tiberius blickte beschämt auf den Boden. »Ich musste an meine Großeltern denken, sie starben in einem Konzentrationslager in Deutschland.«

Michael musste schlucken. »Ich hatte ja keine Ahnung. Das tut mir leid.«

»Ihre komplette Familie wurde von den Nazis umgebracht. Allein meine Eltern konnten in die USA fliehen.«

Die beiden wichen einer Frisbee aus. Die Scheibe flog über ihre Köpfe und prallte gegen einen Baum.

Ein Student entschuldigte sich für seinen ungeschickten Wurf.

Tiberius hob die Frisbee auf und warf sie lächelnd zurück. »Weißt du eigentlich, warum ich nichts gegen die Kirche einzuwenden habe?«

Michael zuckte mit den Schultern. Er war froh, dass sich die schwermütige Stimmung nicht verfestigt hatte.

»Na, weil sie neben Gott auch Jesus verehrt. Und ich bin ein großer Jesus-Fan. Er ist für mich der größte Philosoph aller Zeiten! Er war so klug, seine Worte waren mit Bedacht gewählt, seine Metaphern so einprägsam. Er hat uns eine Anleitung zum Leben gegeben, die ich zutiefst verehre. Wenn sich alle Menschen gemäß seiner Lehre verhalten würden, was wäre das für eine tolle Welt! Ich stelle mir nur eine Frage. In der Tat beschäftigt sie mich schon seit Jahren.«

»Was denn? Was für eine Frage?«

»Seine Lehre basiert auf der Existenz eines Gottes. Jetzt gibt es zwei Möglichkeiten. Erstens, er hat nie an Gott geglaubt, hat ihn aber benutzt, um seiner Anleitung zum Leben mehr Bedeutung zu geben. Ich meine, die Menschen brauchten damals wie heute feste Regeln und Mechanismen. Aber ohne einen machtvollen Wächter, der Verstöße gegen Regeln ahndet, bricht das System zusammen. Gott eignet sich perfekt als Wächter, denn er ist unsichtbar, niemand ist ihm je begegnet.«

»Und was ist die zweite Möglichkeit?«, fragte Michael.

»Jesus hat an Gott geglaubt. Vielleicht ist er ihm sogar begegnet, was letztendlich aber unerheblich ist.«

Michael hielt inne. »Verstehe. Du stellst also in Frage, ob Jesus an Gott geglaubt hat.«

»Ja. Stell dir vor, er hätte Gott bewusst zur obersten Metaebene seiner Philosophie definiert – ohne an ihn zu glauben. Wäre das nicht faszinierend? Er hätte allen bloß was vorgemacht, aber zu einem guten Zweck. Wie hätte er auch sonst die gläubigen Juden damals erreichen sollen?«

Die beiden schlenderten über die Wiese. Michael dachte über die Worte seines Freundes nach. So hatte er Jesus noch nie betrachtet. Auch die Szenarien über Gott und die Frage nach dessen Allmacht waren ihm noch nie in den Kopf gekommen. Änderte das etwas an seinem Glauben? Er war sich plötzlich nicht mehr so sicher.

Eine Studentin, die es sich mit zwei Freundinnen unter einem Baum gemütlich gemacht hatte, winkte den beiden zu und rief: »Tibby!«

Tiberius winkte zurück. »Komm mit, ich muss dir jemanden vorstellen.«

»Hat sie dich gerade Tibby genannt?«, sagte Michael mit schelmischem Ausdruck.

Die beiden gingen zu den Mädchen, die auf einer Picknickdecke saßen und vor sich ein Buffet aus

Donuts, Erdbeeren und Limonade ausgebreitet hatten.

Tiberius ließ sich nonchalant auf die Decke nieder und warf einen süffisanten Blick in die Runde. »So viel Schönheit am Nachmittag. Das Paradies könnte nicht reizvoller sein.«

Zwei der jungen Grazien, die auf den zweiten Blick als Zwillingspaar erkenntlich waren, kicherten. Die andere – diejenige, die Tiberius herbeigerufen hatte – rollte mit den Augen. Sie hatte langes schwarzes Haar und trug ein geblümtes Sommerkleid.

Michael blieb verschüchtert stehen. Er kannte das weibliche Trio nicht und hatte keine Ahnung, was er sagen sollte.

Tiberius sah zu ihm auf. »Michael, setz dich. Die Frauen brauchen Unterstützung beim Verzehr süßer Köstlichkeiten. Ich gehe jedenfalls nicht davon aus, dass wir einen intensiven Lernprozess behindern, wenn ich mich so umsehe. Es sei denn, die Existenz wissenschaftlicher Literatur im Umkreis von fünf Metern bleibt meinen Augen verborgen.«

Michael ließ sich auf die Wiese nieder. Auf der Decke war kein Platz mehr.

»Tibby liebt es, zu scherzen«, sagte die Schwarzhaarige. »Vielleicht sollte er in die Komik wechseln. Er könnte glatt Professor werden.«

»Wenn du mich vor versammelter Mannschaft noch einmal Tibby nennst, erzähle ich allen von unserem Ausflug nach San Diego, als du dem Seelöwen ein Kaugummi ins Maul gestopft hast und wir bei brütender Hitze zu drei Stunden in einem Verhörraum verdammt waren, während das arme Tier um sein Leben kämpfen musste.«

Die Zwillinge brachen in Gelächter aus. Michael schmunzelte.

Die Schwarzhaarige verpasste Tiberius einen leichten Schlag gegen den Hinterkopf. »Spinner. Ich war fünf, und der Verhörraum war die Krankenstation von Sea World. Der Pfleger hat dem Seelöwen das Kaugummi mit einer Bürste weggeputzt, und wir beide wollten unbedingt dabei zusehen.«

»Das ist die geschönte Variante«, gab Tiberius zurück. »Wenngleich ein Funken Wahrheit enthalten ist.« Er biss in einen Donut und schloss für einen Moment die Augen. »Hm, lecker.«

Die Zwillinge waren hin und weg von Tiberius. Eine der beiden hielt ihm eine Dose Cola vor die Nase. »Möchtest du?«

»Nein, danke. Zu viel Zucker«, antwortete er und leckte sich Schokoladenguss von den Fingern. Er wandte sich an seinen Freund und deutete auf die dunkelhaarige Schönheit. »Michael, das ist übrigens meine heiß geliebte Schwester Marcia.«

»Freut mich«, lächelte Marcia.

Michael nickte und senkte verlegen das Haupt. Er nahm einen Donut, im selben Moment griff Marcia zu, und die Hände der beiden berührten sich. Wieder fielen die Blicke der beiden aufeinander – dieses Mal intensiver. Michael hatte das Gefühl, von einem Tsunami überrollt zu werden – eine Flut aus beglückenden Elementarteilchen, die mit voller Wucht seinen Verstand zum Erliegen brachten. »Ich bin … Michael«, stammelte er verwirrt und bereute zeitgleich seinen Ausspruch. *Ich bin so dämlich*, warf er sich selber vor und wäre am liebsten im Boden versunken.

Marcia grinste. Alles sprach dafür, dass sie seine unbeholfene Art sympathisch fand.

Die Zwillinge versuchten derweil vergeblich, ein Kichern zu unterdrücken und flüsterten einander etwas zu.

Tiberius sah seinen Freund für einen Augenblick sprachlos an, dann griff er nach einer Cola und sagte: »Jetzt nehme ich doch eine.« Mit einem lauten Zischen öffnete er die Dose und genehmigte sich einen Schluck. »Marcia ist übrigens meine Lieblingsschwester.«

»Wie? Du hast mehrere Schwestern?«, fragte Michael.

»Nein. Nur Marcia. Deswegen ist sie ja meine Lieblingsschwester. Gäbe es noch weitere, würde sie sich zweifelsfrei auf einem der hinteren Ränge einreihen.«

Marcia rollte mit den Augen.

»Oh, ich muss los.« Michael blickte auf seine Armbanduhr und stand auf. »Tut mir leid.«

»Ich begleite dich!« Tiberius erhob sich von der Picknickdecke und sagte zu den Mädchen: »Wir sehen uns. Wahrscheinlich seid ihr froh, dass wir weg sind, damit ihr endlich eure Bücher aus den Taschen holen könnt.«

Die Zwillinge lachten.

Marcia warf Michael zum Abschied einen Blick zu und sagte: »Bis bald.«

Dann zogen die beiden Freunde weiter.

»Du hast mir nie erzählt, dass du eine Schwester hast«, beschwerte sich Michael.

»Stimmt. Sie hat in Yale angefangen zu studieren und ist gerade nach Harvard gewechselt.«

»Was studiert sie?«

»Medizin.« Tiberius kramte einen Flyer aus der Hosentasche und hielt ihn Michael vors Gesicht. »Ich wollte dir noch was zeigen.«

Michael faltete das Papier auseinander und las den Text. »Ein Vortrag über Quantentheorie? Willst du dahin?«

»Ja. Heute um sieben Uhr. Lass uns vorbeischauen. Der neue Physikprofessor hält den Vortrag.«

»Professor Carl Steinberg«, las Michael vor. »Nie gehört. Interessiert mich irgendwie nicht.«

Tiberius klopfte seinem Freund auf die Schulter. »Ach komm schon, gib dir einen Ruck und lass uns hingehen.«

»Vielleicht ein anderes Mal.« Michael blieb stehen. »Ich muss jetzt zur Andacht.«

»Alles klar. Aber gib mir Bescheid, wenn du es dir anders überlegst, okay?«

»In Ordnung. Bis dann!«

Die Wege der beiden trennten sich.

Michael fühlte sich leicht wie eine Feder und spazierte zur Campus-Kapelle. Das runde Backsteinobjekt sah für Unwissende wie ein Bunker aus. Daran konnte auch ein silbernes Gestänge auf dem Dach – das so gar nicht an ein Kreuz, sondern an eine Antenne erinnerte –, nichts ändern. Vor dem Eingang der Kapelle warf er unbekümmert den Flyer in den Mülleimer. Er war beschwingt und gelöst. Und konnte nur noch eines denken: Wann werde ich Marcia wiedersehen?

27

Quantenwelt
Michael

Tan kam aus der Küche und stellte eine dampfende Kanne Tee auf den Wohnzimmertisch. Er schüttete das Gebräu in weiße Tassen und sah dabei aus wie ein gehorsamer Diener. Nachdem er die Tassen an seine Gäste verteilt hatte, nahm er Platz und starrte in die Runde. Zuvor hatten alle von seinem Saft getrunken und den außergewöhnlichen Geschmack gelobt. Niemand wusste, ob die aufkommenden Durstgefühle eine Simulation des QWD waren oder von ihren physischen Körpern produziert wurden – was für den Moment aber allen egal war. Und für den Hausherrn eine gute Gelegenheit, seine Eigenkreation mit Kräutern aus dem Garten anzupreisen.

Michael blickte von der Couch auf. Noch immer saß der Schock tief, dass sein alter Freund in der Quantenwelt sein sollte. Was hatte er vor? Wie um Himmelswillen hatte er in Carls Computersystem eindringen können?

Lucy kauerte neben ihm. Sie fühlte sich schwach und war verängstigt, da das Rückholsignal nicht funktioniert hatte. »Michael?«, wisperte sie. »Was hat das alles zu bedeuten?«

Er spürte die Blicke von Olivia und Tan. Es hatte keinen Zweck, irgendwann mussten sie seine ganze Geschichte erfahren. Er seufzte und begann zu erzählen: »Es war 1980, als ich Tiberius kennenlernte. Wir fingen gemeinsam am MIT an, Studium der Physik und Anthropologie. Wir wurden schnell Freunde, haben zusammen gelernt, viel Zeit miteinander verbracht, philosophiert – was Studenten so tun. Carl Steinberg war damals Professor am MIT. Jedenfalls hat er 1984 ein Projekt zur Erforschung von Quantenwellen gestartet. Tiberius war Feuer und Flamme; er wollte unbedingt mitmachen und zog mich mit.«

Michael hielt inne und dachte an seinen Freund. Jahrelang hatte er ihn vermisst – mit seiner unverblümten und offenherzigen Art. Obwohl diese irgendwann versiegt war und sich seine dunkle Seite gezeigt hatte, konnte er ihm nie böse sein. »Die anderen Studenten sprangen bald ab«, fuhr er fort. »Nur Tiberius und ich blieben Carls Projekt treu. Schnell wurden wir zu einem Team und verbrachten Tage und Nächte mit Experimenten und Gleichungen. Das Spannende war, dass wir eine Verbindung zwischen Philosophie, Physik und Anthropologie erschufen. Tiberius war ein Meister der Philosophie und stellte Theorien für ein mögliches Seelenleben in Form von Quantenwellen auf, die Carl und mir aus physikalischer Sicht plausibel erschienen. Er war der Freidenker, während Carl und ich die Rolle der Kritiker übernahmen. Wir untersuchten also die Quantenwellen, und bald sorgten unsere Forschungsergebnisse für Aufregung am MIT. Wir bekamen mehr Geld. Aus der Quantentheorie manifestierten wir die reale Quantenwelt. Irgendwann waren wir uns sicher, dass wir die Welt der Toten entdeckt hatten. Hinweise dafür erhielten wir auf der ganzen Welt. Wir gingen nach Indien, Neuseeland, Nicaragua und sogar Mali, um Nahtoderfahrungen und Geisterphänomenen auf den Grund zu gehen.«

»Sie haben an Geschichten von Geistern geglaubt?«, hakte Olivia nach.

Michael schüttelte den Kopf. »Nein. Wir waren uns aber sicher, dass diese Phänomene unsere Theorie von der Quantenwelt unterstützten.«

»Tut mir leid. Ich wollte Sie nicht unterbrechen.«

»Schon gut.« Michael hielt inne. »Mir gelang es über Nacht, eine Gleichung aufzustellen, die es ermöglichte, in eine komplett andere Richtung zu denken. Das wird für euch schwer nachvollziehbar sein, aber in der Physik gibt es mehrere Wege, sich einem Ziel zu nähern. Ich stellte jedenfalls die bisherigen Theorien und Gesetze infrage und konstruierte ein Gitter aus Variablen, das so komplex war, dass es von keinem Computer erfasst werden konnte.«

»Michael …«, ging Tan vorsichtig dazwischen. »Willst du uns sagen, dass du diesen QWD erfunden hast?«

Er starrte in die Luft. »Ja. Vermutlich habe ich den Grundstein gelegt.«

Lucy und Olivia waren verblüfft.

»Dann kam ein schwarzer Tag in meinem Leben. Jemand, der mir viel bedeutet hat, starb bei einem Unfall.« Michael stockte und dachte an Marcia. Er beschloss, den anderen nicht zu erzählen, dass sie Tiberius' Schwester war. Auch seine Heiratspläne verschwieg er. »Carl hat mir in der Zeit sehr geholfen. Ich stürzte mich noch mehr in die Arbeit, die ersten Computer kamen auf den Markt, wir investierten unser Budget in neue Technologie. Und scheiterten. Das MIT verlangte Ergebnisse, wir hatten aber keine. Also bekamen wir kein Geld mehr und standen vor dem Aus. Doch Carl gab nicht auf, er gründete ein eigenes Unternehmen und gewann Investoren. Tiberius und ich stiegen ein, und gemeinsam setzten wir unsere Forschung fort. Zwei weitere Jahre arbeiteten wir an Experimenten, die unsere Theorie von der Quantenwelt bestätigte, und natürlich an dem QWD. Doch die Computer waren zu langsam, es gab keine Chance, die Quantenwellen zu entschlüsseln.« Michael machte eine Pause. »Außerdem begannen wir zu streiten. Carl wollte die Quantenwelt eines Tages für die Öffentlichkeit zugänglich machen. Schon immer schlug das Herz eines Unternehmers in ihm. Doch Tiberius lehnte das strikt ab. Er wollte einzig und allein die Wahrheit über das Leben nach dem

Tod herausfinden. Er war besessen davon, unsere Vorstellung von Gott, dem Schöpfer der Welt, zu entzaubern. Sieg der Wissenschaft über einen Gott, den es nicht gab – das war sein Credo. Aber Carl war auf dem Papier unser Vorgesetzter und sammelte Geld bei Investoren ein, denen er eine Beteiligung an der Vermarktung der Quantenwelt versprach. Tiberius pochte darauf, dass wir kein Recht hätten, unsere Forschung zu kommerzialisieren, und drohte, auszusteigen. Ich verhielt mich neutral, doch es kam zum Bruch zwischen ihm und Carl.«

Olivia, Lucy und Tan hörten gebannt zu. Niemand traute sich, etwas zu sagen.

Michael musste daran denken, wie Tiberius sich nach Marcias Tod verändert hatte. Von dem einen auf den anderen Tag war seine Fröhlichkeit verschwunden – sein Feuer erloschen.

»Wie ging es weiter? Wie weit seid ihr gekommen?«, wollte Lucy wissen.

»Carl und ich arbeiteten noch ein knappes Jahr weiter. Doch ohne Tiberius war alles anders. Ich selbst war getrieben von dem Gedanken, Kontakt zu den Toten aufzunehmen. Wir waren sicher, die Tür gefunden zu haben und wollten sie verzweifelt öffnen. Als das nicht gelingen wollte, versank ich in Depressionen. So konnte ich nicht weitermachen. 1991 hörte ich bei Carl auf ging nach Italien. In einem Kloster bei Rom kam ich zur Ruhe und fand meine neue

Bestimmung. Ich widmete mich der Theologie, wurde Priester und kam den Toten auf andere Weise näher.«

Die anderen waren beeindruckt. Betretenes Schweigen machte die Runde.

»Es gibt noch einen Teil, von dem Sie nichts wissen«, begann Olivia. »Als Tiberius sich von Carl abgewandt hatte, gründete er eine eigene Firma im Silicon Valley. Er entwickelte Computerchips – und zwar sehr erfolgreich. Er wurde zum Milliardär, noch bevor Carl sein Vermögen als Medienunternehmer machte.«

Tan hob die Hand. »Was ist, wenn Tiberius das Gleiche gemacht hat wie Carl?«

»Wie meinst du das?«, fragte Michael.

»Wahrscheinlich hat er mit seinem Geld diesen Quantenwelt-Decoder ans Laufen gebracht, oder?«

Olivia nickte. »Du meinst, Tiberius hat ebenfalls heimlich weitergeforscht.« Sie wandte sich an Michael. »Was glauben Sie?«

»Klingt nach Tiberius. Wahrscheinlich ist er deswegen in die Chipentwicklung eingestiegen – um die notwendige Technologie für den QWD zu beeinflussen.« Er stand auf, konnte die Anspannung nicht mehr aushalten. »Die Frage lautet: Was will Tiberius? Auf jeden Fall will er Carls Pläne torpedieren. Und anscheinend schreckt er nicht davor zurück, uns umzubringen.«

Lucy räusperte sich und ergriff das Wort. »Uns läuft die Zeit davon. Wenn wir unbeschadet hier rauskommen wollen, müssen wir so schnell wie möglich Tiberius und seine Leute finden. Bevor das System zusammenbricht.«

Olivia seufzte. »Ich fürchte, Lucy hat recht. Das ist unsere einzige Chance.«

Michael ging zur Terrassentür und schaute nach draußen. Er musste nachdenken. Das alles ging ihm zu schnell. Er war der einzige, der Tiberius kannte. Weshalb war sein ehemaliger Freund in der Quantenwelt? War Marcia der Grund? Oder … Er hielt inne. Dann fiel es ihm wie Schuppen von den Augen. »Tiberius hat denselben Plan wie wir!«, stieß er aus. »Es ist ganz einfach. Er will Jesus finden! Das war immer sein Traum. Ich habe es bloß verdrängt, aber es stimmt. Wir haben oft über Jesus philosophiert, und Tiberius war getrieben von dem Gedanken, mit ihm über Gott zu sprechen!«

»Sind Sie sicher?«, fragte Olivia. »Aber warum will er uns ausschalten?«

Michael ging nervös auf und ab. »Irgendetwas treibt ihn dazu. Ich weiß noch nicht, was es ist, aber er will Carl auf keinen Fall den Triumph der ersten Kontaktaufnahme überlassen. Wir müssen Jesus finden! Dann finden wir auch Tiberius und seine Leute.«

»Was ist mit Stuart?«, unterbrach Lucy. »Schon vergessen? Wir sind ein Team. Und wir haben keine Ahnung, was mit ihm passiert ist.«

Michael nickte. »Du hast recht. Wir müssen zurück zum Hafen und nach ihm suchen.«

»Nein …«, setzte Olivia an. »So leid es mir tut, aber Stuart ist sekundär geworden.« Die Worte fielen ihr sichtlich schwer. »Unsere Priorität liegt in der Rückkehr aus der Quantenwelt. Wenn es uns gelingt, Tiberius zu finden und ihm zum Einlenken zu bewegen, kommen wir vielleicht unbeschadet zurück. Vergesst nicht, wir haben maximal eine Stunde bis das System versagt und unser Gehirn in einen Schockzustand gerät.«

Michael starrte in die Ferne. Der Berg mit den zwei Spitzen fiel ihm ins Auge. »Tan, was ist das für ein Berg?«

»Das ist Sinai-City.«

»Eine Stadt? Der Berg ist eine Stadt?«

»Ja. Ich kann euch hinfahren, wenn ihr möchtet.«

Olivia hob die Hand. »Warum fragen Sie, Michael?«

»Stuart hat dort zuletzt die Jesus-Welle gesehen. Bevor das System gehackt wurde.«

»Dann sollten wir dort hinfahren. Sehr wahrscheinlich, dass Tiberius auch dem Signal folgt.« Olivia sprang von der Couch auf und wandte sich an Tan. »Tan, können wir uns ein Auto ausleihen?«

Der Asiate blickte aufgeregt in die Runde. »Natürlich! Ich fahr euch überall hin! Wir schaffen das!«

»Warte mal ...«, unterbrach Michael. »Tan, du hast bereits viel für uns getan. Aber wir möchten dich nicht weiter in die Sache reinziehen. Es ist besser, wenn wir ohne dich weitermachen.«

Tan fiel enttäuscht die Kinnlade runter. Einen Augenblick später kehrte sein Enthusiasmus zurück. »Kommt nicht infrage!« Er stand auf und kramte einen Schlüsselbund aus einer Kommode. »Ihr wisst doch gar nicht, wie man hier Auto fährt. Und außerdem ...«, er schaute in die Runde, »so wie es aussieht, bin ich hier der einzig echte Tote! Ihr braucht mich!«

28

Quantenwelt
Stuart

Eine warme Brise blies ihm ins Gesicht, während die Steinwüste wie ein Film an ihm vorbeizog. Ein Konglomerat aus bauchigen Felsgebilden erstreckte sich über den Sandteppich, dessen Struktur von wellenförmigen Streifen durchsetzt war. Hier und da prägten einsame Eichen die karge Umgebung. Sie wirkten wie die Hüter einer verborgenen Welt, die es vor Eindringlingen zu schützen galt. Dabei gab es eigentlich keinen Grund, diese Welt zu beschützen. Und dennoch lauerten offenbar Gefahren – wie Stuart schmerzlich hatte erfahren müssen.

Er klammerte sich an seinen Bruder. Zusammen saßen sie auf einem schwarzen Hengst, der durch die Prärie galoppierte. Kyle hatte Stuart auf sein Pferd gezogen und war ohne Umschweife losgeritten. Sie waren schon mindestens zwanzig Minuten unterwegs – ohne ein Wort zu sprechen. Ein Ritt wie in alten Zeiten. Stuart hatte das Gefühl, in einem Traum zu sein. Auf seinen Verstand wollte er sich jedenfalls nicht mehr verlassen; er hatte noch immer vor Augen, wie Pierre von dem Strahl getroffen worden war und sich dessen Körper wie brennendes Papier aufgelöst hatte. Und dann war auf einmal Kyle aufgetaucht und hatte ihn aus dem U-Bahnschacht an die Oberfläche gezogen und gerettet. Einerseits befand er sich in einem Albtraum, aus dem er aufwachen wollte; andererseits war die Begegnung mit Kyle ein unfassbar beglückendes Erlebnis, das er nicht unterbrechen wollte.

Nach einer Weile tauchten sie in eine grüne Landschaft ein. Saftige Wiesen und ein dichter Wald fügten sich zu einem groben Mosaik zusammen. Aus der Mitte der Szenerie schälte sich eine Farm. Das in weißem Holz errichtete Haupthaus war von einem eingezäunten Areal flankiert, in dem drei Pferde grasten.

»Willkommen, Bruder«, sagte Kyle.

Die beiden erreichten die Farm. Stuart stieg von dem Hengst ab und sah sich um. Nie zuvor hatte er ein derartiges Gefühlschaos erlebt. War das der Ort, an dem sein verstorbener Bruder lebte? Für einen Moment musste er wieder an Pierre denken. Was wohl mit ihm passiert war?

Kyle band das Pferd fest und schob lächelnd seinen Cowboyhut aus dem Gesicht. »Komm mit, ich zeige dir das Haus.«

Stuart folgte ihm. Eine schlichte, aber herzliche Einrichtung erwartete ihn. An den Wänden im Eingangsbereich hingen zahlreiche Landschaftsgemälde. Eins zeigte den Red Lake. Und es gab auch eine Collage mit Fotos – auf einem waren Stuart und seine Eltern zu sehen!

Kyle fasste Stuart sanft an die Schulter. »Ich möchte dir jemanden vorstellen.«

Die beiden gingen in die Küche. Auf einem Eichenholztisch waren drei Teller gedeckt. An einem Gasherd stand eine Frau, die in einem Topf rührte. Sie trug eine Schürze über ihrem Kleid. Als sie Stuart bemerkte, warf sie ihm ein Lächeln zu.

»Das ist Navina«, sagte Kyle und hängte seinen Hut an einen Haken.

»Hallo Stuart. Es ist schön, dich kennenzulernen. Kyle hat mir all die Jahre so viel von dir erzählt.«

Stuart war perplex. Sein Bruder lebte offensichtlich mit einer Frau zusammen, und alles deutete daraufhin, dass er ein glückliches und zufriedenes Leben führte. *Leben* – war das der richtige Ausdruck? Jedenfalls hatten sich Kyle und Navina an einem herrlichen Ruhepol niedergelassen. Ein friedlicher Ort, der einfach wunderschön war. Stuart erinnerte sich an die Ferien bei Onkel William und Tante Nora, und seine kindliche Begeisterung für das Landleben stieg in ihm hoch. Allmählich vergaß er, dass er sich in einer Simulation befand. Die Emotionen und Eindrücke waren intensiv, alles fühlte sich unglaublich real an.

Navina stellte einen dampfenden Topf auf den Tisch und schöpfte mit einer Kelle Suppe auf die Teller. »Stuart, du hast sicherlich Hunger. Ich hoffe, du magst meinen Bohneneintopf.«

Kyle schnitt ein Brot in Scheiben und stellte es zusammen mit einem Laib Käse auf den Tisch. »Stuart hat immer Hunger«, grinste er. »Du hättest ihn mal früher sehen sollen.«

Die drei nahmen Platz.

»Ich habe noch etwas vergessen«, sagte der Hausherr und stand auf. Er ging zum Kühlschrank und holte drei Flaschen Bier hervor, die er mit einem Zischen öffnete und auf den Tisch stellte. »Dieses Mal ist es echt!«

Stuart hielt inne. Früher, in den Ferien am Red Lake, hatten sie immer mit Apfelschorle angestoßen und so getan, als wäre es Bier gewesen. Onkel William hatte gescherzt, dass Bier das Lebenselixier für den Mann sei. Und Stuart hatte sich darauf gefreut, eines Tages mit seinem Bruder echtes Bier zu trinken. Doch dazu war es nie gekommen; Kyle war zu früh gegangen. Die beiden Brüder blickten sich in die Augen und stießen mit den Flaschen an. Stuart wurde von einer tiefen Sehnsucht getroffen – Sehnsucht nach einer gemeinsamen Vergangenheit, die es nie gegeben hatte.

Die drei begannen zu essen. Kyle berichtete von Navinas Kochkünsten und zählte seine Lieblingsmahlzeiten auf. Die beiden lebten von selbstangebautem Gemüse, Kräutern und Kartoffeln. Einen Teil ihrer Ernte tauschten sie regelmäßig auf dem Markt in einem nahegelegenen Dorf, wo es unter anderem

Gewürze aus Navinas Heimat Indien zu kaufen gab. Navina erzählte, wie sie letztens ihre Familie zum Essen eingeladen hatte und die Farm beinahe aus allen Nähen geplatzt wäre, als über hundert Gäste angereist waren. Kyle hatte mit Männern aus dem Dorf eine lange Tafel im Garten aufgebaut. Nachdem sich das anstehende Familientreffen herumgesprochen hatte, waren abends noch Freunde erschienen und hatten das Fest in eine Großveranstaltung verwandelt. Navina und Kyle liebten die Geselligkeit, obwohl sie die Abgeschiedenheit der Farm einem Leben in der Stadt vorzogen. Tatsächlich planten die beiden, die Farm demnächst um ein Gästehaus zu erweitern.

Stuart hörte aufmerksam zu. Immer wieder ertappte er sich dabei, wie er Kyles erwachsene Gesichtszüge musterte – die Ähnlichkeit zu dessen kindlichem Ich war faszinierend. Erinnerungen an früher kamen hoch. An die gemeinsame Zeit. Mittlerweile war aus seinem älteren Bruder ein gutaussehender und charismatischer Mann geworden, der allen Studentinnen der Columbia den Kopf verdreht hätte. Es war wunderschön, ihn anzusehen, mit ihm zu sprechen und zu lachen. Doch allmählich kam Schwermut in Stuart auf; wie ein Schwamm saugte er die bittere Angst auf, er könnte Kyle ein weiteres Mal verlieren.

Als ob er die Melancholie seines Bruders spüren könnte, machte Kyle ein betretenes Gesicht. Dann lächelte er und stand vom Tisch auf. »Es wird Zeit, dass ich dir etwas zeige. Das wird dir gefallen!«

Navina schaute grinsend zu ihm auf.

Kyle setzte seinen Hut auf und ging aus der Küche. »Komm mit!«

Stuart bedankte sich bei Navina für das Essen und folgte seinem Bruder.

Die beiden verließen das Haus und gingen zur Koppel, auf der die Pferde grasten. Kyle hievte einen Sattel vom Zaun und warf ihn Stuart zu. »Weißt du noch, wie das geht?«

Stuart bekam den Sattel nur knapp zu fassen und schaute überrascht auf. »Natürlich! Denkst du, so etwas verlernt man?«

»Ich dachte, weil du jetzt in New York lebst«, grinste Kyle. Er nahm einen anderen Sattel und legte ihn auf den schwarzen Hengst.

»Typische Vorurteile der Landbevölkerung!«, scherzte Stuart. Er sattelte ein Pferd, das sich ihm zutraulich genähert hatte. Seine Melancholie war augenblicklich gewichen. Stattdessen pure Freude – ein Ausritt mit Kyle, ein Traum wurde wahr!

»Hier, der ist für dich«, sagte Kyle und warf einen Cowboyhut durch die Luft. »Die Zeiten als Indianer sind vorbei.«

Stuart fing den Hut und setzte ihn lachend auf.

Die beiden Brüder verließen die Farm, sie galoppierten durch die Prärie und wurden zu unscheinbaren Silhouetten der Landschaft. Bald kamen sie an einen Abhang; vor ihnen – in der Tiefebene – erstreckte sich ein herrlicher Wiesenteppich. Sie lenkten die Pferde über einen steinigen Pfad nach unten und tauchten allmählich ins Grün ein. Stuart ließ sich dabei von prächtigen Blumen beeindrucken, deren Vielfalt zunahm, je näher sie der Tiefebene kamen. Auf der Wiese angekommen, gab Kyle seinem Hengst die Sporen und stieß einen Freudenschrei aus. Stuart presste sich in den Sattel und tat es ihm gleich. Allmählich schloss er zu Kyle auf, und die beiden ritten Seite an Seite durch die malerische Landschaft.

Zwei Brüder – die niemand mehr trennen konnte.

Nach einer Weile zügelte Kyle seinen Hengst und deutete auf eine Anhöhe. Stuart verstand und folgte seinem Bruder. Der Weg ging von der Wiese ab und führte durch einen Wald, wo der Pfad zunehmend steiler wurde. Die Pferde schritten zügig voran; anscheinend hatten sie genügend Kraft. Langsam aber sicher schälte sich vor ihnen eine Lichtung aus dem Gewächs, und die beiden erreichten die Anhöhe unter freiem Himmel.

Stuart suchte die Sonne, fand sie aber nicht. Als er seinen Blick vom Himmel löste und auf die andere Seite der Tiefebene heruntersah, traute er seinen Augen nicht. Ein gigantischer See tat sich da auf. Das Gewässer kam ihm bekannt vor – die gesamte Umgebung!

»Du siehst richtig. Es ist der Red Lake«, bestätigte Kyle. Er gab seinem Hengst einen Klaps und lenkte ihn auf einen schmalen Pfad, der zum See führte.

Stuart konnte es nicht fassen. Alles sah so aus wie in seiner Kindheit. Erinnerungen an früher kamen hoch. Die Quantenwelt war fantastisch! Übermannt von Glücksgefühlen lenkte er sein Pferd auf den Pfad und folgte Kyle.

Die beiden Brüder erreichten das Ufer und stiegen von den Pferden ab. Stuart platzte förmlich vor Freude und rannte jubelnd ins Wasser. Er war so voller Enthusiasmus, dass er nicht bemerkte, wie ihm der Hut vom Kopf fiel. Als er bis zu den Knien im See stand, schöpfte er Wasser ins Gesicht und genoss das kühle Nass. Das machte Spaß!

Kyle beobachtete seinen Bruder mit einem friedvollen Ausdruck. Er wandte sich einem Kanu zu, das unter einem Mantel aus Schilf lag und zog es in den See.

Stuart fischte seinen Hut aus dem Wasser und kam Kyle zur Hilfe, dann setzten sich beide in das Kanu, jeder nahm ein Paddel und sie begannen die Fahrt über den Red Lake. Das Gefühl war herrlich! Die malerische Natur inmitten vollkommener Ruhe, die zauberhaften Farben, das Glitzern des Sees. Stuart versank in diesem traumhaften Moment und hatte das Gefühl, die Zeit wäre stehengeblieben.

Sie umkreisten den südlichen Teil des Sees und labten sich an der Stille. Obwohl es unendlich viel zu besprechen gab, redeten sie nicht viel miteinander. Nach einer Weile deutete Kyle in die Ferne. Sanfte Rauschschwaden zogen in den Himmel, und dreieckige Silhouetten zeichneten sich am Ufer ab. Je näher sie kamen, desto deutlicher konnten sie es sehen: ein Indianerdorf. Frauen knöpften Teppiche, spielende Kinder rannten umher und eine Gruppe Männer zerhackte einen Baumstamm. Stuart betrachtete fasziniert die Ureinwohner Minnesotas, die hier auf ursprüngliche Art ihr Leben führten.

Sie ließen das Dorf hinter sich. Wenig später erschien am Ufer ein Indianer auf einem Pferd und winkte ihnen zu. Kyle winkte zurück und erklärte, dass es sich um seinen Freund Keoma handelte.

Nachdem sie die Runde beendet hatten und zurück am Startpunkt waren, zogen sie das Kanu zurück ins Schilf und stiegen auf die Pferde, die treu auf sie gewartet hatten. Kyle schlug den Weg ins Gebirge ein und führte die beiden zu einem Felsvorsprung, von dem sie einen Ausblick über den Red Lake hatten. Eine Feuerstelle deutete darauf hin, dass Kyle nicht zum ersten Mal diesen Ruhepol aufgesucht hatte. Die beiden stiegen ab und sammelten Holz. Dann entzündeten sie ein Feuer und ließen sich nieder. Stuart schob den Hut aus dem Gesicht und ließ mit beschwingter Miene den Blick über die Landschaft gleiten.

Kyle kramte belegte Brote und zwei Flaschen Bier aus seiner Satteltasche.

Die beiden Brüder stießen erneut an und gönnten sich eine Stärkung.

»Wie geht es Mom und Dad?«, fragte Kyle unerwartet.

Stuart hielt inne. »Gut …«, er wusste nicht auf Anhieb, was er sagen sollte, »… ich habe sie einer Seniorenresidenz in Bridgeport untergebracht. Sie sind beide gesund, abgesehen von den üblichen Problemchen, aber sind sehr zufrieden. Wir sehen uns fast jedes zweite Wochenende.«

»Das klingt schön.«

»Du wirst es nicht glauben, aber an Silvester streiten sie noch immer über das Feuerwerk. Mom und ihr Umweltbewusstsein.«

Kyle lächelte.

Stuart hielt erneut inne und wurde sich bewusst, dass sein Bruder die Fehde zwischen den Eltern nie erlebt hatte. Er war im Alter von fünfzehn Jahren gestorben. Ihre Mutter hatte erst später begonnen, sich einer Aktivistengruppe anzuschließen und war dadurch des Öfteren in Konflikt mit dem Vater geraten.

»Und wie geht es dir?«

»Mir? Gut, wirklich gut. Ich kann nicht klagen, ich habe meine Stelle an der Columbia, es läuft hervorragend.« Stuart versagte die Stimme. Er hatte gelogen. In Wahrheit lief nichts gut. Sondern katastrophal. Er fühlte sich als Versager. Diese eine Sache, die er sich seit seiner Kindheit in den Kopf gesetzt hatte, lag außer Reichweite für ihn. Und im Angesicht seines Bruders wurde ihm das schlagartig bewusst. Denn Kyle beziehungsweise sein Tod hatte den Grundstein für Stuarts Ziel gelegt. Ein Ziel, das er bis heute nicht erreicht hatte. Noch nie hatte er es offen ausgesprochen; vielleicht waren deshalb all seine Beziehungen gescheitert? »Ich habe gelogen«, offenbarte er. »Ich habe mir einen Schutzschild aufgebaut, unter dem ich mich gut fühlen kann. Aber eigentlich fühle ich mich nutzlos, denn ich habe versagt ... ich habe es nicht geschafft, den Grund für deinen Tod herauszufinden.«

»Was meinst du damit, Stuart?«

»Nachdem du gestorben warst, war nichts mehr wie vorher. Mom, Dad ... die Ärzte wussten nicht, weshalb du ins Koma gefallen warst. Alles, was sie sagten, war, dass dein Nervensystem geschwächt war. Ein halbes Jahr lang war ich jeden Tag an deiner Seite. Nachdem du für immer eingeschlafen warst, schwor ich mir, als Erwachsener den Grund für deine Krankheit herauszufinden. Ich studierte Medizin, immer wieder las ich deine Krankenakte, bald spezialisierte ich mich auf Neurologie, forschte nächtelang. Doch ich blieb erfolglos. Ich fühlte mich als Versager. Irgendwann kam das Angebot von der New York University, und ich sagte zu.«

Für einen Moment schwiegen die beiden.

»Aber das alles hat keine Bedeutung mehr«, fuhr er fort und wischte eine Träne aus dem Gesicht. »Jetzt sind wir wieder zusammen. Es ist so wunderschön, hier zu sein!«

Kyle machte ein betroffenes Gesicht.

»Was ist denn? Freust du dich denn nicht?«

Sein Bruder blickte ihm tief in die Augen. »Du kannst nicht hierbleiben, Stuart.«

»Aber ...«, Stuart kämpfte mit den Tränen. Er wollte nicht mehr zurück ins Leben, sondern bei Kyle bleiben. Auf dieser Seite der Welt. »Bitte ... tu das nicht. Schick mich nicht weg!«, flehte er und starrte ins Feuer.

»Hey, sieh mich an, Bruder.«

Stuart sah zu ihm auf.

»Du hast eine Aufgabe zu erfüllen. Du bist ein angesehener Professor und sorgst dafür, dass vielleicht eines Tages einer deiner Studenten den Grund für meine Krankheit herausfindet. Mit deiner Arbeit trägst du dazu bei, dass es den Menschen besser geht. Dass Leiden gelindert wird. Familien wieder vereint sind. Du musst zurück ins Leben! Du bist einzigartig, mein lieber Stuart!«

Die beiden Brüder sahen aneinander an.

Das Lagerfeuer knisterte und führte einen schlangenförmigen Tanz auf. Im Hintergrund schimmerte der Red Lake in einem facettenreichen Lichtspiel. Ein lauer Wind wehte und sorgte für eine angenehme Frische.

Kyle hielt plötzlich inne und stand auf. Er blickte in die Ferne – etwas schien ihn zu beschäftigen.

»Was ist mit dir?«, wollte Stuart wissen.

»Jemand ist in Gefahr. Jemand, der dir sehr nahesteht.«

Stuart stand auf. »Was hat das zu bedeuten? Wovon sprichst du?«

Kyle fasste ihn sanft an die Schulter. »Es tut mir leid, aber du musst gehen. Es geht um Lucy.«

»Was? Lucy?« Stuart war perplex. »Bitte sag mir, was los ist!«

»Ein Freund hat mir gerade gesagt, dass es ihr nicht gut geht und sie gerettet werden muss. *Du* musst sie retten.«

»Aber ... wie ...«

»Du musst nach Sinai-City. Dort wirst du auf deine Gefährten treffen.«

Stuart schluckte. Das war alles zu viel für ihn. Das totale Gefühlschaos. Für einen Moment fühlte er sich schuldig, weil er die anderen völlig vergessen hatte.

»Komm mit, Bruder.« Kyle schwang sich auf sein Pferd. »Ich bringe dich hin.«

Er gehorchte und bestieg sein Reittier. »Ein Freund hat dir das gesagt? Wer ist er und wieso kann er mit dir sprechen, ohne hier zu sein?«

»In dieser Welt müssen wir nicht beieinander sein, um miteinander zu sprechen. Wir sind allzeit verbunden.«

»Okay, und wer ist dein Freund?«

Die beiden verließen den Felsvorsprung und schlugen den Weg zurück zum See ein.

»Du kennst ihn ganz gut. Jedenfalls aus Erzählungen. Sein Name ist Jesus. Er wartet in Sinai-City auf dich.«

Stuart fiel aus allen Wolken. Er war unfähig, einen klaren Gedanken zu fassen. Was war in der Zwischenzeit mit Lucy und Michael geschehen? Waren sie auch von den Angreifern überrascht worden? Befand sich Michael überhaupt noch in der Quantenwelt? Und was hatte Jesus damit zu tun? Er fühlte sich schwindelig; so viele Gedanken, Spekulationen und Ängste konnte kein normaler Mensch aushalten. Und dann war da noch seine Traurigkeit. Es war klar, dass er Kyle wieder verlieren würde.

Sie ritten durch die Prärie. Bald zeichnete sich am Horizont ein Berg mit zwei Spitzen ab. Stuart erkannte das Naturgebilde wieder und erinnerte sich, dass er dort zuletzt die Jesus-Welle gesehen hatte. Und er war verblüfft, denn just in diesem Moment bildete sich der in den Himmel ragende Lichtstrahl vor ihm ab. Was immer dazu geführt hatte, dass er das Signal eine Weile nicht sehen konnte, war anscheinend nicht mehr relevant.

Sie kamen dem Berg nahe. Eine Straße führte in das mächtige Felsgebilde hinein.

Kyle zügelte sein Pferd. »Es tut mir leid. Aber ich kann dich ab hier nicht weiter begleiten.«

Sie stiegen ab und sahen einander an, dann fielen sie sich in die Arme. Stuart kamen die Tränen. Der Abschied tat weh. Niemals im Leben würde er die gemeinsame Zeit an diesem besonderen Ort vergessen. Alles, woran er sich klammern konnte, war ein Wiedersehen zu einem späteren Zeitpunkt.

»Ich warte auf dich, Bruder«, sagte Kyle mit friedvollem Ausdruck.

Stuart nahm seinen Cowboyhut ab. »Bitte heb ihn für mich auf. Ich will ihn eines Tages zurückhaben.«

Kyle nahm den Hut. »Versprochen.«

Stuart nickte und marschierte los. Er erreichte die Straße und blickte zurück. Sein Bruder hatte sich nicht von der Stelle gerührt und winkte ihm zu. Stuart rang um Fassung, obwohl weit und breit niemand war, der ihn sehen konnte, und ging weiter. Kurz vor dem Tunnel, der in den Berg führte, drehte er sich ein weiteres Mal um und winkte seinem Bruder zu.

Dann betrat er Sinai-City.

29

Quantenwelt
Michael

Tans Villa war ein Paradies für Urlauber. Inmitten der imposanten Berglandschaft qualifizierte sich das Anwesen samt Garten und Pool für das Hochglanzcover eines Reiseprospekts. Moderne Architektur versus Natur. Ein Ort der Ruhe. Mal die Seele baumeln lassen. Dumm nur, dass es dafür keine Zeit gab – ganz im Gegenteil.

Michael und Olivia hatten das Hilfsangebot des Hausherrn angenommen. Alles andere hätte keinen Sinn ergeben. Lucy war sichtlich angeschlagen; ihre müden Augen sprachen Bände. Und wie hätten sie allein nach Sinai-City finden sollen? Obwohl Tans überschwängliche Art Michael irritierte, spürte er bei dem Asiaten ein vertrauensvolles Wohlwollen.

Tan führte seine Gäste nach draußen. Unweit vom Haus sahen sie ein gusseisernes Tor, das anscheinend in den Berg führte. Michael erinnerte sich an einen alten Spielfilm, den er als Junge gesehen hatte – darin gab es eine geheimnisvolle Höhle, die von einem ähnlichen Einlass verschlossen war. Tan schob das Tor zur Seite und offenbarte einen Fuhrpark, der es in sich hatte. Über fünfzig Fahrzeuge aus allen Zeitepochen waren in einer hell ausgeleuchteten Halle geparkt – wie bei einer Automesse standen sie in Reih und Glied. Leuchtstoffröhren an der Decke erzeugten alle möglichen Farben und perfektionierten den futuristischen Anblick.

Tan betrat die Höhle beziehungsweise die Halle.

Michael, Lucy und Olivia folgten ihm und schauten sich um. Die unwirklich anmutende Umgebung und die Autos waren einfach nur faszinierend.

»Das nenne ich mal eine optische Täuschung«, kommentierte Olivia.

Lucy war völlig perplex. Für den Moment wirkte sie kraftvoller. »Wow ... wieso habe ich das Gefühl zu träumen?« Sie musterte die Modelle. »Das glaube ich nicht! Da steht ein alter Dodge Coronet von 1959!«

»1949«, korrigierte Tan.

»Wieso hast du so viele Autos?«, fragte Michael.

»Ich mag Autos«, erwiderte Tan und marschierte zielstrebig an den blechernen Raritäten vorbei. Er blieb kurz vor einem Oldtimer stehen, polierte mit dem Zeigefinger einen Fleck von der Motorhaube und ging weiter. »Man muss sie nur gut pflegen«, sagte er im Tonfall eines Lehrers.

Die Gruppe passierte ein silbernes Automobil, welches aus der Zukunft stammen musste. Anstelle von Reifen gab es Düsen am Unterbau. Die Außenhaut war transparent und offenbarte einen Passagierbereich mit Sesseln sowie ein Cockpit mit Display und Computerterminal.

Lucy blieb vor dem Gefährt stehen. »Tan, lass uns den hier nehmen!«

Der Asiate drehte sich mit einem Grinsen um. »Nein, ich habe etwas viel Besseres! Ihr werdet sehen, das macht Spaß!«

Sie saßen in einem amerikanischen Schulbus von 1968 und fuhren über einen hügeligen Pfad durch das Gebirge. Der Bus war alles andere als komfortabel; die Sitze waren kaum gepolstert und boten wenig Beinfreiheit. Lucy, die neben Olivia saß, stand die Enttäuschung über die Fahrzeugwahl ins Gesicht geschrieben. Michael, dem das klapprige Gefährt gleichgültig war, schaute in Gedanken versunken aus dem Fenster.

Tan entpuppte sich als begeisterter Busfahrer und stieß einen Freudenschrei aus, als er über eine Erhebung fuhr und das Blech zum Poltern brachte. Unter seinem Sitz war eine massive Feder angebracht, die durch die wilde Fahrweise auf und ab wippte.

»Hauptsache, Tan hat seinen Spaß«, murmelte Lucy. Sie lehnte sich zurück und schloss die Augen.

»Wie geht es dir?«, fragte Olivia.

»Ich weiß nicht ... ich fühle mich irgendwie schwach ...«.

Michael blickte besorgt zu den beiden rüber. Er musterte die karge Gebirgslandschaft und hielt inne, als er in der Ferne den Berg mit den zwei Spitzen ausmachte. Sinai-City. Was ihn dort wohl erwarten würde? Vielleicht eine Begegnung mit Gott? Wie Moses, der auf dem Berg Sinai die zehn Gebote empfangen hatte. Die Namensgebung konnte jedenfalls kein Zufall sein.

Der Bus erreichte das Ende der schlangenförmigen Bergstraße und bog mit einem heftigen Ruck in die Tiefebene ein. Tan genoss den gefederten Sitz und lachte gellend auf. »Endlich mal was los hier!«

Die Fahrt führte über eine Asphaltstraße durch die steinerne Landschaft. Am Horizont lag der besagte Berg. Hier und da wurde die Ödnis von knöchrigen Bäumen und Sträuchern durchzogen. Dem Anschein nach wehte ein sanfter Wind – jedenfalls zog eine Staubdecke durch die Luft.

Olivia wandte sich an Michael. »Darf ich Sie was fragen?«

»Natürlich.«

»Warum will Tiberius uns umbringen?«

»Ich glaube nicht, dass er uns umbringen möchte. Dafür kenne ich ihn zu gut. Er ist kein Mörder.«

»Warum dann die Attacken?«

Michael seufzte. »Ich habe die ganze Zeit darüber nachgedacht und nur eine Erklärung gefunden. Vermutlich will er uns einfach nur aus der Quantenwelt befördern, indem er mit einem Störsignal unsere Verbindung zum QWD trennt. Dabei scheint ihm nicht bewusst zu sein, dass er unser Leben gefährdet.«

Olivia zog die Stirn in Falten. »Ich frage mich, wie wir ihn dazu bewegen sollen, nicht auf uns zu schießen.«

Lucy öffnete die Augen. »Hast du ihn eigentlich nicht wiedererkannt?«

»Du meinst am Hafen? Nein. Das geht vermutlich auch nicht.«

»Verstehe ich nicht.«

»Der QWD ist nur eine Simulation, die es ermöglicht, uns in der Quantenwelt zu assimilieren und mit unseren Sinnen zu agieren. Die Gesichter sämtlicher Personen sind willkürlich – der Computer generiert sie mehr oder weniger zufällig.«

»Aber ich kann doch auch dein Gesicht sehen. Ich meine, du siehst genauso aus wie in der Realität. Ich sehe doch auch genauso aus oder etwa nicht?« Lucy tastete über ihr Gesicht.

»Ja. Aber das liegt daran, dass der QWD unsere künstlichen Quantensignaturen mit unseren Abbildern verknüpft.«

Lucy brauchte einen Moment, um das zu verstehen. »Gibt es denn keine Möglichkeit, Tiberius zu erkennen?«

»Nein.« Michael hielt inne. »Aber wer weiß ... vielleicht erkenne ich ihn trotzdem, wenn er direkt vor mir steht.«

»Das ist unsere einzige Chance«, sagte Olivia. »Wir müssen ihm erklären, dass er uns schadet..«

Etwas stimmte nicht.

Vor ihren Augen löste sich die Landschaft auf. Unschärfe breitete sich aus – wie eine Quellwolke, die in rasender Geschwindigkeit am Himmel auftauchte.

Michael wurde von einem heftigen Schwindel übermannt. Er kämpfte gegen den Kontrollverlust an und wusste, dass er sich in diesem Augenblick in Lebensgefahr befand. Vergeblich. Ihm wurde schwarz vor Augen.

Nichts passierte.

Plötzlich ein Flackern.

Michael erkannte, dass die Umgebung zurückkam; das Tageslicht blendete ihn. Benommen schaute er zu seiner Linken.

Olivia saß zusammengesackt in ihrem Sitz, sie war wohl ebenfalls ohnmächtig geworden und richtete sich langsam auf. »Irgendwas stimmt nicht ...«, wisperte sie und fasste sich an den Kopf. »Ich bin völlig weggetreten ...«

Michael erhob sich von seinem Platz. Er bekam Angst. Stand das System etwa vor dem Absturz? Er sah, dass Lucy nicht mehr reagierte und schüttelte sie sanft. »Lucy! Kannst du mich hören?«

Sie reagierte nicht.

»Was ist passiert?«, brachte Olivia hervor.

»Anscheinend haben wir für einen Augenblick die Verbindung zum QWD verloren. Das ist kein gutes

Zeichen! Tan, wir haben ein Problem! Lucy ist ohnmächtig, und uns rennt die Zeit davon!«

Der Asiate hielt den Bus an und drehte sich zu seinen Passagieren um. »Was sollen wir jetzt machen?«

Olivia legte besorgt den Arm um Lucy und streichelte ihre Wange. Doch sie zeigte keine Reaktion. »Wir verlieren sie!«, stieß Olivia aus.

»Dass die Verbindung gestört wurde, bedeutet nicht, dass sie abbricht«, versuchte Michael zu beruhigen. »Du hast selber gesagt, dass wir darauf vertrauen können, dass Carl und McMurphy alles unternehmen, um die Kontrolle über das System wiederzuerlangen. Ich schlage vor, wir fahren weiter. Lass uns die Ruhe bewahren!«

Tan nickte und setzte die Fahrt fort.

Michael verfluchte sich selbst. Hätte er das Angebot doch nur abgelehnt und sich nicht von Carl blenden lassen. Spätestens auf der Insel, nach der Präsentation von der Quantenwelt, hätte er die Notbremse ziehen müssen. Und zu dem Testlauf mit Lucy hätte es gar nicht kommen dürfen. Andererseits hätte er Carl wohl kaum aufhalten können. Der Medienmogul hatte Jahrzehnte und hunderte Millionen Dollar in sein Projekt investiert. Niemand konnte so jemanden aufhalten.

»Wir sind gleich da!«, ließ Tan von seinem Fahrersitz verlauten.

Sie fuhren auf einer einsamen Straße mitten durch das Gebirge. Vor ihnen lag der Berg Sinai, dessen Spitzen wie Türme in den Himmel ragten. Zwei gigantische Wächter, deren Ausmaß auch eine bedrohliche Wirkung hatte. Aus einem bestimmten Blickwinkel offenbarte sich in den Spitzen ein silbernes Schimmern, was sich allmählich zu einem Konglomerat einzelner Reflexionen manifestierte. Je näher sie kamen, desto mehr wurde das seltsame Lichtspiel entzaubert: Im Berg befanden sich Fenster aus Glas – oder einem anderen Material, das glänzte.

Der Bus fuhr in einen Tunnel. Für einen Moment wurde es dunkel, dann schaltete Tan die Lampen ein. Außerdem schien ihnen vom Ende Licht entgegen. Als sie aus dem Tunnel herausfuhren, fanden sie sich in einem Tal wieder. Erst jetzt konnten sie das Ausmaß der Stadt erkennen. Unzählige Gebäude, deren Architektur teils modern, teils altertümlich anmutete, reihten sich planvoll aneinander. Andere Bauten waren scheinbar mit dem Gebirge verschmolzen. Ihre Fassaden bestanden aus einem Gestein, dessen Farbe und Struktur sich wie ein Chamäleon dem Berg anpasste.

Eine perfekte Symbiose zwischen der Natur und dem Werk der Menschen, dachte Michael, als er die Stadt aus dem Bus betrachtete. Er hielt inne. War dies überhaupt das Werk der Menschen? Gab es die

Stadt wirklich oder war sie nur eine Simulation des Quantenwelt-Decoders?

Tan hielt auf einem Parkplatz an, der mit Fahrzeugen und Flugobjekten frequentiert war. Von dem Parkplatz aus verlief ein Straßenbahnnetz, das sich wie ein Fächer zu den Seiten ausbreitete und zahlreiche Knoten in dem Areal verband. Der Asiate erklärte, dass es üblich war, innerhalb von Sinai-City die Bahn zu benutzen.

Michael wandte sich Lucy zu. Er war erleichtert, als sie kurz die Augen aufschlug. Dennoch machte ihr apathischer Zustand ihm Sorgen. Alles sprach dafür, dass eine Verletzung durch die Strahlenwaffen die Verbindung zum QWD empfindlich störte. Er fragte sich, ob es Tiberius persönlich war, dem er am Hafen begegnet war, und rief sich die Gesichter der beiden Männer ins Gedächtnis.

»Ich habe eine Idee, wie wir Lucys Signal verstärken können«, sagte Tan, als ob er Michaels Gedanken lese könnte. »Ich führe euch zu Miraa-Ma. Sie kann helfen.«

»Wer ist Miraa-Ma?«, wollte Olivia wissen.

»Tans Freundin«, erklärte Michael. Er wandte sich an den Asiaten. »Bist du sicher, dass sie Lucy helfen kann?«

Tan nickte. »Sie führt einen Wellness Salon. Es kommen viele Leute zu ihr.«

Michael und Olivia warfen sich einen Blick zu.

»Sagtest du Wellness Salon?«, hakte Olivia nach und bemühte sich nicht, ihre Verwunderung zu verbergen.

»Ja. Kommt mit.« Tan legte ein breites Grinsen auf. »Vertraut mir!«

30

Quantenwelt
Stuart

Für einen Moment dachte Stuart, sich in einem Traum zu befinden. Auf die eine oder andere Weise entsprach das einer Tatsache. Jedenfalls konnte er nicht sicher sein, ob die Stadt in der Quantenwelt existierte oder nur eine Simulation war. Nach seiner emotionalen Begegnung mit Kyle kehrte sein Verstand zur Sachlichkeit zurück. Das war kein schönes Gefühl, denn seinem verstorbenen Bruder zu begegnen, ihm in die Augen zu sehen und Gespräche zu führen – das alles hatte ihm trotz der damit verbundenen Schwermut gutgetan, ja, sogar glücklich gemacht. Aber in der Situation, in der er und seine Gefährten sich befanden, war es das Beste, einen kühlen Kopf zu bewahren. Er musste unbedingt die anderen finden und gemeinsam mit ihnen zurück in die Realität bevor Schlimmeres passierte. Aber wo konnten sie sein? Er klammerte sich an die Hoffnung, dass Michael und Lucy den beiden Angreifern entkommen oder ihnen gar nicht erst begegnet waren. Dann würden sie sicherlich nach ihm suchen. Falls sie das gleiche Schicksal wie Pierre ereilt hatte, wäre er auf sich alleine gestellt und konnte nur hoffen, dass Steinberg und McMurphy ihn bald aus der Neurokapsel holen würden.

Nachdem er die Stadt durch den Tunnel betreten hatte, entdeckte er die Jesus-Welle. Sie strahlte aus einer Spitze des Berges in den Himmel. Er wunderte sich über die Gebäude und Hochhäuser, die wirkten, als wären sie mit den Felsen verschmolzen. Zudem erkannte er glitzernde Lichtpunkte, die sich als Fenster entpuppten. Der Lebensraum von Sinai-City erstreckte sich anscheinend ins Innere des Gebirges.

Eine Straßenbahn fuhr vor Stuarts Augen in eine Station ein. Er ging zu der Station und fand sich unter Menschen wieder. Das Bild entsprach dem am Hafen: Junge und Alte, alle Hautfarben und Kulturen sowie Mode aus verschiedenen Zeitepochen – das bunte Zusammenleben machte Laune. Obwohl er keinen Anhaltspunkt hatte, wie er zu der Jesus-Welle kommen sollte, stieg er in die Bahn ein. Zumindest die Richtung war die Richtige. Als die Bahn losfuhr, nahm er einen Platz am Fenster ein und staunte über die Architektur und Komplexität der Stadt. Zwischendurch beobachtete er die anderen Fahrgäste, die es sich durch Annehmlichkeiten, wie automatische Sitzmassagen und freie Getränke, gutgehen ließen.

Bald kam die Bahn der Jesus-Welle nahe, und Stuart konnte einen Zugang ausmachen, der in den Berg mit den zwei Spitzen führte. Anhand von Rolltreppen und Leuchtreklamen schloss er, dass sich im Berg eine riesige Höhle befand.

Als die Bahn an der nächsten Station anhielt, stieg er aus und folgte der Menge in Richtung Ausgang.

Dann sah er sie. Die beiden Angreifer! Sie waren mit derselben Bahn gefahren, hatten Stuart aber anscheinend nicht gesehen. Er zuckte zusammen, ließ sich zurückfallen und suchte Deckung in einer Menschentraube.

Die beiden Männer verließen zielstrebig den Bahnsteig und steuerten auf die Höhle zu, die sich als gigantisches Zentrum mit Einkaufsmeilen, modernen Restaurants sowie altertümlichen Kaffeehäusern und Bühnen mit Musikern entpuppte.

Stuart verfolgte die beiden aus sicherer Entfernung. Er hatte gehofft, die Männer nicht wiederzutreffen; stattdessen wünschte er sich, bald Michael und Lucy zu finden. Wenn Kyle recht hatte, würden sie in Sinai-City sein. Dumm nur, dass die beiden Männer dasselbe Ziel wie Stuart hatten. Nicht auszuschließen, dass sie ebenfalls auf der Suche nach dem Sohn Gottes waren.

Er betrat den Höhlenkomplex und ließ sich von Hologrammen ablenken, die den Besuchern auf Anfrage den Weg wiesen. Wo war die Jesus-Welle? Der helle Strahl war verschwunden, stattdessen schwebten leuchtende Punkte in der Luft. Anscheinend verlor der Navigator buchstäblich auf den letzten Metern die Peilung.

Ein bunt gekleideter Mann, der aussah wie ein Clown aus der Zukunft, kam auf Stuart zu und drückte ihm einen Flyer in die Hand. »Heute Mittag spielen die Bingo-Boys! Nicht verpassen!« Der Clown zog eine Fratze, wandte sich ab und spulte denselben Spruch gegenüber einem anderen Besucher ab.

Stuart warf einen Blick auf den Flyer und wunderte sich über die Abbildung, auf der drei Männer im Smoking um einen Roulettetisch standen. Keine Werbung für eine Musikband. Stattdessen eine Einladung in ein Casino. Anscheinend hatte sich in der Quantenwelt eine Popkultur für Croupiers etabliert. Er schmunzelte über die absurde Vorstellung und beobachtete, wie die Männer eine Rolltreppe betraten. Schätzungsweise befanden sich zwanzig Ebenen im Berg. Sein Instinkt verriet ihm, dass die Männer ihn zu Jesus führen würden. Oder zu einer Persönlichkeit, die ein Interesse daran hatte, Besucher aus der Realität fernzuhalten. Vielleicht waren Jesus und diese Persönlichkeit ein und dieselbe Person? Egal. Er musste es herausfinden und folgte den beiden auf die Rolltreppe.

Auf der anderen Seite der Rolltreppe kam ihm eine Horde Kinder entgegen, die mit Luftballons bewaffnet wild um sich schlugen. Die Lichtpunkte in der Luft lenkten ihn ab. Just in dem Moment, in dem er den Blick nach vorne richtete, drehte sich einer der Männer auf der Rolltreppe um. Stuart duckte sich weg – hoffte, dass es nicht zu spät war. Er stieß einen leisen Fluch aus, als die beiden am Ende der Rolltreppe stehenblieben und sich einen Überblick verschafften. Stuart tat so, als würde er sich den Schuh zubinden – seine Deckung wurde von einer alten Dame belächelt. Die Fahrt auf der Rolltreppe wurde zur Zitterpartie. In wenigen Metern würde er den Fremden direkt in die Arme befördert werden. Wenn er schnell war, könnte er im Getümmel untertauchen und somit den tödlichen Strahlen ausweichen.

Doch die Männer gingen weiter.

Stuart erreichte das Ende der Rolltreppe – noch immer in gebückter Haltung –, und atmete erleichtert auf. Er verschanzte sich hinter einer Säule und schloss für einen Moment die Augen. Trotz der drohenden Gefahr hielt er es für unklug, die Verfolgung aufzugeben. Er verließ seine Deckung, erspähte die Zielpersonen und setzte ihnen nach.

Der Weg der beiden führte in das Casino. Entgegen allen Erwartungen erstreckte sich hier ein langer Strand mit Palmen und Liegen, auf denen sich Leute aller Couleur entspannten. Ein glitzernder See komplettierte das Bild von der perfekten Urlaubsumgebung. Rings um den See standen Spieltische und Automaten, die wie eine Leihgabe aus Las Vegas aussahen.

Stuart hielt sich die Hand vor Augen, denn die leuchtenden Punkte wurden heller und blendeten ihn. Ihm wurde klar, dass es die Jesus-Signatur war, die ihn irritierte. Sie wurde vom Quantenwelt-Decoder in seinen Kopf gespielt, er hatte also keine Chance, sich dagegen zu wehren. Er blinzelte und versuchte, sich an das Lichtspiel zu gewöhnen. Alles sprach dafür, dass er Jesus immer näherkam! Sein Puls schlug schneller – jedenfalls hatte er das Gefühl. Aufregung machte sich breit. Etwas würde geschehen. Bald, sehr bald.

Er konzentrierte sich auf die beiden Männer; er hatte sie beinahe aus dem Blickfeld verloren, doch nun rechtzeitig wiedergefunden. Unter Anspannung beobachtete er, wie sie mit einem Mann sprachen, der anscheinend an einer Bar auf die beiden gewartet hatte. War das der Chef der Bande? Kam er aus der irdischen Welt? Stuart konnte das Gesicht des Unbekannten nicht sehen und schlich vorsichtig weiter vor. Es gelang ihm, sich auf die andere Seite der kreisförmigen Bar zu schleichen und einen unauffälligen Platz an der Theke einzunehmen. Ein Regal, das mit Weinflaschen und Gläsern gefüllt war, diente als perfekter Sichtschutz, denn es gab Lücken zur Beobachtung der Zielpersonen. *Vielleicht sollte ich in meinem nächsten Leben Detektiv werden*, dachte er. Zurück in sein aktuelles Leben wäre aber auch nicht schlecht.

Der Barkeeper, ein alter Mann mit Bart, fragte Stuart nach seinen Wünschen, worauf er ein Glas Wasser bestellte. Er brannte darauf zu erfahren, was die Gruppe zu besprechen hatte, traute sich aber nicht näher ran. Für den Moment wollte er nur beobachten und den einen oder anderen Gesprächsfetzen auffangen. Sein Instinkt meldete ein widersprüchliches Konstrukt aus drohender Gefahr und Erleichterung. Vielleicht konnten die anderen und er bald unversehrt zurückkehren?

Der dritte Mann drehte sich plötzlich um, nahm ein Glas von der Theke und trank. Als er das Glas absetzte, hielt er inne und musterte das Sammelsurium von Flaschen in dem Regal.

Stuart zuckte zusammen. Durch eine Lücke kreuzten sich die Blicke der beiden. Stahlblaue Augen sahen ihn an, durchdrangen ihn förmlich.

Jetzt hatte er ein Problem.

31

Quantenwelt
Michael

Die Bahn bewegte sich sanft durch die Stadt. Kein Ruckeln, kein lärmendes Bremsgeräusch. Genauso gut hätten die Fenster auch Bildschirme sein können, auf denen ein Film die Fahrt entlang der glitzernden Gebäude nur vorgaukelte. Modernes 4D-Erlebniskino. Schon lange befand sich Michael in einem Konflikt, denn er zweifelte daran, was innerhalb seiner Sinneswahrnehmung überhaupt echt war. Er befand sich in einer Simulation, die durch den QWD generiert wurde. Punkt. Ergab es da überhaupt Sinn, sich Sorgen zu machen? Irgendwann mussten sie ja mal aufwachen. Er würde dann so schnell wie möglich die Insel verlassen und Carl und die Quantenwelt ein für alle Mal vergessen. Aber so einfach war es natürlich nicht. Noch immer bestand die Gefahr, dass sie die Rückkehr nicht überlebten. Pierre lag schließlich auf der Krankenstation im Koma.

Die Bahn hielt an, und Michael beobachtete die Leute auf dem Bahnsteig. Dabei fiel ihm eine Frau mit schwarzem Haar auf; es war jedoch unmöglich, ihr Gesicht zu erkennen, und bald tauchte sie im Bad der Menschenmenge unter. Michael hielt inne – ein dunkler Gedanke kam in ihm auf. Was wäre, wenn er freiwillig in der Quantenwelt bliebe? Er hätte genug Zeit, Marcia zu finden. Er kämpfte mit der aufflammenden Idee, sein Leben in der irdischen Welt zu beenden.

Die Bahn fuhr weiter. Lucy, die zwischen Olivia und Tan saß, stöhnte und fasste sich an den Kopf. Sie schlug die Augen auf, sackte dann in sich zusammen. Olivia streichelte ihre Wangen. Tan tätschelte Lucys Hand. Er wirkte besorgt.

Nach einer Weile sahen sie einen Höhlenkomplex, der mit Leuchtreklamen auf sich aufmerksam machte. Die Bahn hielt an, und Tan erklärte, dass sie ihr Ziel erreicht hätten. Die beiden Männer stützten Lucy und halfen ihr beim Aussteigen. Auf dem Bahnsteig kamen ihnen Leute entgegen; alle erkannten die missliche Lage der vier, machten Platz und unterstützten das Fortkommen der Gruppe.

Sie betraten den Eingang des Bergs und bestaunten die bunte Szenerie der Vergnügungs- und Einkaufsmeilen, die sich auf die Ebenen verteilten. Das hektische Treiben befreite die Gruppe ein Stück aus ihrer Lethargie.

»Der Wellness-Salon ist ganz oben.« Tan deutete auf eine Reihe von Aufzügen.

»Lucy, wie fühlst du dich?«, erkundigte sich Michael, während er ihre Schulter stützte.

Sie blinzelte mit den Augen, zeigte aber sonst keine

Reaktion; immerhin konnte sie auf den Beinen stehen. Die Männer führten sie in einen Aufzug. Tan drückte den obersten Knopf auf einem Display, und sie setzten sich in Bewegung.

»Ich habe einen Vorschlag«, sagte Olivia. »Ich suche nach Stuart, während Sie bei Lucy bleiben. Könnte doch sein, dass er irgendwo rumläuft und nach Jesus sucht.«

Michael nickte. »Sollten Sie ihn finden, bringen Sie ihn nach oben.«

Der Aufzug öffnete sich auf der Casino-Ebene, und Olivia stieg aus. »Viel Glück«, sagte sie – mit einem Blick, der ihre Verzweiflung offenbarte.

Bevor die Tür zuging betrat ein fülliger Mann mit Trenchcoat und Hawaiihemd den Aufzug. Er warf Michael und Tan ein Grinsen zu und wirkte wie ein vergnügungssüchtiger Las-Vegas-Tourist, der Stunden vor einem Spielautomaten verbracht hatte.

Als der Aufzug weiterfuhr, spürte Michael nicht den Hauch einer Fliehkraft. Allein die Sicht durch das Glas ließ ihn erkennen, dass sie in die Höhe fuhren.

»Perfekt«, murmelte der vermeintliche Tourist mit Blick auf das Display. »Kein Zwischenstopp. Wir fahren direkt nach oben.« Er musterte Lucy und zog die Stirn in Falten. »Geht es dir nicht gut, Mädchen?«

»Alles okay. Wir kümmern uns um sie«, gab Tan zurück. Er setzte eine für seine Verhältnisse ungewöhnlich strenge Miene auf und fixierte den Fremden.

Dieser knöpfte sich sein Hemd auf und brummte: »Warm hier.« Sein Blick fiel auf Michael, und er streckte ihm seine Hand entgegen. »Mein Name ist Olov. Ist das erste Mal, dass ich in Sinai-City bin. Ziemlich aufregend, oder?«

Michael gab dem Mann widerwillig seine Hand. »Ja, aufregend«, erwiderte er knapp und hoffte, die Konversation habe sich damit erledigt.

Sie erreichten das oberste Stockwerk und stiegen aus.

»Na, jetzt bin ich mal gespannt«, ließ Olov verlauten. »Soll eine fantastische Aussicht sein von hier oben.« Er steuerte auf ein Panoramafenster zu, durch das man aus dem Höhlenkomplex nach draußen in ein grünes Tal sehen konnte.

Tan zeigte in die andere Richtung und gab den Weg vor. Zusammen mit Michael führte er Lucy durch einen Torbogen in eine Art Grotte, von der man ebenfalls den Blick in das Tal hatte. Zudem führte ein Weg auf eine Plattform, die unter freiem Himmel war. Dort erstreckte sich eine verschachtelte Poollandschaft mit Palmen, die scheinbar aus dem Gestein sprossen.

Inspiration für einen Luxusurlaub, dachte Michael und sah sich in der Grotte um. Er half Lucy auf eine Liege und schaute gespannt auf, als eine hübsche

Asiatin durch die Tür erschien. Sie trug ein Namensschild an der Bluse. *Miraa-Ma*.

»Da bist du ja!«, rief Tan erleichtert. Er umarmte seine Freundin und gab ihr einen zärtlichen Kuss auf die Wange. »Wir brauchen deine Hilfe. Das ist Lucy, es geht ihr sehr schlecht.«

Miraa-Ma beugte sich über Lucy. »Woher kommt sie?«

»Von der anderen Seite«, erklärte Tan.

Seine Freundin sah ihn irritiert an.

»Das ist ziemlich kompliziert. Ich kann es dir nicht genau erklären«, er zeigte zur Seite, »das ist Michael. Sie sind zusammen gekommen. Da ist auch noch Olivia, aber sie sucht gerade nach Stuart. Sie wurden voneinander getrennt, als …«

»Langsam, Tan«, unterbrach Miraa-Ma. »Du verwirrst mich. Lass mich einfach helfen.« Sie blickte mit einem warmen Lächeln zu Michael, wandte sich dann Lucy zu und berührte sie mit den Händen am Kopf.

Tan fasste Michael an die Schulter und flüsterte: »Am besten lassen wir sie allein. Vertrau mir, sie wird dafür sorgen, dass es Lucy besser geht.«

Michael verharrte auf der Stelle und beobachtete, wie Miraa-Ma die Augen schloss. Im selben Moment atmete Lucy erleichtert auf, und in ihren Gesichtszügen machte sich Entspannung breit. Erleichtert folgte er Tan auf die Plattform.

Draußen blickte er in den Himmel und suchte die Sonne. Noch immer hatte er sich nicht daran gewöhnt, dass der gelbe Gasriese kein Bestandteil der Quantenwelt war. Mit einer Mischung aus Unbehagen und Neugier musterte er das Erholungsareal rund um den Pool. Die Plattform stand im krassen Gegensatz zum Trubel in den Einkaufsmeilen. Hier entspannten sich die Leute, sie lasen ein Buch oder bekamen eine Massage, andere tranken Cocktails oder lagen einfach nur auf Liegen und genossen die stille Atmosphäre.

Tan blieb an einem Geländer stehen, von dem aus sie das grüne Tal überblicken konnten, und setzte eine friedvolle Miene auf.

Michael kam an seine Seite und wurde von dem Ausblick förmlich magnetisiert. Er meinte, eine Horde Wildpferde erkennen zu können, die durch das Gebiet streiften. Auch andere Tiere, wie Flamingos und Zebras, fielen ihm ins Auge. Fasziniert beobachtete er einen Schwarm gelber Papageien, die über die Plattform flogen und in das Tal abtauchten, wo sie über die Rücken der Pferde hinwegschwebten und sich in den Baumkronen niederließen.

Für einen Moment sagte keiner der beiden etwas.

Tan unterbrach die Stille und fragte: »Geht es dir gut, Michael?«

Er hielt inne und fragte sich, was die richtige Antwort war. Wie definierte man eigentlich einen Zustand, in dem es jemandem gut ging? Eine Mischung aus Gesundheit und Glückseligkeit?

»Ich habe das Gefühl, dass du dich seit deiner Ankunft in der Quantenwelt verändert hast«, fuhr der Asiate fort.

Die düsteren Gedanken, die Michael während der Bahnfahrt gefasst hatte, drängten sich auf. Sie machten ihm einerseits Angst, andererseits lösten sie tiefe Sehnsucht aus. Eine Sehnsucht, die er lange hatte ertragen müssen. In den letzten Jahren gepaart mit einem Schmerz, denn er hatte Zweifel an Gott und der Botschaft vom Leben nach dem Tod bekommen. »Ich weiß es nicht, Tan. Vermutlich suche ich nach einem Sinn und kann ihn nicht finden.«

»Einen Sinn wofür?«

»Für das Leben. Wenn ich mich so umsehe, dann erscheint es mir erstrebenswert, in die Quantenwelt überzugehen. Mein Leben ist jedenfalls eine Qual. Ich hatte einmal eine wunderbare Zukunft vor mir. Aber dann schlug das Schicksal zu und hat mir alles genommen.«

»Das glaube ich nicht.«

Michael sah zu Tan. »Wie meinst du das? Was glaubst du nicht?«

»Dass das Schicksal dir alles genommen hat. Das Schicksal existiert nämlich nicht.«

Die Antwort verwirrte Michael.

»Es sind wir Menschen, die für unser Leben verantwortlich sind. Wir allein. Der Gott, den wir gelernt haben anzubeten, den wir um die Erfüllung unserer Wünsche bitten, dem wir Dank aussprechen und im Gegenzug versprechen, dass wir Gutes tun – diesen Gott gibt es nicht. Es hat ihn nie gegeben.«

»Aber ... das ist kein Trost für mich.«

Tan schaute zu Michael auf. »Wozu brauchst du einen Gott, der dir Trost spendet? Schau dir dein Leben als Priester an. Du bist umgeben von vielen wunderbaren Menschen, die dich schätzen und lieben – denen *du* Trost spendest. Suche nicht nach einem Anker im Wasser, den es nicht gibt. Sondern mach dir deine eigenen Stärken bewusst, lenke dein Leben in die Richtung, die du willst! Umgebe dich mit Menschen, die dir Kraft geben und dir guttun! Und löse dich notfalls von denen, die das Gegenteil bewirken. Michael, es gibt kein Schicksal. Es gibt einfach nur das Leben mit all seinen Sonnen- und Schattenseiten und den Tod. So einfach ist das.«

Tans Ausführungen brachten Michael zum Nachdenken. Die düsteren Gedanken kamen wieder auf. »Ich ... ich, möchte jemanden wiedersehen.«

»Erzähl mir von ihr.«

»Ihr Name ist Marcia. Wir wollten heiraten. Unser Leben gemeinsam verbringen. Doch dann ist sie gegangen. Sie ist hier. Und ich muss sie suchen. Vorher kann ich nicht zurück.« Er verschwieg seine Idee, in der Quantenwelt zu bleiben. Immerhin gab es eine Möglichkeit, wie er das bewerkstelligen konnte, sofern er Tiberius begegnete.

Tan blickte ihm fest in die Augen. Der Asiate mit der fröhlichen Aura verwandelte sich in eine charismatische Persönlichkeit. »Du bist ein ganz besonderer Mensch, Michael. Bitte bleib dem Leben treu. Denn du hast noch so viele Dinge vor dir, die dich erfüllen werden. Da bin ich mir ganz sicher.«

Er fühlte sich besser. Bekam einen Funken Vertrauen zurück. Vertrauen ins Leben.

Dann fiel ihm eine Frau am Ende des Pools auf. Sie hatte langes schwarzes Haar, drehte sich kurz zur Seite, so dass er ihr Profil erkennen konnte. Hatte sich sein Gefühlschaos für einen Moment geordnet, so war es nun wieder voll entflammt.

»Marcia …«, wisperte er. »Da ist Marcia.«

32

Quantenwelt
Stuart

Stuart stand langsam auf und verließ die Bar, nachdem der Mann mit den blauen Augen ihn angesehen hatte. Zum Glück hatte dieser keinen Alarm geschlagen, was dafür sprach, dass er Stuart nicht als Eindringling der irdischen Welt identifiziert hatte. Vielleicht war der Mann ein Bewohner der Quantenwelt. Ein echter Toter sozusagen. Natürlich hätte Stuart gerne gewusst, worüber er mit den beiden Männern, den bewaffneten Angreifern, gesprochen hatte. Aber er wollte kein Risiko eingehen und sich stattdessen auf die Suche nach Jesus und seinen Gefährten konzentrieren.

Er befand sich in einem Meer schwebender Lichtpunkte. Die hellen Flecken bewegten sich majestätisch durch die Luft – wie Funken einer Leuchtrakete, deren Glanz am Firmament erlosch. Doch noch immer konnte Stuart in dem tanzenden Rauschen nicht die Quelle ausmachen. Irgendwo musste sich Jesus ja befinden!

Er blinzelte – instinktiv und in der Hoffnung, das irritierende Signal für einen Moment aus seinem Kopf zu bekommen. Aber das war natürlich unmöglich. Da die Punkte von der Casinodecke zu fallen schienen, entschloss er sich, eine Etage nach oben zu fahren, um dort das Lichtspiel in Augenschein zu nehmen.

Er steuerte auf die Rolltreppen zu und betrachtete das faszinierende Ensemble aus Höhlengestein und menschlicher Architektur. Noch immer konnte er sich nicht an die vielen Ebenen, die Einkaufsmeilen und das bunte Treiben inmitten des Bergs gewöhnen – es war einfach zu surreal. Er beschloss, die nächste Ebene zu erkunden; ein Schild mit einem Dinosaurier kündigte dort eine Ausstellung an. Also ließ er sie aus und fuhr gleich zwei Etagen hoch.

»Stuart! Da bist du ja!«

Er traute seinen Ohren nicht. Das war eindeutig Olivia! Hatte McMurphy eine Audioverbindung geschaltet? Die Vermutung wurde obsolet, als sie sich aus einer Menschentraube schälte und auf ihn zukam.

»Was machst du denn hier?«, fragte Stuart.

»Das ist eine komplizierte Geschichte …«

»Erzähl sie trotzdem! Du wirst nicht glauben, was uns passiert ...«

»Der QWD wurde gehackt. Fremde sind in der Quantenwelt.«

Stuart blickte Richtung Casinobar. »Ich weiß. Pierre und ich mussten bereits Bekanntschaft mit ihnen schließen. Diese Typen sind bewaffnet, sie haben …«

»Ich weiß. Pierre liegt auf der Krankenstation.«

»Geht es ihm gut?«

Olivia schüttelte den Kopf. »Ich weiß es nicht. Er liegt im Koma. Michael und Lucy sind hier, wir müssen ...«

Er fasste sie unwirsch an der Hand und zerrte sie auf die Rolltreppe. Während sie nach oben fuhren, scannte er die Umgebung. Von den beiden Männern gab es keine Spur.

»Ich bin hergekommen, um euch zu warnen«, erklärte Olivia.

Stuart massierte sich die Schläfen. Er hatte sich zwar an die Lichtpunkte gewöhnt, fühlte sich aber unwohl. Etwas ließ ihm keine Ruhe, es hatte die ganze Zeit – seit der Begegnung mit Kyle – in ihm gebrodelt. Und nun wollte er es klären. Als die Rolltreppe die nächste Ebene erreichte, zog er Olivia unsanft zur Seite.

Sie warf ihm einen konsternierten Blick zu. »Stuart, was ist los?«

»Hast du gewusst, dass mein Bruder gestorben ist?«

»Wie meinst du das?«

»Habt ihr mich deshalb ausgesucht?«

»Stuart, was soll das?«

»Du hast mir doch vom ersten Tag an nur Theater vorgespielt! Seit du in der Uni aufgetaucht bist!«

Olivia sah ihn entsetzt ihn. »Stuart, so war es nicht.«

»Du und Steinberg ... als hättet ihr kein Profil von mir angelegt. Ihr wusstet, wie ihr mich zu der Sache bewegen konntet. Von Anfang an ...«

»So war es nicht, Stuart.« Sie schüttelte den Kopf.

»... hast du mich manipuliert. Die Einladung zu deinem Freund Steven, die Millionenspende ... das war nur Beiwerk. Jeder kann in meinen Vorträgen nachlesen, dass es mein Bruder Kyle war, der mich bewegt hat, Arzt zu werden ...«

»Das ist nicht der Grund, warum Carl dich ...«

»... und ihr wusstet genau, dass ich nicht nein sagen würde, wenn die Chance besteht, Kontakt zu ihm aufzunehmen!«

»Stuart!« Sie fasste ihn an die Schultern und schüttelte ihn. »Das ist nicht der Grund weshalb Carl dich ausgesucht hat, hörst du?«

Er hielt die Luft an und starrte sie wütend an.

»Das ist nicht der Grund«, wiederholte sie mit ruhiger Stimme. »Ja, du hast recht. Wir wussten, dass du deinen Bruder verloren hast. Und dass dir sein Tod als Kind sehr nahegegangen ist. Aber deshalb hat Carl dich nicht ausgesucht.«

»Ich habe das Gefühl, den wahren Grund noch immer nicht zu kennen.«

Sie seufzte. »Carl will deinen Namen.«

»Meinen Namen?«

»Ja.«

»Ich verstehe kein Wort.«

»Stuart, denkst du, Carl hat Millionen in die Erforschung der Quantenwelt investiert, um ein Interview mit Jesus zu führen, es in seinen Zeitungen abzudrucken und sich dann wieder den Sportnachrichten zuzuwenden? Er wittert ein Milliardengeschäft! Stell dir vor, die Menschen können sich Zugang in die Quantenwelt erkaufen, um ihre Verstorbenen zu besuchen.«

Er hatte das Gefühl, dass sich seine Kehle zuschnürte. »Das ist ja total krank ...«

»Aber äußerst lukrativ! Und Carl ist Geschäftsmann. In seiner Vision gibt es überall auf der Welt Zentren, die mit Quantenwelt-Decodern ausgestattet sind und jedermann die Brücke ins Jenseits ermöglichen. Vielleicht schafft er es eines Tages auch, einen mobilen QWD für zu Hause zu bauen.«

»Und du machst da mit ...«, er wandte sich von Olivia ab.

Sie schaute verlegen auf den Boden.

»Erklär mir, was es mit meinem Namen auf sich hat?«

Olivia hielt inne. »Carl plant nach unserer Rückkehr ein mediales Feuerwerk. Er möchte der Öffentlichkeit die Quantenwelt präsentieren – von unserer Reise berichten. Und er möchte, dass du dabei als Experte auftrittst. An seiner Seite. Die Leute horchen auf, wenn ein renommierter Neurologe und Universitätsprofessor von der Welt der Toten berichtet. Du könntest ein Buch darüber schreiben. Das ist nicht nur spannend, sondern spiegelt auch den Blickwinkel der Wissenschaft wider und klingt seriös. Aber bitte glaube mir, ich wollte dich nie verletzen!«

Wow. Das hatte es in sich. Stuart fühlte sich direkt ins Mark getroffen. Er kam sich wie ein dummer Schuljunge vor, der aufgrund einer Begabung für ein zwielichtiges Projekt missbraucht wurde. Er ärgerte sich, dass er nicht früher darauf gekommen war, dass Steinberg ihn zu Vermarktungszwecken ins Auge gefasst hatte. Entsetzen machte sich breit – Entsetzen über den Plan, die Quantenwelt zu kommerzialisieren.

Er wollte seine Enttäuschung in Worte fassen, blickte flüchtig zur Seite – und sah die beiden Männer! Sie standen auf der Rolltreppe und hatten ihn bemerkt. Einer der beiden ballte seine Faust!

»Wir müssen weg!« Stuart griff Olivias Hand und zog sie mit sich.

»Was? Wieso?«

»Siehst du die Typen auf der Rolltreppe? Die haben Pierre ins Koma befördert!«

»Wo willst du hin?«

»Keine Ahnung. Hauptsache weg!«

Die beiden liefen auf ein steinernes Tor zu, über dem ein Schild mit einem Dinosaurierkopf prangte.

Die Männer stürmten die Rolltreppe herauf und nahmen die Verfolgung auf.

Stuart und Olivia fanden sich in einem Tierpark wieder. Hinter gläsernen Zäunen präsentierten sich Elefanten, Schimpansen und Papageien. Nicht in der ausgestopften Variante, sondern quicklebendig! Es gab auch einen Wassertank, in dem Schwärme von Fischen zur Schau gestellt waren. Das Areal verzweigte sich in fünf Gänge und war von Familien mit Kindern frequentiert.

Sie liefen wahllos in einen Gang. Als ihnen eine große Gruppe von Asiaten entgegenkam, hatten sie Hoffnung, ihre Verfolger in dem Getümmel abzuschütteln. Stuart drehte sich um. Und sah einen Lichtstrahl auf sich zufliegen! Das Geschoss flog durch einen alten Mann hindurch – offensichtlich ohne eine Wirkung bei ihm zu hinterlassen – und drohte, Olivia zu treffen. In letzter Sekunde drängte er sie aus der Schusslinie an die Felswand.

»Wer ... wer sind die?«, stammelte Olivia.

»Die Fremden, von denen du gesprochen hast. Die Hacker!«

Sie liefen weiter.

Von hinten flog ein Strahl auf sie zu. Sie konnten nur knapp ausweichen und fanden Deckung hinter einer Abbiegung. Vor ihnen lag ein düsterer Höhlenabschnitt mit Bäumen und dichtem Pflanzengewächs. Irgendwo plätscherte ein Bach; hier und da tröpfelte Wasser an den Steinwänden hinab. Plötzlich tauchte ein gigantischer Schatten auf.

Stuart konnte es nicht glauben. »Das ist ein Mammut!«

Das Urzeittier wandte ihnen seine gebogenen Stoßzähne zu und stieß ein Brummen aus. Der Rüssel wedelte über den Boden, streckte sich dann wie der Greifarm eines Kraken aus.

Stuart sah, dass Olivia wie paralysiert war und packte ihre Hand. Er führte sie langsam an dem Wesen vorbei. Die beiden zuckten zusammen, als zwischen den Bäumen ein Brachiosaurus auftauchte. Der langhalsige Dinosaurier war zwar ein Pflanzenfresser, flößte aber mit seiner mächtigen Statur erheblichen Respekt ein.

»Sie kommen näher!«, fluchte Olivia und zeigte auf die beiden Männer.

Prompt feuerten diese einen Lichtstrahl ab, der durch das Mammut flog.

Stuart und Olivia duckten sich und eilten weiter. Der Brachiosaurus versperrte ihnen den Weg, als suchte er den Kontakt zu den beiden. Olivia wich dem Wesen aus; dabei stolperte sie und rollte über den Boden. Stuart half ihr auf. Es ging weiter!

Sie drängten in dicht bewachsenes Gefilde ein und trafen auf eine Familie mit vier Kindern. Eines der Kinder streichelte die Schnauze eines braungefleckten Dinosauriers – auf einem Schild stand: Iguanodon. Ein anderes Kind saß auf dem Rücken eines Triceratops.

»Von den Dinosauriern scheint keine Gefahr auszugehen! Vermutlich sind sie nicht echt und nur Hologramme!«, mutmaßte Stuart.

Olivia blickte zu den Seiten. »Verdammt, ich sehe keinen Ausgang! Wir sitzen in der Falle!«

Die beiden drängten sich durch das Pflanzenmeer und zogen die Köpfe ein. Hoffentlich eine gute Tarnung. Jedenfalls Zeit zum Durchschnaufen.

Bald trafen ihre Verfolger ein, die sich orientierungslos umsahen. Die Männer trennten sich und durchforsteten das Areal. Dabei hielten sie ihre Fäuste ausgestreckt – wie eine Pistole, die sich im Anschlag befand.

»Bleib hier«, flüsterte Stuart.

»Was hast du vor?«

»Ich schnapp mir einen von denen. Das ist unsere einzige Chance.«

Bevor Olivia etwas erwidern konnte, verließ Stuart das Versteck und schlich durch den Wildwuchs. Er fokussierte einen der Angreifer und verfolgte ihn aus der Deckung heraus. Als hinter einem Baum ein Dinosaurier erschien und ein Brummen abgab, erschrak der Anzugträger und nahm die Hände in Abwehrhaltung. Doch das Urzeitwesen blieb ruhig und senkte seinen Kopf, um zu grasen.

Stuart ergriff die Gelegenheit! Er pirschte sich von hinten an den Mann heran, warf ihn zu Boden und klammerte sich an dessen bewaffneten Arm. Sein

Gegner war stark und wehrte sich. Die beiden rangen miteinander. Stuart ließ seiner Aggression freien Lauf, und es gelang ihm, den Handschuh zu fassen. Er verpasste seinem Gegner einen Hieb in den Magen, er stand auf, stülpte die seltsame Waffe über seine Hand und zielte – doch nichts passierte. Konnte er überhaupt einen Strahl abfeuern?

Der Mann am Boden lachte. »Nein, das kannst du nicht«, beantwortete er die Frage und stand auf.

Stuart fluchte. Aus dem Augenwinkel nahm er den anderen Verfolger wahr, der seine Faust ballte und einen Lichtstrahl abfeuerte. Stuart reagierte blitzschnell, packte sein Gegenüber und drängte ihn in die Schusslinie. Vor seinen Augen löste sich der Mann in ein furchteinflößendes Mosaik auf, das langsam verblasste.

Sein Partner starrte Stuart fassungslos an.

Schweigen und Wut lag zwischen den beiden.

Stuart warf einen Blick auf seinen Handschuh. Den nutzlosen Handschuh. Damit war sein Schicksal besiegelt, dachte er. Er fühlte sich bestätigt, als sein Gegenüber die Faust ballte und auf ihn zielte.

Da prallte ein Stein gegen dessen Schläfe. Und noch einer. Olivia sprang aus dem Dickicht, holte mit einem Holzknüppel Schwung und schlug ihn mit voller Wucht gegen den Mann.

Stuart nutzte die Ablenkung, stürmte auf den taumelnden Gegner zu und riss ihn zu Boden. Die beiden rangen miteinander und tauschten Schläge aus. Olivia unterstützte Stuart, gemeinsam gelang es ihnen, den Mann zu fixieren und ihm den Handschuh zu entreißen. Sie ließen von ihm ab und blieben in Angriffsposition stehen.

Ihr Gegner stand vom Boden auf. »Wer zum Teufel seid ihr eigentlich?«, brachte er aufgebracht hervor.

»Die Frage geht an dich«, erwiderte Olivia. »Was soll das Ganze?«

Der Mann starrte die beiden mit leeren Augen an. »Ich würde sagen, das Spiel ist unentschieden ausgegangen.«

»Wenn man bedenkt, dass wir die schlechteren Voraussetzungen hatten, würde ich sagen, dass wir gewonnen haben«, erwiderte Stuart.

»Von mir aus.«

»Wir müssen das hier nicht tun«, fuhr Stuart fort. »Wir haben nicht vor, länger in der Quantenwelt zu bleiben. Also, warum geht nicht jeder seinen eigenen Weg?«

Der Mann fühlte sich übers Kinn und nickte. »Einverstanden. Ich will sowieso so schnell wie möglich raus hier.«

»Na dann, viel Glück«, fauchte Olivia.

Die beiden zogen sich zurück. Nach ein paar Metern drehten sie sich um. Der Mann stand noch immer da. Anscheinend hatte er nicht vor, sie zu verfolgen beziehungsweise die Auseinandersetzung fortzuführen.

Sie verließen das Areal mit den Tieren und machten Halt an der Rolltreppe.

Olivia lehnte sich ans Geländer. »Ich frage mich, ob das Tiberius war.«

»Wer?« Stuart warf einen Blick nach oben.

»Tiberius ist ein ehemaliger Freund von Michael. Die beiden haben maßgeblich den Quantenwelt-Decoder entwickelt. Carl hat bereits vor Wochen herausgefunden, dass Tiberius sich in den Media-Hub hacken wollte. Nun ist es ihm anscheinend gelungen, und er ist mit zwei weiteren Personen in die Quantenwelt gekommen. Doch das System steht vor der Überlastung. Es kann jeden Moment zusammenbrechen.«

Stuart seufzte. »Das darf doch nicht wahr sein …«

Olivia deutete auf den Handschuh. »Ein Jammer, dass wir die Waffen nicht bedienen können, sonst hätten wir den Kerl eben ins Diesseits befördert. McMurphy beziehungsweise der Computer kann nämlich unsere Quantenwellen nicht von denen der Fremden unterscheiden. Daher kann er uns nicht zurückholen.«

»Jedenfalls nicht gefahrlos«, ergänzte Stuart, dem die neurologischen Auswirkungen im Fall eines ungeordneten Rückholprozesses bewusst waren. Er blickte mürrisch drein. »Wo sind Michael und Lucy?«

»Tan ist mit ihnen nach oben gefahren. Er wollte Lucy helfen. Es ging ihr schlecht, vermutlich eine Verbindungsstörung.«

»Wer ist Tan?«

»Er hat den beiden geholfen. Ein netter Kerl, kam gerade rechtzeitig, bevor Michael und Lucy angeschossen wurden. Hat ihnen mit einer Limousine zur Flucht verholfen.«

Das ist seltsam, dachte Stuart. Irgendetwas ließ ihm keine Ruhe. »Und jetzt ist er mit ihnen zusammen?«

Olivia starrte ihn ungläubig an. »Ja. Was ist mit dir?«

»Du hast gesagt, Tiberius ist mit zwei Leuten in die Quantenwelt gekommen. Angenommen es waren seine Begleiter, mit denen wir gerade so nett geplaudert haben, bleibt die Frage, wo Tiberius steckt. Du hast erzählt, er ist ein alter Freund von Michael?«

»Nun ja, ob die beiden noch Freunde sind, bezweifle ich.«

»Michael und Lucy werden am Hafen verfolgt, beinahe angeschossen und plötzlich taucht Tan auf und rettet sie. Schöner Zufall.«

Olivia hielt inne. »Moment mal, du glaubst doch nicht, dass ...«

»Tan ist Tiberius.«

»Das ist ...« Sie schaute ihn mit offenem Mund an.

»Dieser Tiberius ist sicherlich nicht in die Quantenwelt gekommen, um sich in einem Dinosaurierpark zu vergnügen. Anscheinend hat er sich mit Carl und Michael überworfen. Was ist, wenn er sich aus irgendeinem Grund an den beiden rächen will?«

Olivia umfasste das Geländer. »Wenn du recht hast, dann sind Michael und Lucy in Gefahr.«

Stuart nickte.

Die beiden sahen einander an. Ihre Blicke spiegelten wider, dass sie sich nach einem Rahmen sehnten, in dem sie sich näher sein konnten. Ein anderer Ort. Eine andere Zeit.

Olivia wandte sich vom Geländer ab. »Wir dürfen keine Zeit verlieren. Los, lass uns nach Tan suchen!«

33

Quantenwelt
Michael

Ein kleiner Junge sprang ins Wasser. Seine Mutter rief ihm besorgt zu, er solle nicht vom Rand springen. Sie erhob sich aus ihrer Liege, legte ein Buch zur Seite und beobachtete den Pool.

Für einen Augenblick dachte Michael, er befände sich in der Realität. Immerhin gab es augenscheinlich nichts, was dagegen sprach. Seine Sinne sogen die traumhafte Kulisse auf der Plattform wie einen nassen Schwamm auf. Er konnte nicht anders, als sich in dieser Welt zu verlieren – einer Welt, in der es allen gut ging, in der es keine Armut, kein Leid, keine Sorgen gab. Alles fühlte sich so unglaublich schön an!

Er wandelte über die Plattform und ließ sie nicht aus den Augen: Marcia. Sie musste es sein, die Ähnlichkeit war frappierend. Noch traute er sich nicht, ihren Namen zu rufen. Stattdessen folgte er ihr durch das von Palmen gesäumte Areal und mischte sich unter die vermeintlichen Urlauber.

Marcia ging auf einen Torbogen am Ende der Poollandschaft zu. Von dort ging ein Steg ab, der die Plattform mit der anderen Bergspitze verband.

Als Michael den Torbogen passierte und den Steg betrat, bekam er ein mulmiges Gefühl. Unter ihm erstreckte sich ein breites Tal. Er sah auf und erkannte die beiden Bergspitzen wieder, die aus der Ferne zu sehen waren. Der Steg führte wohl in ein Areal aus Wohneinheiten. Jedenfalls schimmerten im Fels Glasrundungen, die wie Fenster aussahen. Er betrat die andere Seite und fand sich in einer Halle wieder, die unzählige Ebenen durch verschachtelte Treppen verband. An den Wänden fuhren Aufzüge auf und ab.

Er beobachtete, wie Marcia eine Treppe hinabging und in einen Gang einbog. Von dort betrat sie eine Wohnung. Anscheinend gab es an diesem Ort keine Abschottung, denn die Tür hatte kein erkennbares Schloss.

Michael machte halt. Er spürte, wie die Nervosität ins Unerträgliche anstieg. Normalerweise bekam er in diesem Zustand zittrige Hände und weiche Knie. Ein Drink oder zwei wären nicht schlecht. Er atmete tief durch und spürte den Pulsschlag am Hals. Auf der einen Seite sprudelte die Freude, Marcia wiederzusehen – auf der anderen Seite fraß ihn die Angst vor der Begegnung förmlich auf. Jahrzehnte hatte er davon geträumt, sie wiederzusehen, ihr Gesicht, ihre Augen, das zauberhafte Lächeln. Aber immer hatte die Ernüchterung ihn eingeholt. Selbst im Glauben gab es stets diesen einen Funken Zweifel, der seinen Traum zerplatzen ließ.

Doch nun war alles anders. Er nahm seinen Mut zusammen und betrat die Wohneinheit. Die Einrichtung war weder opulent noch spärlich. Eine gemütliche Sitzecke mit bunten Kissen und einem Holztisch luden zum Verweilen ein. An den felsigen Wänden, die durch feine Unebenheiten den Charme der Natur wiedergaben, hingen gerahmte Gemälde, darunter bekannter Künstler wie Dali und Klimt. In einer Fotocollage präsentierten sich Landschaftsaufnahmen zahlreicher Länder sowie Panoramabilder von New York, Paris und Zürich. Durch ein rundes Fenster eröffnete sich der Blick nach draußen in die Bergwelt.

Michael sah sich um und blieb vor den Fotos stehen, von denen er einige wiedererkannte. Marcia hatte sie gemacht. Er musterte einen Strand bei Sonnenuntergang, auf dem die Silhouette eines Flamingos zu sehen war. Erinnerungen an Reisen, die die beiden gemeinsam unternommen hatten, wurden wach.

»Erkennst du ihn?«

Michael fuhr herum. Sie stand vor ihm. Er konnte es zunächst nicht glauben. Sie war wunderschön und schenkte ihm ein Lächeln, das ihn in einen Zustand völliger Betäubung und Fassungslosigkeit versetzte.

»Erkennst du ihn?«, wiederholte Marcia mit bewegter Miene.

Michael blickte auf das Foto mit dem Flamingo. »Hugo ... das ist Hugo ...«, stammelte er.

»Jedenfalls haben wir ihn so getauft.«

Die beiden sahen einander an. Und schwiegen.

Dann fielen sie sich in die Arme. Michael konnte nicht anders und brach in Tränen aus. Und auch Marcia weinte, während sich ihre Körper fest aneinanderschmiegten.

Die Zeit blieb stehen. Nichts war mehr wichtig. Die beiden waren wiedervereint – das war alles, was zählte.

»Ich wusste, dass du hier bist«, offenbarte Marcia nach einer Weile.

Er blickte ihr fest in die Augen. »Wirklich?«

Sie lösten sich voneinander. Marcia bedeutete Michael, Platz zu nehmen, ging in die Küchenzeile und holte eine Karaffe. Sie schenkte ihm ein Glas Saft ein und setzte sich zu ihm. »Zitronenlimonade – so wie du es gerne hast.«

Er konnte es noch immer nicht richtig glauben, Marcia tatsächlich wiederzusehen und wischte sich Tränen von der Wange.

»Wie geht es dir, Michael?«

Er hielt inne. »Ich weiß es nicht«, antwortete er mit brüchiger Stimme.

Sie streichelte seine Hand. »Das kann ich gut verstehen. Der Unterschied zwischen uns beiden ist, dass ich die ganze Zeit wusste, dass wir uns wiedersehen. Vom ersten Tag an diesem wunderschönen Ort lebte ich in der Gewissheit, dass wir irgendwann vereint sein würden.«

»Das ist alles sehr verwirrend für mich. Dieser Ort. Diese Welt.«

Sie nickte. »Ich habe mir oft die Frage gestellt, wie alles zusammenhängt, ich meine, das Leben und der Tod. Aber es gibt niemanden, der eine Erklärung dafür geben kann. Das Universum hat einen Plan aufgestellt. Und wir sind Teil des Plans.«

Er blickte Marcia tief in die Augen. »Ich werde dich nie mehr verlassen!«

Sie wandte sich leicht ab und schaute verlegen auf den Boden.

»Was ist mit dir?«

»Michael ...«, sie sah mit traurigem Blick zu ihm auf, »deine Zeit ist noch nicht gekommen. Du kannst nicht hierbleiben.«

»Was? Nein ...« Er schüttelte fassungslos den Kopf. »Ich kann doch jetzt nicht mehr zurück ...«

Sie nahm seine Hand. »Doch! Du kannst! Dein Leben ist noch nicht vorbei. Du hast noch viele Aufgaben zu erfüllen!«

»Das würdest du nicht sagen, wenn du wüsstest, was für ein erbärmliches Leben ich führe. Du solltest mich mal sehen ... in meiner Hütte. Es gibt wirklich nichts und niemanden, der mich vermissen würde. Geschweige denn sinnvolle Aufgaben für mich!«

»Aber genau das ist es doch! Deshalb ist deine Zeit noch nicht gekommen. Du hast deine Aufgaben noch vor dir. Du bist so klug, feinfühlig, ein wertvoller Mensch. Nutze deine Fähigkeiten, um das Leben der Anderen und damit auch dein eigenes Leben besser zu machen! Das ist der Plan!«

Er starrte sie gedankenvoll an. Wovon sprach Marcia? Was für ein Plan? Der Plan des Universums? »Ich weiß einfach nicht, was ich mit meinem Leben noch anfangen soll …«

Sie umarmte ihn und gab ihm einen zärtlichen Kuss. »Vertrau mir, wenn du zurückkehrst, wirst du es wissen. Denn jetzt hast du Gewissheit, eines Tages wieder bei mir zu sein.«

Etwas geschah mit ihm. Er spürte, dass Marcia recht hatte. Der Gedanke, dass der Tod nicht das Ende war, sondern der Anfang, gab ihm auf einmal Kraft und Hoffnung. Ein Balsam legte sich über seine verwundete Seele und sorgte für Linderung. Trotzdem wollte er Marcia nicht mehr verlassen.

Plötzlich nahm er einen Schatten aus dem Augenwinkel wahr.

Eine Person betrat das Wohnzimmer. Es war der Mann aus dem Aufzug – Olov. Mit ausdrucksloser Miene starrte er die beiden an.

Michael empfand den Besucher als bedrohlich und löste sich aus Marcias Armen. Er wunderte sich, dass sie ihren milden Ausdruck behielt, dass sie sogar ein Lächeln aussendete.

Olov, der noch immer wie ein Las-Vegas-Tourist aussah, zeigte eine Regung. Er wirkte ergriffen und machte einen Schritt auf Marcia zu.

Die beiden fielen sich in die Arme.

Michael war perplex. Dann verstand er.

Marcia streichelte dem Besucher durchs Haar und wisperte: »Tibby! Du bist hier!«

Bruder und Schwester sahen einander liebevoll an.

»Ich kann es nicht glauben. Du bist es wirklich«, wisperte Tiberius.

Michael stand von der Couch auf. Sein Blick kreuzte sich mit dem seines alten Freundes.

»Michael ...«, begann Tiberius, »ich ... für einen Moment hatte ich das Gefühl, dass du es bist, als wir uns im Aufzug begegnet sind. Aber ich war mir nicht sicher.«

Für einen Moment sagte niemand etwas.

»Du richtest großen Schaden an, weißt du das?«, äußerte Michael.

»Wovon sprichst du?«

»Das weißt du genau. Deine Leute schießen auf uns. Du bringst uns in Lebensgefahr!«

»Das ist doch Unsinn!«

»Was hat das zu bedeuten? Was meinst du Michael?«, unterbrach Marcia.

»Tiberius hat sich unerlaubten Zugang ...«

»Unerlaubten Zugang?«, ging Tiberius dazwischen.

»Ja, unerlaubten Zugang! Du hast dich in Carls System gehackt ...«

»Ein System, das wir beide erschaffen haben!«

»Hey!«, rief Marcia.

Die beiden beruhigten sich und hielten inne.

»Ich dachte, ihr seid Freunde. Was ist denn nur los mit euch? Was hat euch entzweit? Die ganze Zeit habe ich von der Vorstellung gezehrt, dass die beiden Männer, die ich am meisten liebe, ein Leben in tiefer Freundschaft teilen. Auf der anderen Seite zusammenhalten. Wollt ihr mir etwa sagen, dass ich falsch lag?«

Tiberius wandte sich ab und schaute aus dem Fenster.

Michael ließ sich auf die Couch fallen und seufzte. »Es ist kompliziert.«

»Dann erklär es mir!«

»Dein Tod hat vieles verändert. Wir beide waren nicht mehr dieselben.«

Marcia nahm mit traurigen Augen neben Michael Platz.

»Du erinnerst dich doch noch an Carl Steinberg, oder?«

Sie nickte.

»Carl hat eine Art Portal geschaffen, das es uns ermöglicht, hier zu sein.«

Tiberius drehte sich um und wollte etwas sagen.

Doch Michael kam ihm zuvor. »Tiberius und ich waren diejenigen, die das Portal maßgeblich entwickelt haben. Das ist schon eine Ewigkeit her, aber erst heute steht die Technologie dafür zur Verfügung. Damals hatten wir uns beide aus unterschiedlichen Gründen von Carl abgewendet. Ich selbst habe ihn erst vor zwei Tagen wiedergesehen. Er machte mich neugierig, sagte, dass er unser Projekt vollendet hatte.«

»Michael, Carl geht es allein ums Geld«, unterbrach Tiberius. »Er möchte die Quantenwelt verkaufen – wie Disneyland. Das kannst du doch nicht wollen.«

Er sah seinen alten Kumpel betrübt an und bedauerte, dass sich die Wege der beiden in den letzten Jahrzehnten getrennt hatten. »Nein, natürlich nicht. Das wusste ich nicht.«

Tiberius kam näher. Sein Äußeres stand im harten Kontrast zu seiner ursprünglichen Gestalt. Trotzdem drang ein Hauch von Charisma durch die stahlblauen Augen. »Wir müssen Carl stoppen!«

»Aber nicht so! Deine Leute schießen auf uns. Einer meiner Gefährten wurde getroffen und liegt im Koma!«

»Aber die Strahlen sind doch nur Störsignale. Sie unterbrechen die Verbindung zum Quantenwelt-Decoder. Das ist völlig ungefährlich!«

»Nein, ist es nicht! Dieses Mal hast du dich leider geirrt.«

Tiberius blickte verschämt auf den Boden.

»Was wollt ihr jetzt tun?«, fragte Marcia.

Ihr Bruder setzte sich zu ihr auf die Couch und streichelte ihre Hand. »Das, was getan werden muss. Damit die Toten in Frieden an diesem wunderbaren Ort verweilen können.« Er stand auf und ging zurück ans Fenster.

Michael empfand Mitleid für seinen Freund. »Tiberius ... was hast du vor? Tu bitte nichts Unüberlegtes.«

Tiberius fischte ein Smartphone aus seiner Manteltasche, wischte über das Display und sah auf. »Tut mir leid, aber das muss ein Ende haben.«

Michael sprang von der Couch auf. »Was machst du da?«

»Ich gehe zurück. Und werde Carls Werk zerstören. Es ist bereits alles vorbereitet.«

»Tibby! Warte!«, flehte Marcia.

»Alles, was ich wollte, war, dich wiederzusehen, geliebte Schwester. Ich musste wissen, ob dieser Ort existiert. Jetzt kann ich gehen. Bis ich eines Tages zu dir zurückkehre.« Er tippte auf sein Smartphone.

Michael ahnte Schlimmes und ging auf seinen Freund zu, um ihn an der Schulter zu packen. Doch Tiberius löste sich vor seinen Augen auf, und er tauchte mit der Hand ins Leere.

Marcia war entsetzt und stieß einen Schrei aus. Sie drückte ihr Gesicht gegen ein Kissen, um dem fürchterlichen Anblick auszuweichen.

Michael blieb wie eine Salzsäule stehen und fixierte die Stelle, an der Tiberius verschwunden war. Dann setzte er sich zu Marcia und nahm sie zärtlich in den Arm. Er wusste, dass sich die Situation für ihn und seine Gefährten unmittelbar verschärft hatte. Wenn Tiberius auf dem Weg war, den QWD zu zerstören, stand ihre Rückkehr auf dem Spiel. Er spürte auf einmal den Drang, ins Leben zurückzukommen. Dort gab es noch einiges zu tun. Aufgaben, die er zu erledigen hatte. Menschen, die auf ihn warteten. Das alles hatte er jetzt verstanden – dank Marcia.

Er sah sie liebevoll an und streichelte ihre Wange.

Sie gewann die Fassung zurück und lächelte. »Du musst gehen. Ich werde auf dich warten. Bis wir uns wiedersehen.«

Michael spürte eine Träne über seine Wange rollen. »Ich komme zurück. Ich liebe dich.«

Sie küssten sich und nahmen Abschied.

34

Quantenwelt
Michael

Nachdem Michael den Wellness-Salon betreten hatte, wunderte er sich über die leere Liege. Lucy war verschwunden. Er befürchtete, sie könnte die Verbindung zum QWD verloren haben. Auch sonst war niemand anwesend. Wo blieb Tan? Er hielt inne, als Miraa-Ma mit einem Tablett die Grotte betrat.

»Michael! Du suchst bestimmt nach Lucy und Tan«, sagte sie mit einem Lächeln.

»Ja … richtig.« Sein Blick fiel auf das Namensschild der hübschen Asiatin.

»Ihr geht es gut. Mach dir keine Sorgen. Sie ist zusammen mit Tan nach unten gefahren. Die beiden wollten im Casino nach Olivia suchen.«

»Okay, danke. Ich werde dann auch mal …«

Miraa-Ma stellte das Tablett ab. »Schön, dich kennenzulernen, Michael.«

Er nickte. »Ja, finde ich auch. Ich meine, schön, dich kennenzulernen.« Etwas verwirrte ihn. Ein Gedanke, der tief in ihm schlummerte, aber einfach nicht zum Vorschein kommen wollte. »Also, bis bald«, sagte er und verließ die Grotte.

»Bis bald«, rief Miraa-Ma ihm nach.

Er nahm den Aufzug und wählte die Casinoebene aus. Während der Fahrt dachte er an Marcia und Tiberius. Seine große Liebe war augenscheinlich älter geworden, und dennoch sah sie genauso aus, wie er sie in Erinnerung behalten hatte. Tiberius hatte er kaum wiedererkannt – es waren dessen Blicke und Körpersprache, die einen Hauch seiner Identität offenbart hatten. Natürlich war sein äußeres Erscheinungsbild irritierend gewesen.

Der Aufzug hielt an, und Michael betrat das Casino. Für einen Moment betrachtete er den Strand mit den Palmen und den glitzernden See. Erst auf den zweiten Blick entdeckte er Spieltische und Automaten, die teils mit Hologrammen operierten, teils Ausgaben bekannter Videospielklassiker aus den achtziger und neunziger Jahren waren. Deren Geräuschkulisse entsprach dem originären Sound aus blechernen Akkorden und dudelnden Klangpartien, und Michael erinnerte sich an einen Ausflug nach Las Vegas, den er als Jugendlicher unternommen hatte.

Er streifte durch die Umgebung, hielt Ausschau nach Lucy und versuchte dabei, die Flut der Klänge und visuellen Reize so gut es ging auszublenden. Als er einen bunt beleuchteten Abschnitt mit holographischen Spielen betrat, verfluchte er das Geflacker und den Trubel der enthusiastischen Spieler. Am liebsten hätte er auf eine Fernbedienung gedrückt und den QWD stummgeschaltet.

Sein Instinkt hatte ihn jedoch nicht verlassen. Schon bald entdeckte er Lucy in dem Gemenge; sie saß in einem Sessel, war von einer holographischen Hülle umgeben, die eine Motorradfahrt simulierte, und bewegte ihre Hände von links nach rechts.

»Lucy!«

Sie reagierte nicht.

Verdammt, die Zeit lief ihnen davon. Michael tauchte mit der Hand durch das Hologramm und fasste die Spielerin an die Schulter. »Lucy, wir müssen weg! Es ist dringend!«

Sie sah mürrisch zu ihm auf. »Keine Zeit. Lass mich weiterspielen.«

»Nein, das geht nicht. Wir müssen sofort weg, hörst du?«

Sie wischte seine Hand von der Schulter weg und konzentrierte sich auf die Simulation. »Ich bleibe hier.«

»Was?«

»Ich bleibe!«, keifte sie. »Und gehe zurück zu meiner Mutter. Schau dich doch um! Hier geht es allen gut. Jeder hat Spaß. Schaltet von mir aus den verdammten QWD einfach ab. Aber lasst mich hier!«

Er konnte es nicht fassen. Für einen Augenblick fühlte er sich machtlos. Dann machte er einen Schritt nach vorne und versperrte Lucy die Sicht auf das Spielfeld.

»Spinnst du jetzt völlig?«

Er packte sie an den Schultern. »Hast du nicht zugehört? Deine Mutter möchte, dass du lebst! Warum ist das so schwer zu begreifen? Du kommst jetzt mit! Hast du verstanden?«

Sie sah ihn entgeistert an, stand auf und wandte sich beleidigt ab. »So kannst du nicht mit mir reden ...«

Michael seufzte. »Es tut mir leid. Ich will doch nur das Beste für dich, verstehst du? Wir befinden uns in Gefahr! Der QWD steht kurz vor der Zerstörung. Wie geht es dir überhaupt? Du siehst ja vollkommen erholt aus.«

»Ich fühle mich super. Du wirst es nicht glauben, aber ich war wieder in diesem weißen Raum. Ich dachte schon, ich würde zurückkehren. Und habe mich gewundert, als ich die Augen aufmachte und noch da war.«

Michael sah sie irritiert an. »Was meinst du damit? Der weiße Raum ...«

»Dieser Raum halt, in dem man kommt, wenn der QWD gestartet wird.«

»Was genau hat Miraa-Ma eigentlich mit dir gemacht?«

»Nicht viel. Sie hat einfach ihre Hände auf meine Schläfen gelegt. Das war ein angenehmes, warmes Gefühl, als ob sie eine Energie ausstrahlt. Dann hat sie die Augen geschlossen und sich anscheinend konzentriert. Ich habe mich sofort besser gefühlt, der

Schmerz am Arm ging weg und ich konnte allmählich den weißen Raum sehen.«

Michael fasste sich an die Stirn. Die Gedanken fuhren Karussell mit ihm. Ein ungeheurer Verdacht kam in ihm auf.

»Was ist mit dir? Hast du einen Geist gesehen?«

Er wandte sich von Lucy ab, wandelte ein paar Schritte über den Strand und starrte auf den See. Miraa-Ma. Die Jesus-Welle. Tan. Das alles passte nicht zusammen. Jedenfalls nicht so, wie sie gedacht hatten. »Carl hat sich geirrt«, mutmaßte er. »Wir alle haben uns geirrt. Und dennoch recht gehabt.«

Lucy kam an seine Seite. »Was meinst du?«

»Ich glaube, mir wird gerade einiges klar.«

»Okay, würdest du mir endlich sagen …«

»Hey Leute!« Tan kam auf die beiden zu.

Sie drehten sich zu ihm um.

»Michael! Da bist du ja wieder! Ich suche noch immer nach Olivia«, ließ der Asiate verlauten.

Michael musterte Tan von oben bis unten.

»Alles klar mit dir?«, fragte Tan.

»Da! Ich sehe sie!« Lucy hob den Arm und winkte. »Cool, da ist auch Stuart!«

Sie beobachteten, wie Stuart und Olivia über den Strand gingen. Als die beiden zu Lucy rüber blickten, blieben sie stehen. Stuart wirkte angespannt. Er ging zu einem Tisch, griff eine Flasche und marschierte auf die Gruppe zu. Olivia folgte ihm – mit einem Gesichtsausdruck, der nichts Gutes verhieß.

»Will Stuart mit uns eine Flasche Wein trinken?«, wunderte sich Tan. Er machte große Augen, als dieser direkt auf ihn zukam und mit der Flasche bedrohte.

»Vorsicht! Das ist Tiberius! Wir haben eben seine beiden Schergen ausgeschaltet. Der Angriff, eure Rettung – das war alles geplant!«, platzte es aus Stuart heraus.

Olivia nahm Lucy in den Arm. »Alles okay bei dir? Geht es dir gut?«

Lucy nickte und zog die Stirn in Falten – offensichtlich irritiert von Stuarts Auftreten.

Tan machte einen Schritt zurück und hob die Hände, als würde er mit einer Pistole bedroht werden.

»Nimm die Flasche runter«, sagte Michael in ruhigem Tonfall.

»Keine Chance! Michael, wir haben die Vermutung, dass der Kerl Tiberius ist ... diese Typen sind gefährlich ...«

»Nimm die Flasche runter ...«, wiederholte Michael und stellte sich schützend vor Tan.

»Jetzt warte doch mal. Eins nach dem anderen ...«

»Du machst dich ja lächerlich. Oder wolltest du Jesus mit einer Weinflasche bedrohen?«

»Ich weiß, das ist verwirrend, aber wir sollten erst einmal ...«, Stuart hielt inne. »Was? Was hast du gerade gesagt?«

Michael drückte Stuarts Arm sanft runter. »Du hast mich verstanden.«

Die anderen schauten perplex zu Tan, der noch immer die Hände hochhielt.

»Jesus? Was redest du da?«, stammelte Stuart.

Michael wandte sich Tan zu und blickte ihm in die Augen.

Tan nahm die Hände runter und erwiderte Michaels Blick mit einem milden Ausdruck. Er nahm eine aufrechte Haltung ein, und ein sanftes Grinsen umspielte seine Lippen. »Wann hast du es herausgefunden, Michael?«

Für einen Moment war er sprachlos. Er hatte also richtiggelegen und stand dem Mann gegenüber, der ihn sein ganzes Leben lang begleitet hatte – selbst in der Welt der Toten hatte Jesus an seiner Seite gestanden und war für ihn da gewesen. Dass er sich ihm nicht offenbart hatte, erschien ihm einleuchtend. »Lucy hat mir erzählt, wie Miraa-Ma ihr geholfen hat. Sie scheint über besondere Fähigkeiten zu verfügen, sie kann direkten Einfluss auf die Quantenwellen ausüben ...«, er warf einen Blick zu den anderen.

Lucy, Olivia und Stuart starrten ihn entgeistert an.

»Wir hatten gedacht, dass die auffällige Quantenwelle, die wir entdeckt haben, von Jesus stammt«, fuhr

Michael fort. »Je höher die Anzahl der Wellen ist, mit der eine einzelne Welle in Verbindung steht, desto stärker ist ihr Ausschlag – das war die Theorie.« Er blickte zu Tan beziehungsweise Jesus. »Und deswegen dachten wir, den Sohn Gottes gefunden zu haben. Dabei war es Miraa-Ma, deren Welle wir geortet hatten.«

»Ich habe dir doch gesagt, dass sie ein besonderes Mädchen ist«, entgegnete Jesus mit einem Grinsen.

»Ja, das ist sie. Du liebst sie schon seit einer Ewigkeit, richtig?«

Jesus nickte.

»Als ich gesehen habe, wie sie Lucy behandelt hat, da hat mich etwas verwirrt. Letztendlich war es ihr Namensschild, das mir keine Ruhe gelassen hat. Miraa – das ist ein Anagramm für Maria. Maria-Ma. Oder auch Maria Magdalena.«

Stuart, Olivia, Lucy – sie alle waren fassungslos.

»Michael hat recht.« Jesus blickte in die Runde. »Ich wollte euch nicht verwirren und habe deshalb nichts gesagt.«

Für einen Moment sagte niemand etwas.

Stuart starrte Jesus mit offenem Mund an. »Das heißt, ich habe die ganze Zeit die Signatur von Maria Magdalena gesehen? Aber warum?«

»Das kann ich euch nicht erklären«, erwidert er. »Wie ich schon sagte, sie ist ein besonderer Mensch mit einer ungewöhnlichen Gabe. Sie trägt viel Liebe in sich, ich habe es am ersten Tag gespürt, als wir uns begegnet sind. Sie hat mich damals inspiriert, gab mir die nötige Kraft, um meinen Weg zu gehen. Und so ist es auch hier – auf der anderen Seite. Die Menschen fühlen sich von ihr angezogen.«

Die Teammitglieder sahen einander an.

Dann legte Jesus seine Hand auf Michaels Schulter und sagte mit milder Stimme: »Ihr müsst nun fort. Tiberius ist kurz davor, den QWD zu zerstören. Euer Leben ist in Gefahr.«

»Woher ...«

»Marcia hat es mir gesagt.«

Michael stellte sich vor, wie sie allein in ihrer Wohnung saß, und senkte sein Haupt.

»Kommt mit!«, rief Jesus aus und bedeutete den anderen, ihm zu folgen. »Miraa-Ma bringt euch zurück ins Leben!«

Sie betraten die Grotte. Außer ihnen waren keine anderen Gäste da. Miraa-Ma erwartete sie am Eingang. Sie bezauberte mit ihrer liebenswürdigen Ausstrahlung und schenkte allen ein Lächeln. Anscheinend hatte sie bereits Vorbereitungen getroffen, denn sie deutete auf vier Liegen, die mit weißen Handtüchern bestückt waren.

Michael und Olivia sahen sie ehrfürchtig an. Ihnen fehlten die Worte. Wie schüchterne Kinder.

Stuart hielt sich die Hand vor Augen. Anscheinend blendete ihn die Gegenwart von Miraa-Ma. Er wandte sich an Jesus und entschuldigte sich für seine Drohgebärden im Casino.

Die vier streckten sich auf den Liegen aus.

Michael warf einen letzten Blick in die Bergwelt. Das ging alles so schnell. Er hätte gerne mehr über Miraa-Ma erfahren und herausgefunden, weshalb ihre Quantenwelle auffällig heraustach. Andererseits hatte Jesus eine Erklärung geliefert. Es war ihre Anziehungskraft – woher diese auch immer stammte –, die sie einzigartig machte.

Jesus stellte sich vor das Panoramafenster. Der Abschied fiel ihm schwer, denn er hatte die Besucher, insbesondere Michael, in sein Herz geschlossen. »Es war ein wunderbares Erlebnis, euch alle kennenzulernen. Nun habe ich noch eine letzte Bitte an euch. Ich weiß, dass nicht alles gut ist in der irdischen Welt. Es gibt Leid und Ungerechtigkeit. Viele schreckliche Dinge. Ihr habt nun erfahren, dass das Leben mit dem Tod nicht vorbei ist. Ich bitte euch daher, aus dieser Erkenntnis Kraft zu schöpfen und mit dieser Kraft den Menschen zu helfen, die den Mut zum Leben verloren haben. Eines Tages sehen wir uns alle wieder.«

Die vier nickten demütig.

Miraa-Ma fragte: »Lucy, kann ich mit dir beginnen?«

»Ja. Vielen Dank. Für alles.«

Miraa-Ma berührte Lucy an den Schläfen, wie sie es zuvor getan hatte. Dann schloss sie ihre Augen, und für ein paar Sekunden geschah nichts – außer, dass sich Lucys Miene deutlich entspannte. Plötzlich wurde Lucys Körper transparent. Und löste sich vollständig auf.

Olivia konnte ihr Unbehagen nicht verbergen, als Miraa-Ma sich ihr zuwandte.

»Keine Angst. Es ist angenehm, und du bist gleich zurück«, beruhigte sie.

Es dauerte nicht lang, bis auch Olivia verschwunden war.

Stuart, der als Nächster an der Reihe war, warf Michael einen Blick zu. »Wir sehen uns.« Er wandte sich an Jesus und sagte: »Es war mir eine Ehre, dass ich dich kennenlernen durfte. Unsere Begegnung wird mich mein ganzes Leben lang begleiten. Und ich danke dir, dass du meinen Freunden geholfen hast.«

Jesus antwortete ihm mit einem liebevollen Blick.

Miraa-Ma berührte Stuarts Schläfen und schickte ihn zurück.

Michael war erleichtert, dass die anderen es geschafft hatten – jedenfalls sah es so aus. Gleichgültig, was im Diesseits auf der Insel geschehen würde, die Hauptsache war, dass sie am Leben waren. Er freute sich, als Jesus an seine Seite kam und ihm persönliche Abschiedsworte schenkte.

»Nun musst auch du gehen, mein Freund.«

»Ich möchte dir danken. Du warst die ganze Zeit für uns da.«

»Natürlich, ich bin immer für euch da. Seit deiner Ankunft am Strand war ich an deiner Seite.«

Michael erinnerte sich, wie er die Quantenwelt betreten hatte und in dem Dschungel das Rascheln im Geäst gehört hatte. »Das warst du?«

Jesus nickte.

»Ich ... ich muss dir etwas sagen«, stotterte er. »In meinem Leben ist viel passiert. Ich war auf der Suche nach einem Sinn und dachte, ihn im Glauben gefunden zu haben. Doch eines Tages habe ich aufgehört zu glauben.«

»Das ist nicht schlimm. Denn ich habe nie aufgehört an dich zu glauben.«

»Aber ... warum?«

»Weil du mein Freund bist.«

Michael dachte an Tiberius. »Kann ich dir eine Frage stellen?«

»Selbstverständlich.«

»Existiert Gott?«

Jesus lächelte.

Michael musste daran denken, wie Tan beziehungsweise Jesus ihn mit der Limousine vor den beiden Männern gerettet hatte. Bei seiner Begrüßung hatte er dasselbe breite Lächeln aufgesetzt.

»Du bist Gott«, erwiderte Jesus.

Michael legte die Stirn in Falten.

»Ich bin Gott. Wir alle sind Gott.«

Miraa-Ma ging in Position und legte ihre Hände an Michaels Schläfen.

Er hob die Hand, wollte noch nicht, dass es losginge. »Wie meinst du das?«, fragte er und spürte eine angenehme Wärme am Kopf. Seine Augen wurden schläfrig, und er fühlte eine aufkommende Entspannung. Doch er wollte noch eine Antwort erhalten und bemühte sich, wach zu bleiben.

Jesus kam näher und flüsterte ihm ins Ohr: »Gott ist das Leben.«

Dann wurde ihm schwarz vor Augen.

35

Nordatlantik, Mai 2017
Michael

Er befand sich in einem Netz aus blauen Wellen. Das verwobene Gebilde entzerrte sich, einzelne Wellen verblasten. Dann wandelte er durch die Finsternis. Er suchte nach den Sternen, doch er konnte keine entdecken. Stattdessen tauchte ein heller Fleck mit kantigem Umriss auf; er wuchs stetig an und verdrängte die Dunkelheit. Michael hatte das Gefühl, in einem Zwinger gesperrt zu sein. Er wollte raus aus dem Gedankengefängnis und rein in seinen Körper. Die Glieder strecken und die Muskeln bewegen. Sein Begehren ging in Erfüllung, und er schlug die Augen auf. Das Licht der Leuchtröhren blendete ihn. Erleichtert stellte er fest, dass er zurück im Laboratorium war.

»Michael, alles klar?« Jemand stützte seine Schulter und half ihm beim Aufrichten. Es war Stuart.

»Danke«, gab er zurück und kniff die Augen zusammen.

Auch Olivia und Lucy waren bereits auf den Beinen. Sie hielten Gläser in den Händen. McMurphy hatte sie mit Wasser versorgt. Der wissenschaftliche Leiter wandte sich Michael zu und fragte: »Geht es Ihnen gut?«

Er nickte und stand auf. Trinken war keine schlechte Idee; er nahm ein Glas Wasser entgegen und kippte die Hälfte runter. Er war nicht sicher, ob der Trip in die Quantenwelt tatsächlich stattgefunden hatte oder alles nur ein Traum gewesen war. »Wo ist Carl?«, fragte er.

»Ich weiß es nicht. Kurz nachdem der Alarm losgegangen ist, ist er verschwunden und hat mich alleingelassen«, erwiderte McMurphy. Er konnte einen Hauch von Trotz nicht verbergen.

Erst jetzt nahm Michael das Alarmsignal wahr. Anscheinend brauchten seine Sinne eine Weile, um wieder voll einsatzfähig zu sein. »Was ist passiert?«

»Ich ... ich weiß es nicht«, stammelte McMurphy. »Wir hatten die Kontrolle über die Systeme verloren. Jemand hat sich in den Zentralcomputer gehackt. Ich hatte keine Chance, Ihre Quantensignale zu extrapolieren, da es mehrere Störungen gab beziehungsweise die fremden Quantenwellen für eine Überlagerung sorgten. Plötzlich sehe ich, dass der QWD Ihre Wellen eindeutig erfasst und mit den neurologischen Netzen synchronisiert. Und Sie alle sind einfach aufgewacht.«

»Warum der Alarm?«, hakte Stuart nach.

McMurphy, der nervös und überfordert wirkte, tippte auf einer Computertastatur und ließ ein Kamerabild auf dem Monitor erscheinen. Es zeigte bewaffnete Sicherheitsleute durch einen Korridor stürmen.

Aus einer anderen Perspektive war ein gestrandetes Schlauchboot zu sehen. »Fünf Eindringlinge. Vielleicht auch mehr. Sie müssen von einem U-Boot gekommen sein, sonst hätte unser Radar frühzeitig Alarm geschlagen. Carl ist sofort verschwunden, als er das gesehen hat.«

»Tiberius ist auf der Insel«, stellte Michael fest.

Olivia löste ein mobiles Telefon aus der Schale und tippte auf das Display. Sie horchte in den Hörer. »Verdammt, Carl, wo steckst du?« Als sich am anderen Ende niemand meldete, schaute sie verzweifelt zu den anderen.

Auf dem Bildschirm erschien eine weitere Außenaufnahme. Sicherheitsleute mit Maschinengewehren liefen aus dem Hauptgebäude.

»Tiberius hat vor, den QWD zu zerstören. Also, wo will er hin?«, fragte Stuart.

McMurphy fiel die Kinnlade runter. »Zerstören? Mein Gott ...«

Stuart blickte dem Wissenschaftler fest in die Augen. »McMurphy! Uns läuft die Zeit davon! Wo könnte Tiberius hinwollen?«

»Der Alarm wurde in Sektor C ausgelöst. Da stehen die Energietanks. Vermutlich sind wir hier im Gebäude sicher. Und die Tanks sind von Elektrozäunen geschützt, so einfach kommen die da nicht durch ...«

»Wo befindet sich das Rechenzentrum des Quantenwelt-Decoders?«, unterbrach Michael.

»Sie meinen den Computerkern?«

»Ja, ich bin mir sicher, das ist das Ziel von Tiberius.«

»Aber …«, McMurphy wurde blass. »Direkt unter uns. Warum sind Sie so sicher?«

»Die beiden Zylinder zu zerstören wäre nur eine kurzfristige Maßnahme. Es geht Tiberius darum, den Kern zu zerstören.«

»Was bedeutet *direkt unter uns*?«, drängelte Stuart.

»Der Computerkern befindet sich sechzig Meter unter dem Meeresspiegel. Das erleichtert die Kühlung«, antwortete McMurphy. »Es gibt einen Aufzug …«

»Okay, wir gehen da runter.« Stuart wandte sich an Olivia und sagte: »Ihr müsst so schnell wie möglich raus aus dem Gebäude.«

Sie klickte sich am Computer durch die Liveaufnahmen der Außenkameras und stoppte, als die Landebahn mit der Gulfstream zu sehen war. »Ich bringe Lucy zum Flugzeug. Dort warten wir auf euch.«

»Gut. Das ist weit weg von den Tanks und dem Gebäude.« Stuart und Olivia sahen einander an. Unter anderen Umständen hätte man die beiden für ein Paar halten können.

Michael berührte Lucy am Arm und zwang sich zu einem Lächeln: »Hey … wir sehen uns.«

Sie umarmte ihn und erwiderte: »Seid vorsichtig.«

McMurphy, der noch immer bleich im Gesicht war, ging aus dem Laboratorium und erklärte: »Der Aufzug ist dreifach gesichert, aber ich habe Zugang.«

Michael und Stuart folgten dem Wissenschaftler.

Die drei Männer eilten durch einen Gang. Noch immer war der Alarm zu hören. Als sie den Aufzug erreichten, zückte McMurphy eine Chipkarte und ließ sie durch einen Slot gleiten. Dann hielt er sein Auge vor einen Scanner und gab einen Code ein. Die Tür öffnete sich, und sie traten ein. Ein Display im Aufzug zeigte einen Schacht, der oben und unten einen Einlass hatte. Als sich der Aufzug in Bewegung setzte, erschien ein leuchtender Punkt in der Grafik, der stetig absank. Anhand einer Skala konnten sie so die Entfernung nachverfolgen, mit der sie in die Tiefe fuhren.

»Wieso will dieser Tiberius eigentlich den QWD zerstören?«, brachte McMurphy vor.

»Das ist eine lange Geschichte. Im Wesentlichen möchte er verhindern, dass Carl ein Geschäft daraus macht«, antwortete Michael.

»Gibt es eigentlich noch einen anderen Zugang zum Kern?«, fragte Stuart.

»Nein. Nur diesen Schacht.«

Der Neurologe hakte nach: »Das bedeutet, falls wir Tiberius unten nicht antreffen, können wir einfach den Aufzug festhalten und warten, bis unsere Sicherheitsleute die Kontrolle über die Insel zurückhaben?«

McMurphy nickte. »Er kann nicht beim Kern sein. Ich wüsste nicht, wie er den Aufzug überlisten könnte.«

Michael fühlte einen Hauch von Erleichterung. Trotzdem wuchs Zweifel in ihm. Er kannte Tiberius und wusste, wie perfektionistisch dieser veranlagt war. Irgendetwas mussten sie übersehen haben. »Wie genau wird der Kern eigentlich gekühlt?«

»Es gibt zwei Turbinen, die das Wasser aus dem Meer in einen Tank befördern. Falls eine ausfällt, springt die andere ein.«

Stuart erkannte, dass Michael von der Antwort nicht begeistert war. »Was haben Sie? Sie glauben doch nicht …verdammt …«

Michael seufzte. »Tiberius hat das alles akribisch geplant. Der Alarm an den Zylindern – nur ein Ablenkungsmanöver. Er ist durch die Turbine reingekommen.«

Das Display zeigte an, dass der Aufzug kurz vor dem Ziel war.

»Er ist bereits da«, wisperte Michael, »ich kann ihn spüren.«

Die Tür öffnete sich, und sie betraten einen weiten Raum, der von Neonleuchten in grelles Licht getaucht wurde. Weiße Kacheln an Wand und Boden gaben einen klinischen Anstrich. Die Luft war kalt; aus dünnen Schlitzen an der Decke wurde der Umgebung Sauerstoff zugeführt. Am Ende des Raums glänzte eine Glasfront, hinter der sich ein klobiger Metallklotz mit blinkenden Anzeigen verbarg – der Kern des Quantenwelt-Decoders.

Sie gingen auf den gigantischen Rechner zu und passierten eine Reihe von Computerterminals, auf deren Monitoren grafische Anzeigen leuchteten. Eine beängstigende Stille prägte die Ebene unter dem Meeresspiegel. Allein das Surren der Neonleuchten produzierte eine akustische Untermalung.

Plötzlich hörten sie ein mechanisches Geräusch.

McMurphy drehte sich um. »Jemand hat den Aufzug gerufen. Ich habe vergessen, ihn zu blockieren.«

»Vielleicht sind wir doch noch allein«, brachte Stuart leise hervor.

Sie gingen weiter und wunderten sich über eine schleichende Wasserlache, die über den Boden ausschwärmte. Als sie die Glasfront erreichten, konnten sie den gesamten Serverraum überblicken und blieben – vom Schock getroffen – stehen.

Carl Steinberg saß mit kreidebleichem Gesicht auf einem Stuhl. Neben ihm stand Tiberius mit einer Pistole in der linken Hand. Er trug einen Tauchanzug und hatte anscheinend die Ankunft der drei Männer frühzeitig mitbekommen.

»Ah, das Rettungsteam!«, rief Tiberius aus. Sein Blick fiel auf Michael.

Die beiden ehemaligen Freunde musterten sich.

»Nach all den Jahren, sehe ich dich endlich wieder«, sagte Tiberius, »ich meine, so wie die Natur dich geschaffen hat.«

»Du siehst gut aus. Kompliment«, entgegnete Michael. »Nur die Waffe steht dir nicht. Warum legst du sie nicht beiseite und wir sprechen in Ruhe miteinander?«

»Sprechen worüber?«

»Über die Quantenwelt natürlich. Du, Carl und ich. Wir diskutieren die Möglichkeiten, wie wir mit der Entdeckung umgehen.«

»Das geht leider nicht.«

»Warum?«

»Das Problem ist Carl. Er hat schon lange aufgegeben zu diskutieren. Du kennst ihn doch. Er macht immer, was er will.«

Steinberg fixierte Michael. »Er hat überall Sprengsätze angebracht! Er will alles zerstören!« Er machte Anstalten, von seinem Stuhl aufzustehen, doch Tiberius riss ihn harsch zurück und drückte ihm die Pistole an den Kopf.

Die Sprengsätze waren nur auf den zweiten Blick zu sehen; sie klebten unauffällig an der Ummantelung des Computerkerns.

Tiberius zückte eine Fernbedienung und hielt sie mit der Rechten hoch. »Stimmt. Ich werde alles zerstören. Wenn ihr klug seid, verschwindet ihr jetzt.«

Michael sah nach links und entdeckte am Boden einen Schneidbrenner sowie kantige Metallfragmente, deren Enden verbrannt waren. In einem Tank war außerdem ein Loch, das von einem aufgesetzten Druckventil verdeckt war. Wasser tröpfelte an den Seiten heraus. Offenbar hatte Tiberius, wie vermutet, den Weg durch die Turbine und das Kühlsystem genommen. Um den Wasserdruck zu bändigen, hatte er das Druckventil angebracht – ein perfekt geplanter Einstieg.

Stuart ging einen Schritt vor, wandte sich mit einer beschwichtigenden Geste an den Eindringling und offenbarte: »Sie werden es nicht glauben, aber ich bin auf Ihrer Seite.« Er erntete einen zerknirschten Blick von Steinberg.

McMurphy schaute bestürzt drein; er stand wie eine Salzsäule da.

»Ich teile Ihre Auffassung, dass die Quantenwelt allein den Verstorbenen gehört«, setzte Stuart fort. »Und ich werde mich persönlich in der Öffentlichkeit dafür einsetzen, dass jegliche Experimente dieser Art in Zukunft eingestellt werden.« Er genoss das Entsetzen in Steinbergs Gesicht.

»Nett von Ihnen«, erwiderte Tiberius. »Dann schlage ich vor, dass Sie alle jetzt einfach wieder verschwinden!«

»Das geht nicht so einfach. Lassen Sie Steinberg gehen!«, gab Stuart zurück.

Tiberius packte Steinberg am Kragen, zog ihn vom Stuhl hoch und drängelte ihn aus dem Serverraum. »Einverstanden!« Er richtete die Pistole auf die anderen und umfasste mit der Rechten die Fernbedienung.

Plötzlich hallte ein Schuss durch den Raum.

Tiberius hielt inne und starrte auf seine Waffe. Er hatte sie nicht benutzt, stattdessen war er getroffen worden – mitten in den Bauch. Blut trat aus der Wunde und benetzte den Boden. Er ließ die Pistole fallen, fasste sich an den Bauch und fiel auf die Knie – wie ein gestürzter Titan, der sich mit hängendem Kopf geschlagen geben musste.

Michael, Stuart und McMurphy waren perplex und drehten sich um.

Pierre stand mit einer Waffe da. Er trug eine leichte Hose und ein Krankenhemd, sah entkräftet aus und stützte sich schnaufend an der Wand ab. Hinter ihm schloss sich die Aufzugstür. Dann kam er taumelnd näher, er behielt den gestürzten Titan im Auge – bereit für einen weiteren Schuss.

Tiberius sah auf und lachte. Er hob die Hand und drückte den Knopf der Fernbedienung.

Nichts passierte. Außer, dass sich an den Sprengsätzen blinkende Displays aktivierten, auf denen ein Countdown von fünf Minuten begann. Steinberg riss Tiberius die Fernbedienung aus der Hand und fingerte daran herum.

Michael war schockiert. Er konnte nicht glauben, dass sein Freund getroffen war. Wütend stellte er sich vor Pierre – am liebsten hätte er ihn am Kragen gepackt und geschüttelt. »Sind Sie wahnsinnig? Das war vollkommen unnötig!«

Pierre drängte ihn mit der Waffe zurück.

Michael eilte an Tiberius Seite, stützte dessen Oberkörper und drückte mit der Hand auf die Schusswunde, um die Blutung zu stillen. Doch vergeblich. Sein Freund wurde kreidebleich und verlor an Lebenskraft. »Wir müssen ihm helfen!«, rief Michael.

Steinberg warf die Fernbedienung auf den Boden. »Verdammt! Der Countdown läuft weiter!« Er warf einen wütenden Blick auf Tiberius und murmelte: »Was hast du nur getan?«

»Wir müssen hier raus! Sofort!«, forderte Stuart. Er wandte sich an Michael. »Los, wir bringen ihn zur Krankenstation.«

Tiberius hob stöhnend die Hand und winkte ab. »Ich bin hier fertig …«, stammelte er. Er schloss die Augen und begann zu keuchen. Blut floss aus seinem Mundwinkel.

Michael hielt die Hand seines Freundes fest und gab Stuart mit einem Kopfschütteln zu verstehen, dass es zu spät war.

»Mr. Steinberg, wir müssen hier verschwinden!«, drängelte McMurphy. Er führte den Unternehmer zum Aufzug.

Pierre warf Michael einen verächtlichen Blick zu und folgte gehorsam seinem Boss.

Stuart fixierte den Zeitzünder. Der Countdown war bei vier Minuten angekommen. »Michael, wir müssen gehen ...«

Er schaute zu ihm auf. »Gib mir noch einen Moment. Ich komme gleich.«

Stuart nickte und folgte den anderen zum Aufzug.

»Alles endet irgendwann, mein Freund«, wisperte Tiberius. Mit viel Mühe öffnete er seine Augen und zwang sich zu einem Lächeln.

»Ich weiß ... ich weiß. Aber wir werden uns wiedersehen. Und dann sind wir wieder zusammen. Wir werden die alten Zeiten vergessen und neu anfangen.«

»Neu anfangen ... klingt gut. Ich habe dich immer vermisst ... dich und Marcia.«

»Ich dich auch. Ich habe euch beide vermisst.«

»Michael, versprich mir, dass du es beenden wirst ...«

»Ich verspreche es. Ich werde verhindern, dass Carl es wieder versucht.« Er blickte zu den Sprengsätzen, deren Display auf drei Minuten gesprungen war. Wenig Zeit – vor allem, wenn man an die lange Aufzugfahrt dachte. Doch er konnte seinen Freund noch nicht aus seinen Armen entlassen.

Tiberius klammerte sich an Michaels Hand und brachte mit brüchiger Stimme vor: »Hast du ihn gefragt?«

»Du meinst Jesus?«

Er nickte.

Michael hielt für einen Augenblick inne. »Ja, das habe ich.«

»Und? Gibt es ... einen Gott?«

Michael nickte. »Ja.«

Tiberius sah ihn entgeistert an.

»Jesus wird es dir erklären. Du wirst es verstehen.«

Tiberius stöhnte auf, dann wurde sein Atem langsamer und die Lebenskraft wich aus seinem Körper. Ein versöhnlicher Ausdruck zeichnete sich in seinem Gesicht ab.

Michael spürte einen tiefen Schmerz, obwohl er wusste, dass sein Freund in diesem Moment eine friedliche Welt betrat. Er hörte Stuart, der am Ende des Raums den Aufzug aufhielt und nach ihm rief. Anscheinend drängte Pierre ihn, die Tür freizugeben. Michael ließ von Tiberius ab und lief zu den anderen. Sie machten ihm Platz, McMurphy drückte einen Knopf und der Aufzug setzte sich in Bewegung.

Während der Fahrt konnte Michael es nicht ertragen, in die Gesichter von Pierre und Carl zu sehen. Stattdessen starrte er auf den Boden.

»Back-up ... ich muss ein Back-up machen ...«, raunte der Unternehmer.

Sie erreichten die obere Ebene und stiegen aus.

»Back-up … Back-up«, wiederholte Steinberg wie in Trance.

McMurphy hielt seinen Boss an der Schulter fest. »Sir, Sie haben keine Zeit für ein Back-up. Das würde mindestens einen Tag dauern.«

»Egal, ich rette so viele Daten wie ich kann!«

»Aber, wenn die Sprengladung losgeht, stürzt die Decke der unteren Ebene ein und das Hauptgebäude fällt zusammen!«

»Das Gebäude wird halten! Lassen Sie mich!« Steinberg riss sich los und bog in einen Gang ein.

»Das ist doch Wahnsinn!«, rief McMurphy.

Pierre hob bedeutungsvoll seine Pistole und bellte: »Kommen Sie uns nicht in die Quere!« Dann folgte er Steinberg – mit mühevollen Schritten; offensichtlich war er nach seinem Aufenthalt auf der Krankenstation noch nicht lange auf den Beinen.

Die anderen sahen den beiden hinterher.

»McMurphy, wie kommen wir hier raus?«, drängte Stuart.

»Folgen Sie mir!«

Sie hasteten durch den Gang.

Michael musste an Tiberius denken. Und an den Sprengsatz, der jeden Moment losgehen konnte. »Wie weit ist es noch?«

»Da vorne ist eine Feuertreppe!«, gab McMurphy zurück.

Sie erreichten das Ende des Gangs, öffneten eine Tür und nahmen die Feuertreppe.

Ein donnerndes Brummen ertönte, und das Gebäude erzitterte. An der Feuertreppe lösten sich die Schrauben. Gerade rechtzeitig erreichten sie den Boden. Und rannten um ihr Leben.

Der Grund bebte, und Risse im Asphalt breiteten sich aus.

McMurphy stolperte und fiel auf alle viere hin.

Stuart und Michael packten ihn unter die Arme und halfen ihm auf.

»Los, wir laufen zum Flugfeld!«, schrie Stuart.

Das Grollen wurde lauter. Das kreisförmige Gebäude vibrierte, Teile der gläsernen Fassade zersprangen und fielen ab. An manchen Stellen öffnete sich der Grund, und Verästelungen, die Teile des Rings verbanden, stürzten in den Schlund. Auch die beiden Zylinder wurden erfasst; sie begannen erst zu wanken, dann krachten sie ins Meer. Blitze peitschten durch die Luft. Allmählich fiel der gesamte Komplex in sich zusammen. Eine gigantische Staubwolke dehnte sich aus und verwandelte die Umgebung in eine weißflockige Sahara.

Michael, Stuart und McMurphy drohten, von herumwirbelnden Trümmern getroffen zu werden. Sie liefen knapp vor der sich ausbreitenden Staubwolke entlang und hielten auf die Gulfstream am Ende der Rollbahn zu.

Olivia hatte die drei bemerkt und stand an der Tür.

Sie schafften es im letzten Moment ins Flugzeug. Stuart zog die Tür zu – kurz bevor die Staubwolke den Rumpf erfasste und Trümmer gegen die Außenhaut prasselten.

Gespannt hielten sie inne. Die Gulfstream bot ausreichend Schutz, auch wenn sie danach zerstört sein und nicht mehr abheben könnte.

Irgendwann hatte sich das Inferno gelegt, und sie fielen sich erleichtert in die Arme.

Stuart und Olivia fanden endlich Zeit für einen Kuss.

Als sie von Bord gingen und das ganze Ausmaß der Explosion sahen, zeichnete sich der Schock in ihren Gesichtern ab. Nichts war erhalten geblieben. Steinbergs Traum war vollständig zerstört.

Etwas später wurden sie von Sicherheitsleuten aufgefordert, zu einem Sammelpunkt zu kommen. Durch den frühzeitigen Alarm war das Gebäude rechtzeitig evakuiert worden, sodass es unter den Mitarbeitern keine Verletzten gab. Irgendjemand sagte, dass bereits ein Notrufsignal an die US-Marine gesendet worden sei. Sie alle würden gerettet werden.

Michael musste an Tiberius denken. Vermutlich war er bereits bei Marcia, und er würde ihr von den Ereignissen berichten. Oder er würde nichts sagen und einfach nur bei ihr sein. Einerseits eine traurige, andererseits eine schöne Vorstellung.

Olivia fragte, was mit Steinberg geschehen sei.

Stuart gab ihr zu verstehen, dass der alte Mann sein Leben gelassen hatte, um seinen großen Traum vor dem Untergang zu bewahren. Er nahm Olivia in den Arm und tröstete sie.

Sie saßen noch einige Stunden auf der Insel fest.

Dann erschien am Horizont ein Schiff und brachte sie nach Hause.

36

New York City, September 2017
Stuart

Mit offenen Armen begrüßte die Alma Mater die Studenten der Columbia University. Die bronzene Statur, die eine Abbildung der Göttin Athene war, saß auf einem Thron am Low Plaza – einem eindrucksvollen Fleck inmitten von Manhattan, der an ein griechisches Amphitheater erinnerte. Während seiner Zeit als Professor hatte Stuart hier schon zahlreiche Märkte, Konzerte und Demonstrationen erlebt. Die Alma Mater war im Laufe der Zeit zum Symbol seines Lebensinhalts geworden; ein Gefühl von Heimat strahlte ihm an diesem Ort entgegen.

Er verließ den Kuppelbau oberhalb der langen Treppe und holte genussvoll Luft. Einmal pro Woche besuchte Stuart den Dekan der neurologischen Fakultät; bei einem Kaffee diskutierten die beiden über neue Fachartikel und tauschten sich über laufende Forschungsprojekte aus.

Drei Monate waren seit den Ereignissen auf der Insel vergangen. Dennoch kam es Stuart so vor, als sei er noch gestern in der Quantenwelt gewesen. Fast jede Nacht träumte er davon, mit Kyle auf dem Red Lake zu paddeln und am Lagerfeuer zu sitzen. Natürlich hatte er seinen Eltern nichts von der Quantenwelt beziehungsweise der Begegnung mit seinem Bruder erzählt. Die Aufregung wäre zu groß gewesen. Überhaupt hatte er niemanden von dem Ausflug ins Jenseits erzählt – selbst Richard Schiefer nicht. Der Dekan hatte ihn gefragt, wie sein Projekt gelaufen sei, für das er immerhin drei Woche freigestellt worden war. Stuart hatte in groben Zügen von der neurologischen Verbindung zwischen Quantenwellen und dem Gehirn berichtet – die Tatsache, dass er sich nach nur vier Tagen zurückgemeldet hatte, untermauerte seine Notlüge, dass das Projekt kläglich gescheitert sei. Er wollte vermeiden, dass die Existenz der Quantenwelt – beziehungsweise der Beweis für das Leben nach dem Tod – an die Öffentlichkeit gelang. Die gesellschaftlichen Folgen waren einfach nicht absehbar.

Als er die Treppe am Low Plaza runterging, spürte er eine tiefe Erleichterung. Es tat gut, wieder zurück zu sein in seinem gewohnten Umfeld an der Columbia Universität. In seinem Leben in New York. Er ging an der Alma Mater vorbei und freute sich, als er am Fuß der Treppe Olivia sah.

»Hey, da bist du ja!«, begrüßte sie ihn.

Die beiden gaben sich einen Kuss.

»Wartest du schon lange?«

»Nein, aber lass uns weiterziehen. Lucy wartet an der Hamilton Hall auf uns. Wir wollen in das Café auf der Amsterdam Avenue.« Olivia hakte sich bei Stuart unter und lächelte.

»Was von Michael gehört?«

»Ja, wir haben eben telefoniert. Er kommt morgen aus Italien zurück.«

Die beiden flanierten über den Platz, der von zwei plätschernden Springbrunnen flankiert war. Eine Gruppe von Studenten verschaffte sich mit wasserschöpfenden Händen eine Abkühlung von der spätsommerlichen Hitze.

»Das ist toll. Das heißt, er übernimmt die Gemeinde in der Nähe von Boston?«

Olivia nickte. »Hat wohl schneller geklappt, als er dachte. Ich habe das Gefühl, dass er seinem Leben eine neue Richtung, einen neuen Sinn, geben möchte. Jedenfalls klang er am Telefon regelrecht euphorisch.«

»Ich freue mich für ihn«, sagte Stuart. »Ich kann es kaum erwarten, ihn wiederzusehen.«

Ein Klingelton ertönte. Olivia zog ihr Handy aus der Handtasche und blickte auf das Display. »Schon wieder das Pentagon.« Sie ignorierte den Anruf. »Ist schon das dritte Mal heute.«

»Die geben nicht auf. Muss frustrierend sein, dass sie keine Ahnung haben, was auf der Insel passiert ist.«

»Wir haben ihnen unsere Version geliefert, das muss reichen. Sollen sie denken, was sie wollen.«

»Was ist mit McMurphy?«

»Wir haben uns letzte Woche getroffen. Er hat sich an unsere Version gehalten. Kein Wort von der Quantenwelt. Offiziell wurden die Energietanks überladen und haben zu einer Explosion geführt. McMurphy klingt vertrauenswürdig. Er hat vor, mit seiner Frau nach Arkansas zu ziehen und die Ereignisse zu vergessen.«

»Gut so. Haben sie inzwischen Carls Leiche gefunden?«

»Nein. Die Zerstörung ist wohl zu groß«, antwortete Olivia mit betroffener Miene.

Stuart nahm sie liebevoll in den Arm. »Es tut mir leid.« Er wusste, wie sehr Olivia unter dem Verlust ihres Ziehvaters litt. Zwar hatte sie versucht, den Schmerz vor ihm zu verbergen, doch ab und an konnte sie ihre Tränen in seiner Anwesenheit nicht unterdrücken. So wie in diesem Moment. Die beiden ließen den Low Plaza hinter sich und spazierten über eine schmale Allee, die zwischen zwei Gebäuden zur Amsterdam Avenue führte.

»Da ist Lucy«, bemerkte Olivia.

Die junge Rebellin kam ihnen entgegen. »Da seid ihr ja! Ich warte schon eine Ewigkeit«, murrte sie.

Sie umarmten sich zur Begrüßung.

»Hast du mit Richard gesprochen?«, fragte Stuart.

»Dem Dekan? Ja.«

»Und? Was hat er gesagt?«

»Dies und das.«

»Ach Lucy, jetzt lass dir doch nicht alles aus der Nase ziehen«, beschwerte sich Stuart. »Wird er dir die Empfehlung schreiben?«

»Ja, wird er«, antwortete sie und rollte mit den Augen.

»Das ist ja super!«, lächelte Olivia.

Die drei schlenderten die Allee entlang.

»Gehen wir jetzt in das Café? Ich muss was essen«, sagte Lucy.

»Klar, machen wir«, erwiderte Stuart. »Das heißt, du kannst nächste Woche den Test für Hochbegabte machen! Dann überspringst du das letzte Jahr im College und holst deinen Abschluss nach. Du könntest bereits im Wintersemester an der Columbia studieren! Vielleicht sollten wir schon mal nach einem Zimmer Ausschau halten. Andererseits, dafür ist es zu früh. Und außerdem kannst du in der Anfangszeit selbstverständlich bei uns unterkommen.«

Lucy verzog das Gesicht. Dann brach sie in schallendes Gelächter aus.

»Was ist so lustig? Ich verstehe nicht.« Konsterniert suchte Stuart Blickkontakt zu Olivia, die sich über die Lachattacke amüsierte. »Ich verstehe wirklich nicht ...«

»Ach, Stuart«, unterbrach Lucy, »das alles ist nichts für mich. Ich meine, studieren und so. Ich bin einfach nur froh, das College hinter mich zu bringen.«

»Aber wir haben doch schon so oft darüber gesprochen. Ich dachte ...«

»Ich werde irgendwas anderes machen. Ich finde schon was. Mach dir keine Sorgen.«

Sie erreichten die Straße und blieben an einer roten Ampel stehen.

Stuart seufzte. Er hatte sich nach den Ereignissen auf der Insel für Lucy verantwortlich gefühlt und wollte ihr helfen – einen guten Start ins Leben ermöglichen. Sie hatte nie ihren Vater kennengelernt. Daher wollte er diesen Part übernehmen. Jedenfalls ansatzweise. Zumindest hatte er erfolgreich darauf gedrängt, dass sie nach New York zog, um die Erlebnisse nicht allein verarbeiten zu müssen. Er hatte sie in einem Sommerkurs am Filmdepartment untergebracht. Fotografie, Kameraarbeit, Schauspielerei – etwas zum Austoben. Aber natürlich sollte sie etwas Anständiges lernen. Bestenfalls Medizin studieren und zu ihm an die neurologische Fakultät kommen.

Die Ampel sprang auf Grün, und Lucy eilte voran. »Los, jetzt gehen wir erstmal was essen! Ich habe Hunger!«

Stuart schüttelte den Kopf und rief: »Über deine Pläne sprechen wir noch!«

Er wollte nicht aufgeben. Lucy war ihm einfach ans Herz gewachsen.

37

Diesseits, 2017 – 2019
Michael, Stuart, Olivia, Lucy

Eine sanfte Brise wandelte durch den John F. Kennedy Memorial Park und trug die verfärbten Herbstblätter der Maulbeerfeigen zum Ufer des Charles River. Zwei Kanufahrer paddelten im entspannten Tempo über das Wasser. Mit letzter Kraft drang die Sonne durch das brüchige Wolkengerüst und erwärmte die Luft.

Eine gefühlte Ewigkeit war es her, dass Michael an diesem Ort gewesen war. Das Plätschern der Fontänen war noch viele Jahre in seinen Ohren erklungen, stets mit einer schmerzvollen Melancholie verbunden, die er zu verbannen versucht hatte. Nun stand er wieder vor dem Denkmal des ermordeten Präsidenten, und seine Sinne berauschten sich an dem harmonischen Wasserspiel. Für einen Augenblick fühlte er sich in die Vergangenheit zurückversetzt. Nichts hatte sich an diesem Ort verändert. Allein die Menschen, die ihn umgaben. Er öffnete den Reißverschluss seiner Lederjacke, denn er wollte die warmen Sonnenstrahlen auf seiner Brust spüren. In den letzten Wochen war die Kraft in ihn zurückgekehrt. Seine ausgemergelten Gesichtszüge, die er jahrelang sowohl verflucht als auch mittels Alkohol gefördert hatte, waren einer gesunden Fülle gewichen. Keinen Schluck hatte er mehr seit der Rückkehr von der Insel getrunken.

Er trat an die Stelle, an der er Marcia den Heiratsantrag gemacht hatte, und legte eine rote Rose auf das rotbraune Pflaster. Wie durch ein Wunder fühlte er ihre Anwesenheit. Er schloss die Augen und hielt inne. Es tat gut, wieder hier zu sein. Und es tat gut, nicht alleine sein zu müssen. Er drehte sich um und blickte zu seinen Freunden: Stuart, Olivia und Lucy hatten ihn auf seinem Gang begleitet.

Als Stuart im Januar des darauffolgenden Jahres den Hörsaal betrat, konnte er sich vor Stolz und Vorfreude kaum zügeln. Dennoch zwang er sich, ein Grinsen tunlichst zu vermeiden, um seine Autorität nicht gleich zu Beginn zu dezimieren. Das Wintersemester hatte angefangen, und der Hörsaal war gut gefüllt. Laptops wurden hochgeklappt und neugierige Blicke auf den Professor gerichtet. Es war Stuarts erste Vorlesung für die Medizinstudenten des ersten Semesters. Den Einführungskurs in Neurologie hatte er neu aufgesetzt, und er war gespannt, welche Reaktionen er bei den Frischlingen hervorrufen würde.

Er blickte auf die Uhr. Es war Punkt acht Uhr. Normalerweise pflegte er, pünktlich zu beginnen. Doch dieser Tag war anders. Sein Blick ging durch die Reihen, und er flehte, dass seine Befürchtungen nicht wahr wurden. Nervös ruckelte er am Kabel des Beamers herum. Die erste Folie seiner Präsentation erstrahlte bereits auf der Leinwand; er konnte längst loslegen. Um etwas Zeit zu gewinnen, löste er das Kabel, steckte es wieder an und drehte mit Akribie die Befestigungsschrauben fest. Als die Tür am anderen Ende des Hörsaals zufiel, drehte er sich erwartungsvoll um – und konnte sein Grinsen nicht mehr zurückhalten.

Lucy setzte sich in die erste Reihe. Sie packte einen Tabletcomputer aus und schenkte ihm ein schelmisches Lächeln.

Seit über einem Jahr war Norwood zum Lebensmittelpunkt von Michael geworden. Nachdem sein Vorgänger in Pension gegangen war, durfte er die Gemeinde der Kleinstadt leiten. Ein Glücksfall, denn Norwood lag dreißig Autominuten von Boston entfernt, und in dreieinhalb Stunden war er in New York. Es hatte eine Weile gedauert, bis er das Vertrauen der Menschen gewinnen konnte. Doch nach und nach stellte sich das Gefühl ein, dass er als Seelsorger angenommen und geschätzt wurde. Wenn er die Messe in der St. Catherine's Kirche las, dachte er oft an seine ehemalige Gemeinde in San Gemini, denn auch die Menschen dort waren ihm ans Herz gewachsen. Doch er hatte einen Neuanfang gewollt, und dafür war der Ortswechsel und die Rückkehr in seine Heimat die richtige Entscheidung gewesen.

Am Morgen des ersten Weihnachtstags wurde Norwood von einem Schneesturm überrascht. Binnen Minuten war die Kirche in einen Mantel aus Weiß getaucht; auf den Straßen wurden zum Teil Sperren errichtet. Michael befürchtete, dass aufgrund des Wetters nur wenige Gemeindemitglieder die feierliche Abendmesse besuchen würden. Ohnehin hielt sich der Andrang, besonders bei den jungen Leuten, in Grenzen. Als die Orgel zu spielen begann und er aus der Sakristei trat, traute er zunächst seinen Augen nicht. Die Kirche war bis auf die letzte Reihe gefüllt. Dieses Mal waren auch die Jugendlichen gekommen, mit denen er in den letzten Monaten eine neue Begegnungsstätte erbaut hatte. Das warme Licht der Kerzen, ihre tanzenden Schatten und der Klang der Orgel lösten ein wohliges Gefühl aus, das er jahrelang in seiner Rolle als Priester gesucht und endlich gefunden hatte. Wie benebelt von seinen Gefühlen schritt er zum Altar und sah, wie Tan ihn von der Seite anlächelte.

Es war Mai – der Frühling zeigte sich von seiner besten Seite. Eine bunte Ladung Konfetti schoss in die Luft. Olivia trat an Stuarts Seite aus der St. Paul's Kirche in Manhattan. Sie sah bezaubernd aus und strahlte vor Glück. Die Hochzeitsgesellschaft jubelte ihnen zu und bereitete dem Brautpaar einen Parcours aus Seifenblasen und Blumen.

Vor zwei Jahren waren sie sich zum ersten Mal begegnet; sie sprachen oft über den Empfang beim Vizepräsidenten, bei dem beide sich bereits ineinander verguckt hatten. Seitdem war die Zeit wie im Flug vergangen. Olivia hatte den Neuanfang bei einer renommierten Personalberatung in Manhattan gewagt, und war binnen eines Jahrs zur Abteilungsleiterin befördert worden. Doch nun wollte sie aufpassen, die Karriereleiter nicht weiter aufzusteigen. Erst vor Kurzem hatten sie und Stuart ein Haus in Queens gekauft, denn es gab Pläne für eine Familie.

Michael hatte die Trauung durchgeführt. Olivia hatte ihn darum gebeten und war glücklich, dass er zugesagt hatte, denn er hatte sich zu einem wertvollen Freund entwickelt. Die anschließende Hochzeitsfeier fand in einem Hotel statt. Sie hatten dreihundert Gäste zusammenbekommen, und natürlich durfte auch Steven Buchanan, Olivias Kindergartenfreund, nicht fehlen.

Am darauffolgenden Morgen veranstalteten Olivia und Stuart ein Picknick im Central Park. Mit Michael und Lucy. Seit den Ereignissen in der Quantenwelt verband die vier ein besonderer Bund, den niemand jemals nachvollziehen könnte. Sie trafen sich regelmäßig, mindestens alle drei Monate, und meistens sprachen sie über alltägliche Dinge des Lebens. Stuart war stolz auf Lucy. Nächstes Jahr würde sie ihren Bachelor of Science in Medizin geschafft haben. Weitere vier Jahre danach würde sie sich Medical Doctor nennen dürfen. Alles sah danach aus, dass sie tatsächlich ihren Weg gefunden hatte. Michael erzählte gerne von seiner Gemeinde und sozialen Projekten. Wenn er in Norwood war, hatte er wenig Zeit und wurde von allen möglichen Seiten beansprucht. Aber auch er hatte seinen Weg gefunden.

Manchmal sprachen sie auch über die Quantenwelt. Sie erinnerten sich gemeinsam an Tan beziehungsweise Jesus und Miraa-Ma. Und sie fragten sich, wie alles mit allem zusammenhing.

Beim Picknick im Central Park begannen sie, Pläne für die Zukunft zu schmieden. Sie diskutierten und philosophierten. Bald kamen sie zu dem Schluss, dass sich nicht alles im Leben planen ließ und es manchmal guttat, einfach den Moment zu genießen.

Michael blickte in den Himmel. Eine Wolke formte einen Mund und lächelte. Er freute sich und lächelte zurück.

Epilog

Quantenwelt
Michael

Die Dunkelheit brach auf und verwandelte sich in ein Mosaik aus Blau und Weiß. Ein heller Schleier gepaart mit einem harmonischen Rauschen brachte Michaels Sinne zum Erwachen. Das verschwommene Lichtgemisch klarte langsam vor seinen Augen auf, während er seinen Körper zu spüren begann und sein Bewusstsein zurückkehrte.

Mit wackligen Beinen versuchte er, einen Stand auf dem weichen Sand zu bekommen, doch er fiel klatschend ins Salzwasser. Er tauchte unter, erblickte Algen auf dem Boden und ruderte mit den Armen. Als er auftauchte, schnappte er instinktiv nach Luft. Doch er brauchte keine Luft zum Atmen.

Er strengte sich an, seine Sinne zu schärfen und die Orientierung zu gewinnen. Vor ihm lag ein weißer Strand mit Palmen. Als er erkannte, dass er bis zu den Schultern im Wasser stand, bewegte er sich vor. Noch immer waren seine Sinne getrübt, und alles um ihn herum irritierte ihn. Nichts war real, und dennoch war er hier.

Er schleppte sich an den Strand und war erstaunt, dass seine Beine ihn wieder trugen. Eine gefühlte Ewigkeit war es her, dass er sich ohne seinen Rollstuhl fortbewegen konnte – eigenständig und ohne eine Pflegehilfe. Er ließ sich in den Sand fallen und betrachtete seine Hände. Das Salzwasser perlte von ihm ab. Er liebte das Meer. Erstaunt stellte er fest, dass die Haut fest und faltenfrei war. Auch sein Gesicht fühlte sich wieder jung an. Er betrachtete die Wellen und ließ sich vom Rauschen betören. Die Erinnerung kam zurück. Die Erinnerung an das Krankenhaus, in dem er die letzten Tage verbracht hatte.

Irgendwann stand er auf. Er ging den Strand entlang und suchte die Sonne, doch sie war nicht da. Trotzdem war es herrlich warm. Er wusste, wo er war. Wie hätte er diesen Ort jemals vergessen können. Zu seiner Seite erstreckte sich eine prächtige Flora. Damals hatte er den Weg durch die Wildnis gewählt, doch jetzt wollte er noch eine Weile am Strand weiterspazieren. Bilder aus der Vergangenheit tauchten vor seinem inneren Auge auf. Die Simulation hatte nichts vorgetäuscht, allenfalls die Herrlichkeit gemildert, die er nun mit allen Sinnen erlebte.

Eine Welle klatschte gegen einen Felsen. Das Rauschen der Gischt erklang wie ein betörendes Lied und brachte Michael in einen Zustand voller Harmonie und Zufriedenheit.

Dann spürte er eine seltsame Kraft – ein unsichtbarer Mantel, der ihn umschlang und Wärme abgab. Er schaute zur Seite und sah eine Düne. Auf der Spitze, eingerahmt vom Blau des Firmaments, standen zwei Personen, die auf ihn gewartet hatten. Schwester und Bruder. Michael erkannte sie sofort. Er begann vor Freude zu lachen und breitete die Arme aus.

Endlich waren sie wieder vereint.

Printed in Poland
by Amazon Fulfillment
Poland Sp. z o.o., Wrocław